AF211549

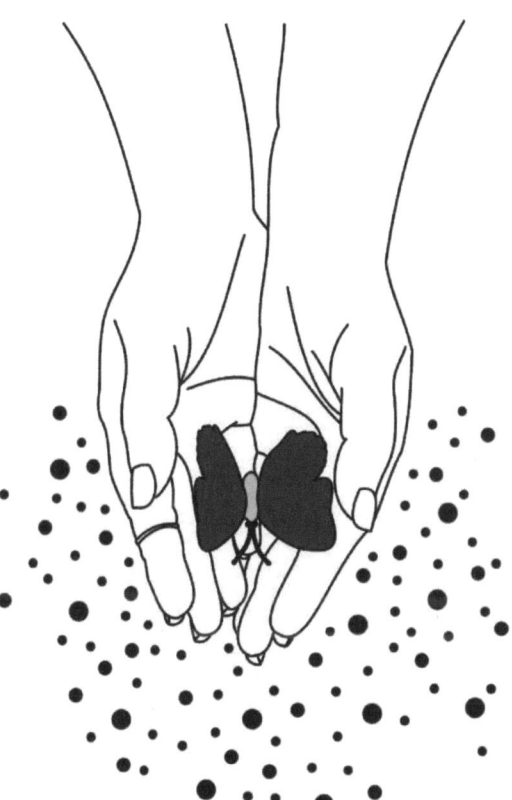

KATE S STARK

TRAPPED WITCHES

witch's world band 6

Bibliografische Information der Deutschen Nationalbibliothek:
Die Deutsche Nationalbibliothek verzeichnet diese Publikation
in der Deutschen Nationalbibliografie; detaillierte
bibliografische Daten sind im Internet über dnb.dnb.de
abrufbar.

© 2024 Kate S. Stark, Würzburg
www.katesstark.com

Covergestaltung: Kate S. Stark
Verlag: BoD · Books on Demand GmbH, In de Tarpen 42,
22848 Norderstedt
Druck: Libri Plureos GmbH, Friedensallee 273, 22763 Hamburg
ISBN: 978-3-7693-0771-9

Für Hekate,
Göttin der Magie und Hexerei.

KAPITEL 1

Lucas

Das durchdringende Klingeln meines Handys reißt mich aus dem Schlaf. Benommen taste ich auf dem Beistelltisch danach, schmeiße dabei die Institut-Akten herunter, in denen ich vor ein paar Stunden noch gelesen habe, und nehme fluchend den Anruf an.

»Deputy-Agent Finchley«, brumme ich, als ich mich auf dem Bett aufrichte und mir den Schlaf aus den Augen reibe.

»Special-Agent-Rowlands«, kommt es grantig vom anderen Ende der Leitung, gefolgt von einem Lachen.

»Elin?«, frage ich mit einem Gähnen und blicke mich in meinem kleinen Gästezimmer unterm Dach der White Oak Akademie um. Bis auf die Nacht-tischleuchte, die ich vor meinem Powernap nicht ausgeschalten habe, ist es stockdunkel.

»Gibt's noch einen Special-Agent Rowlands?«, fragt Elin und ich sehe sie vor mir, wie sie die Augen verdreht. Es ist eine Geste, die mir fast so vertraut ist wie das Grinsen meines Bruders, wenn einer von

Mikes Streichen aufgegangen ist. Oder so vertraut wie Isas verträumter Blick, wenn sie die Nase in einem Buch stecken hat. Elin war Dads Deputy, bevor ich beim Institut angefangen habe, und nun ist er für sie eine Art Mentor.

Und Elin für mich, denke ich und bin ihr sehr dankbar, dass sie mir während der ersten Wochen beim Institut beigestanden hat. Ohne sie wäre ich komplett verloren gewesen in dem gigantischen See aus Bürokratie und Regeln, die die Arbeit bei dieser Organisation mit sich bringt.

»Lucas? Bist du noch dran?«, fragt Elin, weil ich eine Weile lang nichts gesagt habe. Dafür bin ich nach dem Powernap noch etwas zu durcheinander.

»Sorry, bin nur müde«, nuschele ich und muss schon wieder gähnen. »Wie spät ist es?«

Suchend blicke ich mich nach meiner Armbanduhr um. Vorhin habe ich sie abgelegt und kann sie jetzt nirgends finden. Vermutlich liegt sie in dem Berg aus Akten auf dem Boden. Ein Glück, dass Elin mich angerufen hat, sonst hätte ich das leise Piepen des Alarms wahrscheinlich gar nicht gehört.

»Fast zwei Uhr«, antwortet Elin besorgt. »Soll ich dich später anrufen, wenn du dich ausgeruht hast. Muss ja 'ne harte Nacht gewesen sein, wenn unser Musterschüler so erledigt ist.«

»Ich bin kein Musterschüler, El«, grummele ich, weil ich diesen Spitznamen noch nie gemocht habe. Gerade, will ich noch etwas hinzufügen, damit sie endlich aufhört, mich so zu nennen, bis mir wieder einfällt, was sie gerade gesagt hat. »Harte Nacht?«

»Na, bei allem, was bei euch da oben gerade los ist, ist das ja nicht verwunderlich«, sagt Elin und seufzt. »Hoffentlich schläfst du zwischendurch ein paar Stunden, Luke. Auch Musterschüler brauchen ihre Ruhe.«

»Heißt das ... Es ist zwei Uhr nachmittags? Nicht nachts?«, frage ich und trete an das kleine Fenster meines Gästezimmers. Kurz nach meiner Ankunft in Codwyll habe ich Blackout-Vorhänge angebracht, um die wenigen Stunden Schlaf, die ich mir gönne, optimal zu nutzen. Der fadenscheinige Vorhang, der zuvor an der Metallstange gehangen hat, hätte nicht einmal das Mondlicht abgehalten, und den Sonnenschein erst recht nicht.

»Ja, natürlich nachmittags. Ich würd' dich doch nicht mitten in der Nacht anrufen. Also ... Nicht im Moment zumindest«, sagt Elin und die Besorgnis in ihrer Stimme nimmt zu. »Geht's dir einigermaßen gut, Lucas? Ich ... Ich hab' das mit ...«

»Scheiße!«, fluche ich, als ich den Vorhang zur Seite ziehe und das Zimmer mit Licht geflutet wird.

Blinzelnd wende ich mich ab und realisiere, dass aus meinem zweistündigen Nickerchen ein zwölfstündiger Tiefschlaf geworden sein muss. So tief, dass ich nichts von dem Trubel mitbekommen habe, der sonst zu jeder Tages- und teils auch Nachtzeit in der White Oak Akademie herrscht. Nach Samhain zwar nicht mehr so arg, aber laut ist es dennoch im alten Gemäuer der Hexenschule. Polternde Schritte, entfernte Stimmen und hier und da sogar Gelächter, als wären die Samhain-Morde nie geschehen. Als hätte ich gestern keine Vermisstenmeldungen mit Graham entgegengenommen.

»Luke? Was ist?«, fragt Elin. »Rede mit mir!«

Wütend raufe ich mir die Haare. »Ich wollte nur kurz schlafen, nur mal runterkommen nach diesem beschissenen Tag und jetzt ...«

»Gut so«, sagt Elin am anderen Ende der Leitung und atmet erleichtert auf. Wahrscheinlich hat sie schon mit einer weiteren Hiobsbotschaft gerechnet. Mit denen sind wir hier in Codwyll in den letzten zwei Tagen praktisch bombardiert worden.

»Nein, gar nicht gut. Es gibt noch so viel zu tun, um Isa ...«, setze ich an, doch schnürt mir mein schlechtes Gewissen die Kehle zu. Meine Schwester ist allein da draußen mit einem verrückten Mörder und seinem magischen Messer auf ihren Fersen.

Und vielleicht ist sie schon ...

Kopfschüttelnd richte ich mich auf und wühle durch meine Taschen, um etwas halbwegs Frisches zum Anziehen zu finden. Das Handy klemme ich mir dabei zwischen Ohr und Schulter.

»Ich habe davon gehört. Tut mir leid, Lucas«, sagt Elin leise. »Wie geht's John?«

»Beschissen. Was denkst du denn?«, murre ich und schnuppere an einem Hemd das nicht ganz so zerknittert aussieht wie die anderen. »Er war dein Mentor. Du weißt, wie er bei solchen Fällen ist.«

»Schon, aber das ist nicht irgendein Fall, Lucas«, entgegnet Elin und hört sich damit fast wie meine Großmutter an.

»Ja, das weiß ich auch«, knurre ich und kippe fast um, als ich versuche, in meine Hose zu steigen. Hüpfend suche ich das Gleichgewicht, was die Hexe im Zimmer unter mir mit wütendem Poltern gegen den Boden quittiert.

»Sorry!«, rufe ich und schaffe es, die Hose hochzuziehen und den Reißverschluss zu schließen.

Elin lacht leise, wird aber schnell wieder ernst: »Hat John nochmal etwas über seine Verzauberung durch Violet Ellis gesagt?«

»Nein, nicht wirklich. Er ist noch sehr verwirrt. Könnte aber auch an Isas Ver...«, sage ich, bringe es aber nicht raus. »Wieso interessiert dich das so?«

Elin schnaubt und rollt vermutlich wieder mit den Augen. »Hast du das nicht selbst gesagt? Er war mein Mentor.«

Sie legt eine kurze Pause ein und scheint zu überlegen, ob sie weiterreden soll.

»Spuck's schon aus, Elin. Der Tag ist eh schon im Eimer«, murre ich, während ich mir ein Shirt und dann das einzige saubere Hemd überziehe, das ich noch besitze. Ich sollte Miss Martha fragen, ob ich die Waschmaschine mitbenutzen darf, wenn ich noch länger hier in der White Oak Akademie bleibe. Genau darauf scheint es im Moment ja hinauszulaufen. Da habe ich keine Lust, mir von der Chefin anhören zu dürfen, wie ich mich zu kleiden habe.

Nein, danke, Grandma, denke ich und schüttle energisch den Kopf. Mir reicht es schon, wenn sie an allem anderen herumnörgelt, was ich tue.

»Man hat mir Violet Ellis' Fall übertragen«, sagt Elin in die Stille hinein. Sie presst die Worte so schnell hervor, dass ich einen Moment brauche, bis ich begreife, was sie bedeuten.

»Dir?« Mein Spiegelbild starrt mich überrascht an, ein Schuh in der einen Hand, das Handy in der anderen.

»Zweifeln Sie denn etwa an meinem Können als Ermittlerin, Deputy Finchley?«, fragt Elin mit gespieltem Ärger.

»Nein, ähm ... Ich bin nur ...«, stammele ich und schüttle den Kopf. »Ich dachte, sie würden den Fall einem völlig anderen Agent übergeben. Jemandem, der nichts mit Dad und so zu tun hat.«

»Hat mich auch gewundert«, gibt Elin zu. »Aber so ist es mir lieber. Nach allem, was sie mit John angestellt hat, haben Miss Ellis und ich noch eine Rechnung zu begleichen.«

»Sei vorsichtig, Elin«, warne ich sie. Zwar habe ich nie direkten Kontakt mit Isas fieser Mitschülerin gehabt, kenne aber sämtliche Berichte, die bisher ihrem Fall zugeordnet wurden, von den Gerüchten über Alma Ellis und ihre Machenschaften ganz zu schweigen. »Sie und ihre Familie sind verdammt gefährlich.«

»Das ist mir bewusst«, erwidert Elin und seufzt. »Das Gutachten zum Zustand deines Vaters direkt nach den Befragungen war ziemlich ... heftig.«

»Du hast Zugang dazu?«, frage ich, weil das eine von vielen Dateien bei diesem Fall ist, die ich nicht öffnen konnte. Erst dachte ich, es liegt daran, dass ich nur ein Deputy, also ein Agent in Ausbildung bin, aber sicher hat die Direktorin sie für sämtliche Finchleys sperren lassen. *Außer für sich natürlich.*

»Bevor du fragst: Ich darf mit dir nicht darüber reden«, sagt Elin sofort, weil sie sich bestimmt vorstellen kann, welche Fragen mir auf der Zunge liegen. »Ich dürfte dir eigentlich gar nicht erzählen, dass ich den Fall übernommen habe.«

»Aber ...?«, bohre ich nach, weil es so klingt, als hätte sie genau deswegen angerufen.

»Wie hätte ich dir sonst erklären sollen, dass ich nach Codwyll komme?«, fragt Elin und allein an ihrer aufgeregten Stimme kann ich hören, dass sie lächelt. »Überraschung!«

»Du ... Du kommst nach Codwyll?«, frage ich und spüre, wie ihre Freude auch auf mich übergeht.

Wir haben uns lange nicht mehr gesehen und vor allem jetzt brauche ich meine beste Freundin.

»Jep, wahrscheinlich noch heute Abend, es sei denn Miss Ellis entscheidet sich spontan dazu, zu gestehen«, entgegnet Elin, klingt aber so, als würde sie das bezweifeln.

»Nicht in hundert Jahren, El«, knurre ich und schüttle den Kopf. »Wenn die Frist für die Verurteilung weiter ausgesetzt ist, wird sie nicht reden. Das ist für sie die beste Strategie, bis ihre Tante irgendwas deichselt, um sie da rauszuholen.«

Elin seufzt. »Das fürchte ich auch, aber vielleicht kann ich Miss Ellis ja ein bisschen aufrütteln bei unserem netten Gespräch.«

Ich schnaube und kann mir ein Grinsen nicht verkneifen. So wie ich Elin kenne, wird diese Befragung alles andere als nett werden. Sie mag zwar nicht so aussehen, aber als Agentin ist Elin knallhart und hat bisher jeden Fall gelöst.

»Ich bin echt froh, dass sie dich dafür ausgewählt haben«, sage ich. Ich kann mir keinen besseren Agenten vorstellen, um sich mit den Ellis-Hexen anzulegen, höchstens vielleicht noch die Direktorin.

»Ich auch. Aber so wirklich weit komme ich von hier aus nicht«, entgegnet Elin und klingt plötzlich frustriert. Ich kenne diese Stimme, habe sie schon oft gehört, wann immer sie mit einem kniffligen Fall zu kämpfen hat.

»Du kommst aber nicht *deswegen* her, oder?«, frage ich sie mit leiser Stimme.

Elin und ich haben unsere ganz eigene Methode entwickelt, um knifflige Fälle zu lösen. Sie macht den Kopf frei für neue Ansätze und unter normalen Umständen hätte ich nichts dagegen.

Aber nicht hier ... Nicht, wenn ...

»Woran du immer denkst!« Elin lacht leise. »Ich wollte ihre Mitschülerinnen zum Fall befragen. Und die Schulleiterin.«

»Gut.« Erleichtert atme ich aus.

»Freude hört sich anders an«, sagt Elin lachend. »Es könnte dir aber sicher guttun, mal auf andere Gedanken zu kommen.«

»El, nicht jetzt«, presse ich hervor und schüttle den Kopf. Wenn ich jetzt an diesen besonderen Part unserer Freundschaft denke, fühle ich mich plötzlich schuldig. Lucys sorgenvolles Gesicht taucht in meinen Gedanken auf und lässt mich die freie Hand in meinen Oberschenkel krallen.

»Wir müssen ja nicht ...«, sagt Elin zögerlich und räuspert sich. »Aber du klingst so, als könntest du wen zum Reden gebrauchen. Freundschaft geht vor, schon vergessen?«

»Freundschaft geht vor«, wiederhole ich leise unseren Schwur. Den haben wir damals geleistet, als wir festgestellt haben, dass unsere Gefühle für eine richtige Beziehung nicht reichen, dafür aber für eine enge Freundschaft.

Mit gewissen Vorzügen ...

»Wahrscheinlich hast du recht«, füge ich hinzu, als die Stille zwischen uns zu laut wird.

Mit Dad kann ich nicht darüber reden. Nach dem Zauber der Ellis-Hexen und Isas Verschwinden möchte ich ihm meine Sorgen nicht zumuten. Mum und Mike in London will ich auch nicht belasten.

Und Lucy?

Mit ihren vermissten Mitschülerinnen, Millas Fae-Rune und Sages Nebenwirkungen hat sie schon genug andere Dinge im Kopf.

»Ich habe immer recht, das weißt du doch«, sagt Elin lachend und auch ich muss grinsen, weil es stimmt. »Ich sollte am späten Nachmittag in Inverness eintreffen. Nach dem Papierkram bin ich bis zum Abend in Codwyll. Für Befragungen ist es dann schon zu spät, aber ein Bier und ein Gespräch gehen immer, stimmt's?«

»Hm, ich glaube, du wirst hier auch nicht recht weit kommen mit dem Fall«, sage ich und denke an alles, was seit der Samhain-Nacht geschehen ist.

»Ich weiß. Deine Schwester und Joana Waterhouse fallen weg, aber es bleiben noch die anderen Schülerinnen«, sagt Elin optimistisch. Im Hintergrund raschelt Papier. Vermutlich blättert sie durch eine Fallakte. »Camilla Newton und Tamsin Blight scheinen auch involviert gewesen zu sein. Das reicht für den Anfang.«

»Elin …«, murmele ich und schlucke, weil ich an die Fae-Rune auf Millas Nacken denken muss. Die Direktorin hat mich angewiesen, niemandem davon zu erzählen, aber Elin würde es bestimmt erfahren, wenn sie darauf besteht, mit Isas Mitschülerinnen zu sprechen.

»Sie hat was?«, fragt Elin schockiert, nachdem ich ihr kurz von Millas Zustand berichtet habe. »Eine Fae-Rune? Und das ausgerechnet jetzt?«

»Genau das habe ich mir auch gedacht«, sage ich und hoffe, dass Lucy und die anderen inzwischen etwas in den Büchern gefunden haben. Laut unserer Chefin hat der König Professor Paoli sogar Zugang zur Bibliothek der Darkwood Akademie gewährt.

Darin muss sich doch wohl ein Buch befinden, das uns weiterhilft, denke ich und balle die Hand zur Faust. Ärger erwacht in mir, weil ich durch das verlängerte Nickerchen so viel Zeit vergeudet habe, anstatt bei der Suche zu helfen.

»Das ist ja echt wie verhext!«, murrt Elin und ich höre, wie sie aggressiv auf die Tastatur ihres PCs einhackt. »Erst verschwinden deine Schwester und Violet Ellis' engste Freundin. Dann stellt sich der Typ, den sie verzaubert hat, als Samhain-Mörder raus und jetzt auch noch das ...?«

»Da könnte man fast meinen, die Ellis-Familie hätte ihre Finger im Spiel, was?«, scherze ich.

»Das ist die Nachtwelt, Luke. Möglich wär's«, entgegnet Elin ernst und lässt von ihrer Tastatur ab. »Dann eben nur Tamsin Blight und Professor Paoli, fürs Erste.«

»Wir tun wirklich alles, um Miss Newton zu helfen, aber ...«, sage ich und breche ab, weil sich ein Kloß in meinem Hals bildet. Durch den verfluchten Cookie, den sie an Isas Stelle gegessen hat, hat sie schon genug gelitten, auch lange nachdem der Fluch aufgelöst wurde. Aber das ... Sollten die Ellis-Hexen wirklich hinter der Rune stecken, wäre das absolut grausam.

Fragt sich nur, wie sie einen der Fae überreden konnten, mit ihnen zusammenzuarbeiten, denke ich und überlege, was Dad mir bisher über dieses geheimnisvolle Volk erzählt hat. Dass die Verhältnisse zwischen den Fae und Hexen schon immer angespannt waren.

»Ich hör' mich mal um, ob hier jemand einen Spezialisten kennt«, verspricht Elin, doch schüttle ich den Kopf: »Hat die Chefin schon versucht.«

»Na, wenn es von ganz oben kommt, muss sich ja was tun«, sagt Elin, doch schwingt auch Zweifel

16

in ihrer Stimme mit. Sie weiß genau wie ich, dass die Fae das Wissen um ihre Magie geheim halten.

»Wie dem auch sei, John und du könntet gerade meine Unterstützung gebrauchen«, fügt Elin mit einem Seufzen hinzu. »Und die alte Schachtel findet sicher einen Weg, um mir auch da Arbeit aufzuhalsen.«

»Elin!«, sage ich mahnend. Manchmal habe ich das Gefühl, unsere Chefin hat ihre Ohren überall.

»Was denn? Sie würde sich da wahrscheinlich nicht einmal dran stören«, entgegnet Elin und lacht leise. »Irgendwie ist mir deine Großmutter trotz allem sympathisch.«

Ich schnaube. »Dann bist du aber die Einzige.«

»Wahrscheinlich«, sagt Elin. Jemand klopft an ihre Bürotür und unterbricht damit unser Gespräch. »Ich muss jetzt los, aber ich melde mich, sobald ich losfahre, in Ordnung?«

»Okay.«

»Wehe du machst irgendwelche Dummheiten!«, knurrt sie und hat wahrscheinlich den Zeigefinger drohend erhoben. »Keine Alleingänge, ja?«

»Ja, ja, Frau Oberlehrerin«, murre ich, als mir Elins Lachen entgegenschallt, und lege auf.

Seufzend stecke ich das Handy in mein Jackett und bücke mich dann nach den Akten, die ich vorhin heruntergeschmissen habe. Auf dem schmalen Waschtisch steht noch immer mein Laptop, wie ich ihn gestern zurückgelassen habe, nachdem ich mir mit diesen blöden Berichten am Nachmittag fast die Finger wund getippt habe.

»Was nützen uns die, wenn Isa noch da draußen ist?«, murmele ich.

Auch jetzt sehe ich noch das grantige Gesicht von Direktorin Finchley vor mir, als ich sie gestern gebeten habe, beim nächsten Suchtrupp dabei sein zu dürfen. Statt mir die Erlaubnis zu geben, hat sie mir noch mehr Papierkram aufgehalst, weil das alles angeblich zum Prozedere des Instituts gehört.

Selbst in Krisenzeiten muss alles seine Ordnung haben, sonst blickt niemand mehr durch, hat sie gesagt und damit meinen Protest im Keim erstickt.

Sie macht das, um mich vom Geschehen fernzuhalten, denke ich und höre die kratzige Stimme der Direktorin in meinen Gedanken: *John würde es nicht verkraften, sollte er noch ein Kind verlieren.*

Gestern ist es mir vor lauter Wut und Frustration nicht aufgefallen, aber jetzt ... »Noch ein Kind?«

Überrascht sauge ich die Luft ein. Damit kann sie nur Isa gemeint haben. Das wäre das erste Mal, dass sie meine Schwester als Teil der Familie bezeichnet hat, wenn auch indirekt.

Bist du doch nicht so kaltherzig und gleichgültig wie alle glauben, Grandma?

Mit einem Kopfschütteln schiebe ich diesen Gedanken beiseite und blicke mich in meinem Zimmer um. Auf dem Nachttisch entdecke ich das Notizbuch samt Stift und stecke beides ein, bevor ich mich auf den Weg nach unten mache. Kurz will ich im Speisesaal vorbei, um mir Frühstück beziehungsweise Mittagessen zu besorgen, und dann werde ich Lucy und den anderen bei ihrer Suche helfen. Je mehr wir sind, desto besser.

Und solange ich keine anderen Anweisungen bekomme, kann ich tun und lassen, was ich will.

KAPITEL 2

Isa

Onkel Ernest lebt. Er lebt!, schießt es durch meinen Kopf, doch will mein Verstand das nicht begreifen. Nicht nach allem, was ich in der Samhain-Nacht gesehen habe.

Wenn das auch nur eine Vision ist ...

Ich schniefe und wische mir die Tränen aus den Augen. Als ich den Blick hebe, steht Onkel Ernest noch immer vor mir und mustert mich mit einem schwachen Lächeln auf den Lippen.

»Ich hätte es dir ja gern schonender beigebracht, Isobel, aber ...«, sagt er und zuckt die Schultern.

»Ich glaub' nicht, dass man jemandem schonend beibringen kann, dass man von den Toten auferstanden ist«, murmele ich und lehne mich gegen die Wand. Dabei lasse ich Ernest nicht aus den Augen, suche sein faltiges Gesicht nach Anzeichen ab, dass das auch nur eine Illusion ist wie seine Verkleidung als Professor Flint, dass jemand mit mir spielt.

Aber er sieht genauso aus wie damals vor dem Brand, stelle ich fest und schüttle den Kopf. *Und er ist kein bisschen gealtert.*

»Ich weiß, ich bin nicht halb so fotogen wie mein Bruder, aber wenn du so weitermachst, starrst du mir noch ein Loch in den Bauch, kleine Hexe«, sagt Ernest grinsend. Er kratzt sich am Kopf und verwuschelt dabei seine ergrauenden Haare. Ich glaube, früher hat mich das immer zum Lachen gebracht. Heute bleibt es mir aber im Hals stecken, weil ich so überfordert bin. Von unserem Wiedersehen, aber auch von der Wahrheit, die sich mir während der Samhain-Nacht offenbart hat.

»Sorry, aber ich ...«, stammele ich und weiß noch immer nicht, was ich sagen soll.

An viel erinnere ich mich nicht, was meine Vergangenheit als Isobel Gowdie angeht. Das, was zu mir zurückgekommen ist, ist ganz durcheinander und überschattet von meinen Erinnerungen an den Brand. Aber ich weiß, wie viel mir Ernest als Kind bedeutet hat.

»Aber wie ... Wie kann das sein? Ich dachte, ihr wärt alle ...«, wispere ich und kann den Satz doch nicht zu Ende bringen. Es schmerzt zu sehr, es auszusprechen.

Seit die Finchleys mir von meiner mysteriösen Adoption erzählt haben, habe ich immer gehofft, dass meine Eltern noch irgendwo da draußen sind. Dass sie mich zwar in die Obhut des Instituts gegeben, diese Entscheidung aber bereut haben, und mich nun mit offenen Armen bei sich aufnehmen.

Aber all das werde ich niemals haben. Ich werde meine Eltern und Großeltern nie wieder sehen.

Dafür hat Jasper Waterhouse gesorgt.

»Hast du beim Unterricht so wenig aufgepasst, Isobel?«, fragt Onkel Ernest und wirkt ein bisschen enttäuscht.

Ich schniefe und schüttle den Kopf, weil ich keine Ahnung habe, was das mit seinem Überleben zu tun haben soll. Wie man sich aus dem tödlichen Hexenfeuer befreit, hat uns niemand erklärt.

»Es gibt nur einen Weg, um Verfluchte wie mich zu töten«, sagt Ernest und blickt mich aus seinen grauen Augen an, als erwarte er, dass ich selbst auf die Antwort komme.

»So wie es im Fluch vorgesehen ist ...«, murmele ich und meine, mich dunkel an eine Textstelle in unseren Lehrbüchern zu erinnern. »Und bei dir ist das ...«

»... mit einem Pfahl durchs Herz, dann den Kopf abschlagen und erst danach verbrennen. Ein klassischer Vampirfluch«, beendet Onkel Ernest meinen Satz und fasst sich an die Brust. »Wer auch immer hinter dem Feuer steckt, scheint kein guter Schüler gewesen zu sein ...«

»Aber die Flammen«, flüstere ich.

Fest presse ich die Augenlider zusammen, in der Hoffnung, so nicht noch einmal ansehen zu müssen, wie sich das Feuer nach meiner Familie ausstreckt. Wie es sich in ihre Kleidung frisst und ihnen Haut und Haar versengt ...

»Die Flammen haben mich schwer verbrannt, das ist wahr ...«, murmelt Ernest und fährt sich über die Arme, als könnte er das Feuer noch spüren. »Aber der Fluch war noch in Takt und so hat sich mein Körper in der Asche wieder regeneriert.«

Mit einem Seufzen richtet er sich auf und zieht auch mich wieder auf die Beine. »Es hat nur länger gedauert, als mir lieb ist. Und als ich endlich wieder wie ich selbst ausgesehen habe ... Nun, da warst du schon lange fort. Viele Jahre.«

Das Bedauern in Onkel Ernests Stimme ist deutlich herauszuhören. Die Worte kommen ihm nur langsam über die Lippen. Vermutlich verspürt er dieselbe Traurigkeit wie ich in diesem Moment.

Mit einem Schluchzen schließe ich ihn in meine Arme und drücke Ernest fest an mich. Ein Teil von mir kann noch gar nicht glauben, dass er wirklich hier ist. Dass er den schrecklichen Brand überlebt hat und ich doch nicht so allein bin.

»Und dann?«, frage ich und löse mich ein Stück von ihm.

»Dann habe ich mir erstmal eine neue Identität zugelegt«, sagt er mit einem Schulterzucken. »Ich dachte, es wäre zu gefährlich, als ich selbst in die Nachtwelt zurückzukehren. Flint war eigentlich nur als Notlösung gedacht. Hinter diesem Trottel hätte niemand mich vermutet, auch nicht ihr Mörder.«

»Neue Identität?«, murmele ich und muss an unseren Lehrer für Geschichte denken. »Aber wie? Du hast als Vampir doch ...«

»Keine Magie mehr?«, fragt Ernest und zieht eine seiner buschigen Augenbrauen nach oben.

Ich nicke.

»Nun, das vielleicht nicht, aber hast du schon meine Illusionen vergessen?«

Verwundert runzele ich die Stirn. »Illusionen?«

»Hm, die haben dir dein Hirn ganz schön durcheinander gebracht, was?«, murmelt er und tippt mir gegen die Stirn. »Hier, schau.«

Er tritt ein Stück von mir zurück und streicht mit der Hand durch die Luft. Sie beginnt zu flirren wie vorhin seine Gestalt, bis plötzlich ein schneeweißes Pony neben ihm auftaucht.

»Das ist ...«, presse ich hervor und taumele rückwärts, als mich plötzlich eine schwache Erinnerung durchzuckt. Kinderlachen und das Gefühl von Wind in meinem Haar.

»Dein Dream«, sagt Ernest und grinst mich breit an. »Erinnerst du dich?«

Angestrengt versuche ich diesen Hauch einer Erinnerung einzufangen, tiefer in sie einzutauchen, doch will es mir nicht gelingen. Frustriert schüttle ich den Kopf.

»Wäre ja auch zu einfach gewesen«, grummelt Ernest und streicht dem Pony durch die Mähne. »Wenn gutes Wetter war und du dich gelangweilt hast, habe ich ihn für dich heraufbeschworen. Du hast es geliebt, auf ihm zu reiten.«

»Wirklich?«, frage ich überrascht. Bisher dachte ich, dass ich einem Pferd nie näher als ein paar Meter gekommen bin, höchstens vielleicht mal im Streichelzoo. Aber Reiten?

»Daran kann ich mich nicht erinnern.«

»Kommt alles wieder, da bin ich mir sicher. War bei mir nicht anders«, sagt Onkel Ernest und klopft mir aufmunternd auf die Schulter.

»Was meinst du damit?«

»Nach dem Brand ... Da waren meine Fähigkeiten noch nicht so ausgereift wie jetzt. Ich war noch zu schwach. Meine Verkleidung als Flint habe ich gerade so hinbekommen, mehr aber auch nicht«, sagt Onkel Ernest und streicht Dream kurz über den Hals, ehe er ihn mit einem Schnippen seiner Finger verschwinden lässt.

»Aber ich wusste, dass du es geschafft hast. Du musstest einfach ... Also hab' ich auf dich gewartet«, fährt er fort und schiebt mir eine Strähne hinters

Ohr. Die Geste kommt mir so vertraut vor, als hätte er es schon unzählige Male getan.

Aber warum kann ich mich an nichts erinnern?, denke ich und reibe mir die schmerzenden Schläfen. War ich zu jung? Hat der Schock sie ausgelöscht?

Eines nach dem anderen, sage ich mir und atme tief durch. Ich sollte mich lieber auf die Fragen beschränken, auf die Ernest mir Antwort geben kann. Alles andere wird sich später klären.

»Woher wusstest du, wie du mich finden wirst?«

»Deine Großmutter hat deinen Namen im Buch der verlorenen Hexen gelesen«, sagt Onkel Ernest und führt mich hinüber zum Bett. »Sie wusste, dass du eines Tages an der White Oak Akademie lernen wirst, deine Kräfte zu beherrschen. Also habe ich mir dort eine Stelle gesucht.«

»Und all die Jahre warst du Professor Flint?«, frage ich und schüttle den Kopf. Ich kann mir nicht vorstellen, wie es gewesen sein muss, seine gesamte Identität aufzugeben und eine Lüge zu leben.

Aber habe ich das nicht auch getan? Unfreiwillig zwar, ohne überhaupt davon zu wissen, doch schon bei den Finchleys hatte ich immer das Gefühl, irgendetwas würde fehlen. Vielleicht wollte ich deswegen nach Oxford, um fern von dieser chaotischen und doch so liebenswerten Familie herauszufinden, wer ich wirklich bin.

Oxford ist es nicht geworden, aber mittlerweile habe ich die fehlenden Puzzlestücke zusammengesetzt. Die meisten zumindest.

»Setz dich, bevor du mir noch zusammenklappst«, weist mich Onkel Ernest nach einer Weile an und drückt mich auf das Bett im hinteren Teil der windschiefen Hütte. Wahrscheinlich hat er gemerkt, wie arg meine Beine zittern, wie durcheinander ich nach all diesen Enthüllungen bin.

Das Bett knarzt, als wir uns darauf niederlassen. Kurz schließe ich die Augen und atme tief durch, wie es mir Onkel Ernest als Professor Flint beigebracht hat. Helfen tut es nicht. Wie kann es das, wenn mein Leben plötzlich so sehr aus den Fugen geraten ist?

Schon wieder ...

»An was erinnerst du dich, Isobel? Du weißt, wer du bist, oder?« Ernest mustert mich von der Seite und drückt meine Hand.

Ich zucke mit den Schultern, weil ich nicht weiß, wo ich anfangen soll. Ich begreife es ja selbst kaum.

»Ja, tue ich«, flüstere ich und presse die Lippen aufeinander. Eine Welle Traurigkeit überrollt mich.

Ich weiß, dass ich zu einer der einflussreichsten Familien in ganz Britannia gehöre, zu den Gowdie-Hexen. Dass ich die einzige Überlebende meiner Familie bin. Aber glauben kann ich es nicht. Es fühlt sich falsch an und fremd, nachdem ich so viele Jahre als Isa Finchley in London gelebt habe.

»Ich erinnere mich nur an den Brand und auch erst seit König Richard vorhin ... Vielleicht wusste ich es schon vorher, zumindest ein Teil von mir ... Ich ... Ich kann es nicht genau erklären«, stammele ich und werfe Ernest einen verzweifelten Blick zu.

Ich hasse es, noch immer im Dunklen tappen zu müssen und so viele Fragen zu haben, aber vielleicht kann er mir Antworten geben oder mir von meinen Eltern erzählen.

»Das ist verständlich. Sie müssen dir deine Erinnerungen genommen haben«, murmelt Ernest und wendet mit gerunzelter Stirn den Blick ab.

»Was? Aber wer ...? Wie bin ich überhaupt bei den Finchleys gelandet? Wer weiß, wer ich bin?«, frage ich ihn verzweifelt und bekomme es plötzlich mit der Angst zu tun.

Irgendwer da draußen kennt mein Geheimnis.

Irgendwer weiß, dass damals nicht alle Gowdie-Hexen ums Leben gekommen sind. Wieso haben sie mich dann beschützt und unter falschem Namen bei den Finchleys untergebracht?

»Freunde deiner Mutter haben dafür gesorgt, nehme ich an«, entgegnet Ernest mit einem Lächeln und stößt mich in die Seite. »Erinnerst du dich noch an sie?«

»Morgaine?«, frage ich, weil ich absolut keine Ahnung habe, von welchen Freunden Ernest sonst sprechen könnte. Immerhin weiß ich mittlerweile, dass Professor Paoli nicht nur meine Schulleiterin ist. Sie ist mehr als das für mich. Viel mehr.

Tante ... Dieses Wort schallt wieder und wieder durch meinen Kopf, wenn ich jetzt an sie denke.

»Nein, ich glaube, sie wusste nichts davon. Aber ich bin mir sicher, dass sie dich wiedererkannt hat. Du siehst deiner Mutter einfach zu ähnlich.« Ernest tippt mir auf die Nase und lächelt mich traurig an.

»Wirklich?«, frage ich mit Tränen in den Augen.

»Mmhmm, aber die Farbe hast du ganz klar von uns Gowdies«, sagt Ernest und fährt sich durch seine Haare. Sie sind genauso kastanienbraun wie meine, ergrauen jedoch an Schläfen und Nacken.

»War sie die Schülerin, über die du gesprochen hast? Meine ... Mum?«

»Bei der *Fokus*-Stunde?«

Ich nicke und sehe nun Professor Flints traurige Miene vor mir. Die kleinen Äuglein, die sich sogar

26

mit Tränen gefüllt haben, so untypisch für unseren cholerischen Lehrer.

»Ja, leider ...«, murmelt Ernest und seufzt tief. Einen Moment lang wendet er sich von mir ab und schnäuzt sich in ein Stofftaschentuch, bevor er es in seine Brusttasche gleiten lässt. Statt Professor Flints kanariengelben Samhain-Anzug trägt er nun eine dunkle Stoffhose, schmutzige Wanderstiefel und ein petrolgrünes Holzfällerhemd.

»Alexander und Brianna ... Sie hatten noch so viel vor sich.«

Ich nicke und presse die Lippen aufeinander, um ein Schluchzen zurückzuhalten. Obwohl ich mich kaum noch an sie erinnere, spüre ich die Trauer in meinem Herzen. Ich vermisse sie schrecklich.

»Aber wenn es nicht Tante Morgaine war«, murmele ich nach einer Weile und blicke zu Ernest auf. »Wer war es dann?«

Seufzend zuckt er mit den Schultern. »Ich denke, es war das Wasservolk. Brianna hatte schon immer eine enge Bindung zu ihnen.«

Das Wasservolk? Bin ich deswegen ins Meer gesprungen? Weil ich dachte, dass sie mich retten?

»Und dann haben sie dich zum Institut gebracht. Deine Adoptiveltern arbeiten doch dort, oder?«

Ich nicke langsam und versuche, mich daran zu erinnern. Während die Nacht des Brandes so klar wie ein Film in meinen Gedanken ist, ist alles davor oder danach wie ausgelöscht.

Meine erste richtige Erinnerung von der Zeit danach ist ein regnerischer Nachmittag im Haus der Finchleys. Das Feuer hat im Wohnzimmerkamin gebrannt und eine angenehme Wärme im ganzen Raum verteilt. Ich habe zusammen mit Lucas auf dem Sofa gesessen, eingehüllt in eine von Granny Sues Häkeldecken, während er mir Geschichten aus seinem Lesebuch vorgelesen hat. Schleppend zwar, weil er selbst noch nicht so lange die Schule besucht hat, aber er hat sich sehr viel Mühe gegeben. Lucas hat schon damals auf mich aufgepasst und das, obwohl er gewusst haben muss, dass ich nicht wirklich seine Schwester bin.

Bei dem Gedanken daran muss ich lächeln und wünschte, ich könnte Lucas dafür danken, dass er immer für mich da war, ohne Wenn und Aber. Mike ebenfalls, obwohl mich seine Streiche so manches Mal an den Rand der Beherrschung gebracht haben.

»Und du? Wann wusstest du, dass ich es bin?«, frage ich Onkel Ernest nach einer Weile und blicke zu ihm auf. »Warum hast du nichts gesagt?«

»Ich war mir nicht sicher, ob du dich erinnern konntest. Ich wollte dich nicht erschrecken. Die Wahrheit ist schließlich keine leichte Kost …«, sagt er und zuckt mit den Schultern.

Ich nicke. »Stimmt auch wieder.«

»Aber gewusst habe ich es schon, seit ich dich das erste Mal gerochen habe, aber da hatte dich die alte Crumple schon vor die Tür gesetzt«, entgegnet Ernest lachend. Er verstummt aber gleich wieder. Ihm muss eingefallen sein, was aus unserer grummeligen Haushälterin geworden ist.

»'Tschuldigung«, nuschelt er und streicht mir über den Rücken. Wahrscheinlich hat er mir angesehen, wie sehr mich ihr Tod noch beeinflusst.

Mit aller Macht verdränge ich die Erinnerungen daran. An das Blut auf den alten Dielen, ihr bleiches Gesicht, und …

»Genug davon, kleine Hexe. Du solltest erst einmal etwas essen«, reißt mich Onkel Ernest aus meinen Gedanken. Blitzschnell erhebt er sich vom Bett. »Du hast schließlich fast zwei volle Tage geschlafen.«

»Was? Zwei volle Tage?«, frage ich entsetzt und springe auf. »Was ist mit dem Mörder? Und die anderen? Wissen sie, dass es mir gutgeht? Warum hast du mich nicht eher geweckt?«

»Wenn das so leicht wäre …«, seufzt Ernest und macht sich an der Feuerstelle zu schaffen, um sie wieder in Gang zu setzen. Ein lautes Knacken lässt mich zusammenzucken und an die Nacht damals denken, die unser Leben auf so dramatische Weise verändert hat.

»Was soll das denn wieder heißen?«, fahre ich Ernest an, weil ich die Geheimniskrämerei langsam satthabe. Ich will Antworten, statt weitere Fragen, die mich nachts nicht schlafen lassen.

»Nach dem Samhain-Ritual kommt es schon mal vor, dass eine Hexe bewusstlos wird. Nicht so lange wie bei dir, aber das ist eine natürliche Reaktion des Körpers, um mit der neuen Kraft fertigzuwerden«, entgegnet er ruhig und hängt einen Kessel übers Feuer. »Wie fühlst du dich, Isobel? Von den Erinnerungslücken mal abgesehen?«

Ich zucke mit den Schultern und höre zum ersten Mal seit meinem Erwachen in mich hinein. Dabei schließe ich die Augen und konzentriere mich auf die Magie, die durch meine Adern fließt und mich von innen wärmt.

»Stark«, flüstere ich und lächle. »Sehr stark.«

Und nicht nur das. Das Ritual hat sämtliche Magiereserven aufgefüllt. Als hätte ich nie meine Kräfte verloren, nachdem ich Evan aus Violets Zauber befreit habe.

Ernest nickt mir anerkennend zu. »Stärker noch als mein Bruder zu seinen besten Zeiten, wenn du mich fragst.«

»Ach, Quatsch«, sage ich und mache eine wegwerfende Geste. Viel weiß ich nicht mehr über Opa Eric, aber eines ist mir in Erinnerung geblieben, vielleicht auch wegen meiner Nachforschungen, die ich für den Unterricht über die Gowdies angestellt habe: »Niemand ist stärker als er.«

»Wenn du meinst, kleine Hexe.« Ernest seufzt schwer, klingt aber so, als wäre hier das letzte Wort noch nicht gesprochen.

KAPITEL 3

Graham

»Spürst du das auch?«, frage ich Pierce, nachdem wir uns an diesem Nachmittag mühsam den Hang hinaufgekämpft haben. Zwei Teams der Suchmannschaft befinden sich in unserer Nähe und sehen sich wachsam nach Evan und den Vermissten um.

»Was?«, fragt mein Begleiter schwer atmend und springt von dem Felsen, über den wir klettern mussten, um voranzukommen.

»Ich weiß nicht. Irgendetwas fühlt sich komisch an«, murmele ich und konzentriere mich darauf.

Was es auch ist, es scheint noch ein ganzes Stück entfernt zu sein. Nur dumpf dringt dieses dunkle Gefühl zu mir herüber. Die Luft ist erfüllt von einem Wispern, durch das sich mir die Nackenhaare aufstellen. Wispern, das mir bekannt vorkommt ...

»Es kommt von dort, glaube ich«, sage ich zu Pierce und deute die Anhöhe hinauf. Eingeklemmt zwischen zwei knorrigen Eichen ragt ein moosbewachsener Felsen in die Höhe.

»Aus der Höhle da?«, fragt Pierce, als er meinem ausgestreckten Arm mit seinem Blick folgt.

Ein schmaler Spalt ist im verwitterten Gestein zu erkennen und endlose Dunkelheit dahinter.

»Ich weiß nicht, Gray. Wir sollten weiter geradeaus gehen, wie es dein Onkel befohlen hat.«

»Ich sag' dir, da ist irgendwas ... Ich kann es ... riechen?« Angewidert verziehe ich das Gesicht, als mir der ekelhafte Geruch in die Nase steigt. Sofort beschleunigt sich mein Herzschlag. In den letzten zwei Tagen ist mir dieser Gestank nur allzu vertraut geworden.

Moder.

Verwesung.

Tod.

Bevor Pierce mich aufhalten kann, rutsche ich den Felsen hinunter und halte auf den Höhleneingang zu. Je näher ich dem dunklen Loch in der Felswand komme, umso stärker wird der Gestank und das Gefühl der Gefahr, bis meine Arme eine heftige Gänsehaut überzieht. Etwas Bedrohliches befindet sich dort in der Finsternis. Vielleicht ist es Evan, oder nur eines seiner Opfer, aber ich kann nicht anders. Ich muss diesem Gefühl folgen. Isa oder Joana könnten dort drin sein.

»Graham! Warte, doch mal, verdammt!«, flucht Pierce hinter mir. Er folgt mir zögerlich.

»Pssst!«, zische ich und werfe Pierce einen mahnenden Blick über die Schulter zu. Sollte sich Evan in dieser Höhle verstecken, müssen wir alles tun, um ihn nicht aufzuschrecken. Um ihn nicht wieder zu verlieren wie in der Samhain-Nacht.

Diesmal werde ich nicht versagen, denke ich entschlossen und richte meinen Fokus ganz auf den dunklen Höhlenschlund. *Ich werde meinen Fehler wiedergutmachen. Wenn wir Evan haben, finden wir vielleicht auch Isa und Joana.*

»Sollten wir nicht deinen Onkel oder die anderen rufen?«, fragt Pierce und dreht sich nach den beiden Teams in unserer Nähe um. Plötzlich wirkt er kein bisschen mehr wie der selbstsichere Rekrut, der mir und Jasper vor zwei Stunden aus dem Thronsaal gefolgt ist.

»Ja, mach das«, sage ich und drehe mich zum Höhleneingang um. Er ist nur noch ein paar Meter entfernt und erinnert mich an das halb geöffnete Maul eines Biests, das nur darauf wartet, mich zu verschlingen.

Wenn man Castors Berichten und denen anderer Hexen aus der Gegend rund um Codwyll glauben kann, dann sind diese Höhlen alle miteinander verbunden. Ein Schacht führt in den nächsten. Mal stehen sie unter Wasser, dann sind die Zugänge mit Geröll verschüttet oder von Gestrüpp zugewuchert. Alle, die versucht haben, das Netzwerk zu kartographieren, haben es wenig später aufgegeben und nur bruchstückhafte Pläne zurückgelassen.

Wenn ich also wirklich dort hineingehe, muss ich auf alles gefasst sein.

Mit klopfendem Herzen streiche ich die Efeuranken beiseite, die Teile des Höhleneingangs verdecken. Von Pierce ist nichts mehr zu sehen. Wahrscheinlich ist er längst auf dem Weg zu den anderen, um ihnen von meinem Fund zu berichten.

Ein letztes Mal atme ich tief durch und zwinge mich zur Konzentration. In meiner Hand flackert eine Lichtkugel auf, die mir in der dunklen Höhle helfen soll, nicht in eine Felsspalte zu stürzen. Von denen scheint es einige zu geben, zumindest haben Vaters Berater das in den alten Aufzeichnungen aus der Bibliothek der Darkwood gelesen.

Jetzt hast du die Chance, dich als Erbe zu beweisen, denke ich, als ich in die Finsternis trete und das Gefühl der Gefahr zunimmt.

Laut hallen meine Schritte von den Felswänden, egal wie sehr ich mich bemühe, leise zu sein. Steine rollen vor mir tiefer in den Berg hinab und selbst mein Atem hört sich in dem engen Stollen lauter an.

Sieh der Gefahr ins Auge, Junge, höre ich Vaters Stimme in meinen Gedanken, als ich dem schmalen Tunnel folge. Dank meiner Lichtkugel sehe ich, wie er allmählich breiter wird und in eine größere Höhle mündet. Weder von Evan noch von den Vermissten ist eine Spur zu entdecken. Nur eine schmale Felsspalte, hinter der mich mehr Dunkelheit erwartet.

Habe ich mich getäuscht?

Stirnrunzelnd drehe ich mich im Kreis, suche die gesamte Höhle ab. Nichts. Und doch werde ich das Gefühl nicht los, dass Evan hier ganz in der Nähe ist. Oder war.

»Nur wo?«, frage ich leise flüsternd in der Stille der Höhle.

Die Geräusche, die uns bei der Suche im Wald ein ständiger Begleiter waren, sind hier unten längst nicht mehr zu hören. Kein Vogelzwitschern. Kein Wind oder das Knacken von Ästen, wenn ich oder einer der anderen Sucher nicht aufgepasst haben.

Es ist vollkommen still hier unten, fast so wie auf der Darkwood. So still, dass ich meinen Herzschlag deutlich hören kann. Es hämmert in meiner Brust wie in der Samhain-Nacht, als ich erkannt habe, dass Evan den Mord an Mrs. Crumple begangen hat. Dass er Isa getötet hätte, wäre ich nicht im rechten Moment auf sie gestoßen.

Ein Schlurfen zerreißt die Stille und lässt mich erschrocken herumwirbeln. Eben habe ich noch gedacht, ich wäre allein, doch dieses Geräusch belehrt mich nun eines Besseren. Wie aus weiter Ferne sind Schritte zu hören. Schwere Schritte.

Ich drehe mich zum Ausgang um. Weder Pierce noch sonst ein Mitglied unseres Suchtrupps sind im Schein meiner Lichtkugel zu sehen.

Da ist es wieder, dieses Schlurfen, Schritte und ein Klappern, als wäre etwas zu Boden gefallen.

Dann ersticktes Keuchen und Röcheln.

Eine Stimme, deren Worte ich nicht verstehe.

Orientierungslos schaue ich mich in der Höhle um, um herauszufinden, woher das kommt.

Der Felsspalt!, schießt es mir durch den Kopf, als mein Blick auf den Riss in der Wand fällt. Das ist die einzige logische Erklärung. Irgendetwas muss sich dahinter befinden.

Oder irgendjemand.

Vielleicht ist es Evans nächstes Opfer, das sich in die Höhlen geflüchtet hat und ihm ohne Ausweg ausgeliefert ist. Oder Evan selbst, der hier Zuflucht gefunden und mich gehört hat.

Gerade, als ich die Spalte erreiche, dringt ein gellender Schrei daraus hervor. Erschrocken halte ich den Atem an und lausche.

War das gerade ...? War das Onkel Jasper?

Sofort werfe ich den Rucksack ab und zwänge mich durch den Spalt. Dabei ignoriere ich meine Fluchtinstinkte und kämpfe mich Zentimeter um Zentimeter vorwärts, auch wenn ich keine Ahnung habe, was mich am anderen Ende erwartet. Ob ich je wieder lebend aus dieser Höhle herauskomme.

Aber ich kann Onkel Jasper nicht alleine lassen. Er ist zwar ein guter Kämpfer, aber dieses Messer ... Seine Macht ist mir unheimlich, jetzt noch mehr denn je, nachdem ich es in Aktion gesehen habe. Ich darf nicht zulassen, dass noch jemand deswegen zu Schaden kommt. Weil ich versagt habe.

Je weiter ich mich durch den Spalt zwänge, umso lauter werden die Kampfgeräusche. Neben Jaspers Stimme höre ich eine weitere männliche. Evan. Er muss es einfach sein. Gegen wen würde mein Onkel sonst kämpfen?

Einen schrecklichen Moment lang stecke ich fest, komme kein Stück weiter. Ich muss den Atem einsaugen und meine Muskeln anspannen, um mich durch das letzte Stück zu zwängen.

Als ich es geschafft habe, atme ich erleichtert aus und nehme automatisch eine Verteidigungshaltung ein. Wachsam blicke ich mich in der Höhle hinter der Felsspalte um. Sie ist größer als die andere und weit dunkler. Ich kann die beiden Gestalten, die an ihrem anderen Ende miteinander ringen, kaum erkennen. Sie sind nur dunkle Schatten, als wären sie meinem Albtraum entsprungen, um mich mit sich in die Dunkelheit zu ziehen.

»Onkel Jasper!«, rufe ich aus und stürze, ohne nachzudenken, auf die beiden Kämpfenden zu.

Einer von ihnen gibt würgende Geräusche von sich. Als ich näher komme, sehe ich, dass der andere ihm die Hände um die Kehle gelegt hat und mit aller Kraft zudrückt. Kein normales Wesen könnte das lange aushalten. Nicht einmal dann, wenn es über Magie verfügt.

Erst als mir das magische Licht in diesen Teil des Höhlensystems folgt, erkenne ich meinen Irrtum. Anders, als ich dachte, ist es nicht Jasper, der dort vor mir auf dem steinigen Boden liegt. Es ist nicht Jasper, der strampelnd und mit weit aufgerissenen Augen um sein Leben kämpft, sondern Evan. Und es sind die prankenhaften Hände meines Onkels, die sich fest um dessen Kehle geschlossen haben.

»Was ...? Scheiße, was tust du da?«, stoße ich erschrocken hervor und versuche, meinen Onkel von Evan wegzuzerren. Evan mag zwar für so viele Tote verantwortlich sein, aber das bedeutet nicht, dass wir hier und jetzt in dieser dunklen Höhle zu seinem Richter werden dürfen. Weder als rechte Hand des Königs, noch als dessen Erbe ist uns das erlaubt.

»Lass mich!«, knurrt Jasper. Er stößt mich mit der Schulter fort, um sein Werk zu beenden.

Evans Befreiungsversuche, werden schwächer, bis er sich kaum noch rührt.

»Hör auf! Du bringst ihn ja noch um!«, rufe ich so laut, dass meine Stimme wie ein wütender Chor von den Felswänden hallt. Kleine Steine rieseln von der Decke hinab. Sie bestätigen die Warnungen aus den alten Aufzeichnungen, dass manche der Höhlen instabil sind.

Obwohl ich mir geschworen habe, niemals meine Magie gegen meine Familie einzusetzen, scheint mir das in diesem Moment der einzige Ausweg zu sein. Bevor das letzte bisschen Leben aus Evans Körper entweicht, leite ich Magie in meine Fingerspitzen. Gerade noch rechtzeitig drücke ich sie an Jaspers Schläfen. Im Bruchteil einer Sekunde erschlafft sein Körper. Bewusstlos sackt er auf dem Boden in sich zusammen und gibt endlich Evans Kehle frei.

Vorsichtig knie ich mich neben sie und untersuche Evan. Glücklicherweise atmet er noch, flach und röchelnd, hat aber das Bewusstsein verloren. Kratzer und Schrammen bedecken sein Gesicht, seine Hände ebenfalls. Er fühlt sich kalt an, als ich ihn nach Verletzungen abtaste. Seine Kleidung ist zerrissen und schmutzig, zu dünn für die Kälte, die in Codwyll Einzug gehalten hat.

Lange hätte er nicht mehr durchgehalten, denke ich, nachdem ich mich vergewissert habe, dass er keine größeren Verletzungen hat, die sofort versorgt werden müssen.

Vermutlich ist er nur erschöpft und unterkühlt.

Weil ich es nicht darauf ankommen lassen will, belege ich ihn sicherheitshalber mit dem gleichen Zauber wie Jasper. Dazu nutze ich jedoch weit mehr Magie. Er steht schließlich noch unter dem Einfluss des Fluchs und ist mir schon einmal entwischt. Denselben Fehler mache ich kein zweites Mal, das habe ich mir in der Samhain-Nacht geschworen.

»Das Messer ... Wo ist das Messer?«, murmele ich und suche mit meiner Lichtkugel die Höhle ab.

Evan hält es nicht in den Händen, und auch an Jaspers Körper kann ich die Klinge nicht finden. Das Hopkins-Messer muss beim Kampf zu Boden gefallen sein. Vielleicht ist es in eine Felsspalte gerutscht oder unter einer Geröllschicht begraben.

Panisch taste ich den Boden ab. Jede Sekunde zählt. Ich weiß nämlich nicht, wie lange Evan unter dem Einfluss dieser finsteren Macht mit meinem Schlafzauber ruhiggestellt ist. Er könnte schon bald aufwachen und mich in seiner Raserei attackieren, wie er es in der Samhain-Nacht versucht hat. Nicht auszudenken, was geschehen könnte, sollte er das Messer erneut in die Finger bekommen.

Ich muss es vor Evan finden.

Als ich einen Steinhaufen durchwühle, höre ich hinter mir, wie sich jemand regt. Schnell fahre ich herum und atme erleichtert aus. Es ist Jasper, der sich orientierungslos die Augen reibt und herzhaft gähnt. Es dauert einen Moment, bis sich sein Blick klärt und er begreift, was geschehen ist.

»Bist du wahnsinnig, Sohn?«, fährt er mich an und stürzt sich auf mich, als wolle er nun mich mit seinen bloßen Händen erwürgen. Ich schaffe es gerade so, ihm auszuweichen.

»Das sollte ich dich fragen. Was hast du dir nur dabei gedacht?«, entgegne ich genauso wütend.

Jasper stößt ein Knurren aus, das mich an Evans Verhalten erinnert. Wie ein Raubtier kommt Jasper langsam näher, als wäre ich seine Beute und nicht Evan.

»Er hat es nicht verdient, auch nur eine Sekunde länger zu leben«, zischt Onkel Jasper und schüttelt vehement den Kopf. »Ich dachte, du siehst das genauso, nach allem, was er getan hat. Oder hast du deine Schwester und diese Zufällige vergessen?«

»Joana und Isa sind nicht tot«, entgegne ich mit scharfer Stimme und werfe ihm einen durchdringenden Blick zu. »Sie haben sich wahrscheinlich nur im Wald verlaufen. Aber sie sind nicht tot.«

»Na, sicher. Rede dir das nur weiter ein«, entgegnet Jasper mit einem wütenden Schnauben und klopft sich den Staub von seinem schwarzen Mantel.

Er macht ein paar Schritte auf mich zu und fast glaube ich, er will mir eine Ohrfeige verpassen, wie früher, wenn er mich gemaßregelt hat. Im nächsten

Moment beugt er sich jedoch runter. Das Ratschen eines Reißverschlusses ist zu hören, dann das Rasseln von Ketten. Aus einem Rucksack zieht Jasper magische Fesseln angefertigt von den Wynchester-Hexen hervor. Vater hat sie an alle Mitglieder des Suchtrupps verteilen lassen, falls wir Evan finden. Diese Fesseln haben die Macht, Magie zu unterdrücken, auch die des Hopkins-Messers. So wird Evan uns nicht entkommen können.

»Am liebsten würde ich diesen Scheißkerl in den Kerkern der Darkwood verrotten lassen, bis er in der ewigen Stille den Verstand verliert und alle Welt ihn vergessen hat«, brummt mein Onkel, als er den bewusstlosen Evan packt und ihm die Ketten anlegt. Mit einem Klacken schließen sich die Handschellen um seine Gelenke und besiegeln Evans Schicksal.

»Als Sterblicher untersteht Evan dem Schutz des Instituts, oder hast du das vergessen?«, erinnere ich Jasper, obwohl ich seine Wut nur zu gut nachvollziehen kann. Sollte ich mich irren, sollte Evan Isa oder Joana tatsächlich etwas angetan haben … Ich wüsste nicht, was ich tun würde, vermutlich das, was Onkel Jasper eben versucht hat.

Oder Schlimmeres.

»Wie könnte ich das vergessen, hm? Aber so wie ich diese bürokratischen Sesselfurzer kenne, finden sie am Ende noch einen Weg, um ihn freizulassen. Dann gnaden uns die Mächte!«, blafft Jasper und reißt Evan am Kragen hoch.

Mit einem Keuchen wirft sich mein Onkel den bewusstlosen Menschen über die Schulter, als wäre er ein Sack Mehl. Dann drängt sich Jasper an mir vorbei und folgt leise fluchend demselben Weg, durch den er hereingelangt ist.

»Nichtsnutziger, kleiner Bastard«, höre ich ihn im Vorbeigehen zischen, wobei ich mir nicht sicher bin, wen genau er damit meint. Evan, oder mich?

»Und du hast sie wirklich nicht gesehen?«, frage ich Jasper, als ich hinter ihm her eile. Der Stollen, der direkt hinaus ins Freie führt, ist ungefähr fünfzig Meter von der Stelle entfernt, an der ich in den Berg gelangt bin. Er ist weit breiter als die Spalte, die die Höhlen verbindet, sodass wir sogar nebeneinander gehen können.

»Wen?« Draußen angekommen lässt Jasper Evan mit einem Ächzen von seiner Schulter gleiten und lehnt ihn gegen einen Baumstamm.

»Isa und Joana.«

»Wenn es so wäre, hätte ich doch längst was gesagt«, entgegnet Onkel Jasper und blickt sich auf dem schmalen Plateau vor dem Höhleneingang um. Wahrscheinlich hält er Ausschau nach dem Rest des Suchtrupps, doch sind die Männer weder zu sehen, noch zu hören. Wahrscheinlich sind sie längst die Anhöhe hinaufgeklettert, ohne unsere Abwesenheit zu bemerken.

Und Pierce?

Ihn kann ich nirgends entdecken, dafür aber den Eingang, durch den ich in die Höhle gelangt bin, ein gutes Stück weiter unterhalb von uns.

Gerade, als ich mich umdrehen will, um Onkel Jasper zu fragen, was wir tun und wie wir Evan zur Darkwood Akademie schaffen sollen, erklingt ein lautes Donnergrollen. Erschrocken blicke ich mich um und fürchte, dass einer der Männer weiter oben eine Steinlawine ausgelöst hat. Als ich jedoch hinauf zum Himmel blicke, sehe ich unverkennbar die blauen Blitze, die aus Jaspers emporgestreckter Hand schießen.

»Das sollte ihre Aufmerksamkeit wecken«, murmelt er und hockt sich auf den Baumstumpf, gegen den Evan lehnt, noch immer bewusstlos, aber am Leben. *Zum Glück.*

Nur wenige Minuten später ist die Gegend erfüllt von lauten Rufen, Schritten und herabkullernden Steinen, losgetreten von schweren Stiefeln, als auch der Rest der Suchmannschaft zu uns stößt.

»Wir haben ihn echt gefunden?«, fragt Pierce ungläubig, als er Evan in Ketten sieht. Anerkennend klopft er mir auf die Schulter. »Und ich dachte, du hättest nicht mehr alle Tassen im Schrank, Prinz.«

Weil ich keine Ahnung habe, was ich erwidern soll, stoße ich bloß ein Schnauben aus. Ich kann ihm wohl schlecht erzählen, dass Jasper Evan beinahe getötet hätte.

»Bringt ihn zum Wagen«, befiehlt Jasper zwei Wachen, die eine der faltbaren Tragen zusammengebaut haben.

»Und bindet ihn gut fest«, fügt er hinzu und reicht ihnen mehrere Kletterseile.

Die Männer nicken und hieven mit der Hilfe ihrer Kollegen Evans schlaffen Körper auf die Trage.

»Ist noch jemand im Wald unterwegs?«, fragt mein Onkel die restlichen Sucher.

Die meisten zucken entweder mit den Schultern oder schütteln den Kopf.

»Ich denke nicht, Sir«, brummt einer von ihnen und klingt genauso erschöpft, wie ich mich innerlich fühle. »Ihr Zeichen war mehr als deutlich.«

Ich dachte, sobald wir Evan in Ketten gelegt haben, könnte ich mich endlich entspannen.

Das Gegenteil ist der Fall.

Wir wissen ja noch immer nicht, was aus den anderen vermissten Festgästen geworden ist, oder aus Isa und Joana. Wir werden warten müssen, bis Evan aus meinem Schlafzauber erwacht ist und wir ihn befragen können.

Wird das überhaupt etwas bringen? Wird er sich überhaupt daran erinnern, was er unter dem Einfluss des Messers getan hat? Oder wer ihm zum Opfer gefallen ist?

»Das Messer!«, platzt es aus mir hervor, als mir wieder einfällt, dass ich dieses Teufelsding vorhin in der Höhle nicht gefunden habe.

»Hatte er es nicht bei sich?«, fragt mich Pierce. Er glaubt wohl, dass ich derjenige bin, der Evan gefunden und überwältigt hat.

»Ich glaube nicht«, murmele ich und drehe mich zu Jasper um. »Hast du es gesehen?«

Jasper kratzt sich am Kopf und runzelt die Stirn. »Es muss ihm aus der Hand gefallen sein, als ich ... Wahrscheinlich liegt es noch unten in der Höhle.«

Jasper macht schon Anstalten, in die Dunkelheit zurückzukehren, um danach zu suchen, doch sagt mir etwas tief in meinem Inneren, dass ich ihn jetzt nicht aus den Augen lassen sollte. Nicht, nachdem er Evan beinahe getötet hätte.

Ich weiß nicht, woher dieses Gefühl kommt, aber allein lasse ich Jasper ganz sicher nicht noch einmal hinunter in die Höhle steigen. Nicht, wenn dort eine so gefährliche Waffe herumliegt und darauf wartet, eingesetzt zu werden.

»Ihr da, folgt dem Stollen, bis ihr in einen Hohlraum gelangt. Sucht dort alles ab, bis ihr dieses Ding gefunden habt«, weise ich mit strenger Stimme zwei der Wachleute an. »Und benutzt das Messer unter keinen Umständen, verstanden?«

Verwundert reißen sie die Augen auf und blicken zwischen Jasper und mir hin und her. Sie scheinen nicht recht zu wissen, auf wen sie nun hören sollen. Auf Jasper, die rechte Hand des Königs, oder auf mich, dessen Erben.

Für einen Moment mustert mich Jasper finster. Fragend zieht er eine Augenbraue in die Höhe, als könnte er mein Misstrauen spüren. Am Ende zuckt er mit den Schultern und nickt den Männern zu, ehe er den anderen den Hang hinunter folgt.

»Was zur Hölle ist da unten passiert?«, raunt mir Pierce zu, dem diese stumme Unterhaltung offenbar nicht entgangen ist.

»Das wüsste ich auch gerne«, murmele ich, als ich mich an den Abstieg mache.

KAPITEL 4

Joana

Noch nie war mein Leben einfach, und erst recht nicht glücklich, aber dass ich es eines Tages so sehr hassen würde, wie ich es in diesen letzten Stunden getan habe, hätte ich nicht gedacht. Ich wusste immer, dass Happy Ends in der Realität nicht existieren, nicht in der Nachtwelt, schon gar nicht für mich. Aber irgendein Ende, ganz egal wie furchtbar, wäre mir so viel lieber als das, was ich seit meinem Erwachen in diesen finsteren Zellen tief im Inneren der Darkwood erlebt habe. Nie hatte ich Kontrolle über die Dinge in meinem Leben, darüber, was ich esse, welche Kleider ich trage, oder mit was und wem ich meine Zeit verbringe. Nur auf der White Oak Akademie war ich zum ersten Mal frei.

Aber jetzt habe ich nicht einmal mehr Kontrolle über meinen Körper, geschweige denn über meine eigenen Sinne.

Wie gelähmt liege ich seit Ewigkeiten auf dem kalten Steinboden, nehme nur noch grobe Schemen wahr. Lichtkleckse und Schatten, die dichter und furchteinflößender werden, je mehr Zeit verstreicht.

Dumpfe Laute, vielleicht Schritte, in der undurch-dringlichen Dunkelheit. Mein Bewusstsein habe ich keine Sekunde verloren, fast kommt es mir so vor, als wäre es klarer als sonst. Leistungsfähiger, aber auch das hilft nicht, zu begreifen, was geschehen ist.

Schon traurig, wenn die eigene Mutter einen entführen lässt, weil sie einen nicht ausstehen kann ... Jacob Ellis' höhnende Stimme schallt stetig durch meine Gedanken, ohne dass seine Worte jemals Sinn ergeben. Oder vielleicht tun sie es doch und ich will es mir nur nicht eingestehen. Will nicht wahrhaben, was er damit sagen wollte.

Das würde Mutter nicht tun. Sie würde nicht ..., denke ich nicht zum ersten Mal seit ich die Kontrolle über meinen Körper verloren habe. Diese Worte sind wie ein Mantra und doch können sie mich nicht überzeugen. Nach so vielen Jahren, in denen ich unter der Diktatur meiner Mutter gelitten habe, ständig ihrer harschen Kritik ausgesetzt, scheint unsere Beziehung ein neues Tief erreicht zu haben.

Was sonst könnte Jacob damit gemeint haben? Warum sonst wäre Mutter im Wald gewesen, kurz bevor ich bewusstlos geworden und hier in diesem finsteren, kalten Loch wieder aufgewacht bin? In Castor Ellis' geheimen Laboratorien, wie Jacob mir stolz berichtet hat.

Schon seit Stunden sitzt Jacob mir gegenüber und beobachtet mich dabei, wie ich versuche, gegen die Betäubung anzukämpfen und es doch nicht schaffe. Aus dem Augenwinkel sehe ich ihn. Wie ein dunkler Schatten ragt er vor meiner Zelle auf, die Lippen zum bösartigen Grinsen verzogen, das sämt-lichen Ellis-Hexen angeboren wurde.

Jacob hat seitdem kein Wort mehr gesagt, und ich wünschte, ich könnte meine Lippen bewegen, doch fühlt sich alles in mir so unendlich schwer an. Ausgerechnet jetzt, da mir Tausende Fragen auf der Zunge liegen, angefangen mit den Gründen, wieso er mir das antut. Oder warum meine Mutter in all das involviert ist.

Doch kein Laut kommt mir über die Lippen, sodass es unter Castor Ellis' Zauber unheimlich still geworden ist. Und eiskalt. Bis auf ein paar Kerzen in Jacobs Nähe gibt es weder eine Licht- noch eine Wärmequelle. Das Feuer, dessen glühende Kohlen ich nach meinem ersten Erwachen gesehen habe, ist längst erloschen. Genau wie mein Kampfgeist.

Was bringt es mir, mich zu wehren? Ich komme nicht mehr von hier fort, denke ich nicht zum ersten Mal, seit Jacob mir den stinkenden Lappen mitsamt des Betäubungsmittels vor den Mund gepresst hat.

Selbst als allmählich das Taubheitsgefühl aus meinen Gliedern weicht, rühre ich mich nicht, ziehe nur die Knie an meine Brust, um der Kälte weniger Angriffsfläche zu geben.

Wozu? Ich werde sowieso sterben, oder nicht?

»Hm, du enttäuschst mich wirklich, Prinzessin.« Jacobs schneidende Stimme ist unheimlich laut, als er endlich sein Schweigen bricht.

Ich sage nichts, rühre mich keinen Millimeter. Was hätte mir das auch gebracht?

»Ich dachte, da wäre mehr Kampfgeist in dir, nach allem, was ich von meiner lieben Cousine über dich gehört habe«, fährt er fort und steht auf.

Ich schlucke, als Jacob an die Gitterstäbe tritt, fürchte, dass er seine Langeweile an mir auslassen könnte, doch bleibt er davor stehen. Mit der Stirn lehnt er sich gegen einen der dicken Stäbe und blickt mich aus seinen rotbraunen Augen an. Augen, die denen von Violet so ähnlich sehen.

»Was hat sie mir das Ohr abgekaut darüber, wie sehr du herumnörgeln und dich über deine Mutter beschweren würdest«, murmelt Jacob und seufzt. »Aber jetzt hast du dich sehr schnell mit deinem Schicksal abgefunden, wie es scheint. Schade ...«

Wieder ein Seufzen, als er sich vom Gitter abstößt und dann davor in die Hocke geht, um mit mir auf Augenhöhe zu sein. Das fiese Grinsen auf seinen Lippen ist zurück, stärker diesmal. »Ich liebe es, dich leiden zu sehen.«

Jacobs Blick ist so intensiv, er blinzelt nicht mal, während er mir fest in die Augen starrt und darauf wartet, dass ich etwas sage. Oder mich von ihm abwende. Und ich wünsche mir nichts sehnlicher. Am liebsten will ich schreien, bis ich keinen Ton mehr herausbekomme.

Aber was bringt das? Mein Leben ist vorbei.

Diese dunklen Gedanken haben mir sämtlichen Kampfgeist genommen, rauben mir meine Energie, bis ich schwer wie ein Stein auf dem kalten Boden liege. Aber eigentlich hätte ich wissen müssen, dass es so endet. Vater hat Graham und mich oft genug gewarnt, wie gefährlich die Nachtwelt sein kann. Dass es Hexen gibt, die vor nichts zurückschrecken, um ihre Ziele zu erreichen. Auch nicht vor Mord oder Entführungen und alles, was dazwischenliegt.

Wie lange wird es dauern, bis Jacob das Zuschauen zu langweilig wird? Bis er wieder hier reinkommt? Ein Schluchzen dringt mir über die Lippen. Ich verberge den Kopf zwischen den Armen, weil ich sein boshaftes Grinsen nicht mehr ertrage.

»Bist du doch noch nicht am Ende, Prinzessin?«, höre ich ihn sagen, während ich mir mit meinem Ärmel über die Augen wische, um diese dummen Tränen aufzuhalten. Aber jetzt, da sie mir einmal die schmutzigen Wangen hinabrinnen, kann ich sie nicht länger stoppen.

»Gefällt dir dein neues Outfit?«, fragt Jacob mit schadenfroher Stimme und lässt mich hochfahren. Mein Kopf dröhnt und meine Sicht verschwimmt, und doch weiß ich sofort, was er meint. Ich trage nicht länger das Kleid, das Mutter für das Samhain-Ritual ausgesucht hat. Ich stecke in einem grauen, billigen Jogginganzug, den ich vor wenigen Tagen noch nicht einmal angefasst hätte.

Jacobs Lachen schallt mir entgegen und ist in der Stille der Geheimlaboratorien so laut, dass mir der Kopf schon nach wenigen Sekunden dröhnt. »Sieht nicht so aus, aber damit musst du jetzt eine Weile auskommen, Prinzessin.«

Fest presse ich die Lippen aufeinander, verkneife mir aber einen Kommentar. Gerade gehen mir nämlich weit schlimmere Gedanken durch den Kopf als dieser hässliche Jogginganzug.

Zum Beispiel, wer ihn mir angezogen hat.

Langsam hebe ich den Blick, traue mich jedoch nicht, Jacob in die Augen zu sehen. Er schweigt, auch sein Lachen ist mittlerweile verhallt, aber wir beide wissen, was mich beschäftigt.

Er war es. Er hat ihn mir angezogen, denke ich voller Entsetzen. Erinnern kann ich mich aber nicht, obwohl ich dachte, die ganze Zeit wach gewesen zu sein, seitdem er mich betäubt hat.

Aber da hatte ich mein Kleid noch an, erinnere ich mich. In Fetzen hat es von meinem zitternden

Körper gehangen, nass und schmutzig, als hätte Jacob mich durch den Wald geschleift, um mich herzubringen.

Wenn ich mich schon daran nicht erinnere ..., denke ich und plötzlich wird mir kotzübel. *Was hat er dann noch alles mit mir angestellt, ohne dass ich es weiß?*

Aus dem Augenwinkel sehe ich, wie Jacob seinen Stuhl näher an das Zellgitter heranzieht und sich hinsetzt. Das Grinsen ist noch immer deutlich zu sehen, als er sich vorlehnt und die Ellenbogen auf den Knien aufstützt. »Keine Sorge, Prinzessin. Du wüsstest es, hätte ich noch was mit dir angestellt.«

Ich schmecke bittere Galle auf meiner Zunge und schlucke sie schnell herunter. So, wie ich Jacob einschätze, hätte es ihm sicher gefallen, wenn ich ihm vor lauter Ekel vor die Füße gekotzt hätte.

Sein leises Lachen durchschneidet die Stille und lässt mich erschaudern. Jacob hat die Stirn gegen die Gitterstäbe gelegt. »Sagen wir's so ... Wenn man einmal von mir gekostet hat, kommt man nicht mehr von mir los. Ich bin unvergesslich, und mit etwas Glück wirst du das herausfinden, Prinzessin.«

Man kommt nicht mehr von ihm los? Er ist unvergesslich? Glück?

Am liebsten will ich den Kopf schütteln, protestieren, schreien, weil er so selbstverliebt ist, zwinge mich jedoch zu einer ausdruckslosen Maske. Die Genugtuung will ich Jacob nicht geben, egal wie sehr er versucht, mich zum Reden zu bringen.

Wenn ich schon sterben muss, kann das Arschloch vor Langeweile neben mir umkommen.

Mein Gesicht bleibt starr, aber in mir tobt die Magie. Wann immer ich nach ihr greife, entzieht sie sich mir jedoch gleich wieder. Und alles nur wegen diesen verdammten magischen Fesseln!

Ich darf Jacob nicht verärgern, schießt es mir plötzlich durch den Kopf. Das ist doch der Grund, weshalb ich überhaupt hier bin, oder nicht? Weil ich Jacob gekränkt habe, leider nicht nur einmal.

Aber was hat Mutter dann bei ihm gemacht? Ich kann mir das doch nicht eingebildet haben, oder?

»Was hat meine Mutter damit zu tun?«, frage ich mit kratziger Stimme, als ich den endlosen Sturm an Fragen in mir nicht mehr aushalte. Ich mag hier sterben, aber wenigstens will ich wissen, wieso.

Jacob springt von seinem Stuhl hoch und tritt so dicht an das Eisengitter heran, als wolle er mit dem Metall verschmelzen. »Sieh an, sie spricht!«

»Nicht mehr lange, wenn du mir nicht sofort antwortest«, entgegne ich, auch wenn mir mehr als bewusst ist, dass das keine gute Drohung ist.

»Schon gut, schon gut, Prinzessin«, sagt Jacob und hebt beschwichtigend die Hände. Er tritt ein paar Schritte zurück und verzieht das Gesicht, als müsse er erst über eine Antwort nachdenken.

»Sagen wir einfach, du bist unsere Garantie, dass Lady Waterhouse ihren Teil unseres Deals einhält«, sagt er schließlich und schenkt mir das fiese Ellis-Grinsen, das ich schon an Violet gehasst habe. Jacob hat es noch weit besser drauf. Damit wirkt er wirklich angsteinflößend und bedrohlich, vor allem nun da ich ihm so machtlos ausgeliefert bin.

Glaub ihm kein Wort, rede ich mir ein. Die Ellis-Hexen lügen wie gedruckt, wenn es drauf ankommt. Wer weiß, ob es stimmt, was er sagt, oder ob ich mir das alles nur eingebildet habe. Solange ich Mutter nicht wieder gegenüberstehe und sie selbst danach fragen kann, ist alles möglich.

Wobei sie sich sicher nicht die Mühe machen und hierherkommen wird, denke ich und verziehe das Gesicht. An einem so verlorenen Ort hätte sie sich bestimmt nicht blicken lassen.

»Aber keine Sorge, Prinzessin«, sagt Jacob nach einer Weile und lässt sich auf seinem Stuhl nieder. »Solltest du bald meiner Familie beitreten, werde ich dafür sorgen, dass niemand dich je wieder so herablassend behandelt.«

Seiner Familie beitreten? Was soll das ...?

Wieder schmecke ich bittere Galle, als mir klar wird, worauf er hinauswill.

»Ich werde dich wie eine Königin behandeln. Und wer weiß ...? Vielleicht wirst du es eines Tages sogar sein.«

Ich beiße mir fest in die Wange, um die Worte zurückzuhalten, die ich diesem arroganten Arschloch am liebsten gegen die Stirn geworfen hätte.

Lieber lasse ich mich bei lebendigem Leib über Kohle rösten, als dass ich ihn heirate, denke ich und kann es mir gerade noch so verkneifen, ihm vor die Füße zu spucken. Dass ich angewidert mein Gesicht verziehe, entgeht Jacob natürlich nicht.

»Na, na, Prinzessin«, sagt er tadelnd und hebt den Finger. »Eines Tages wirst du dir wünschen, es wäre so gekommen.«

Gott, wie kann man nur so von sich überzeugt sein?, denke ich, bleibe aber ausdruckslos.

Langsam richte ich mich auf und bringe mich in eine sitzende Position. Meine Glieder sind immer noch steif. Ob es am Betäubungsmittel liegt oder an der Kälte, weiß ich nicht.

»Was hast du jetzt vor, Jacob?«, frage ich, meine Stimme kaum mehr als ein Wispern, das die Stille der Darkwood nur allzu schnell verschluckt.

Jacob seufzt und zuckt mit den Schulter. »Das kommt ganz darauf an ...«

Am liebsten würde ich die Augen verdrehen oder ihm für diese kryptische Antwort den Mittelfinger zeigen, doch tue ich nichts dergleichen. Stattdessen wiederhole ich meine Frage, notfalls nochmal und nochmal wie eine kaputte Schallplatte, bis er mir endlich eine gescheite Antwort gibt. Wenigstens das habe ich verdient, bevor ich verrecke, oder nicht?

»Es hängt davon ab, ob unsere Verbündeten sich an unsere Abmachung halten. Mehr kann ich dazu leider nicht sagen, Prinzessin«, sagt er und klingt tatsächlich so, als würde er es bedauern.

Seine Verbündeten?

Meint er damit etwa Mutter? Gerade hat er ja schon irgendetwas von einem Deal erzählt.

Oder ist das alles nur Schauspiel, nur Lug und Trug, um mich bei Laune zu halten?

»Aber ich hoffe darauf, dass sie es nicht tun«, höre ich ihn leiser sagen, als er sich auf seinem Stuhl zurücklehnt und die Beine übereinanderschlägt.

»Was nicht tun?«

»Sich nicht an die Abmachung halten«, sagt er und verdreht die Augen. »Meine Güte, du bist echt nicht die Hellste.«

Bemerkungen wie diese habe ich mein gesamtes Leben lang gehört, vor allem von meiner Mutter. Sie machen mir schon lange nichts mehr aus, erst recht nicht wenn sie von einem Ekel wie Jacob kommen.

»Und warum willst du das nicht?«, frage ich. *Welcher Verrückte will nicht, dass sich jemand an einen Deal hält, den man gemeinsam geschlossen hat? Das ergibt doch gar keinen Sinn!*

»Na, weil ich mein neues Spielzeug noch nicht aufgeben will«, sagt Jacob und lehnt sich wieder zu mir vor. Seine Augen blitzen dabei auf, sodass mir sofort klar ist, was er meint: *Ich bin sein Spielzeug.*

Ich würge und wende den Blick ab.

Und mich aufzugeben bedeutet in diesem Fall ... Ich atme tief durch und schlucke das Entsetzen herunter, das bei diesen Gedanken in mir aufkommt. *Es bedeutet meinen Tod.*

Was sich erst wie ein Schlag in die Magengrube anfühlt, schließlich hatte ein naiver Teil von mir durch Professor Paoli die Hoffnung auf ein langes, und vor allem selbstbestimmtes Leben, ist plötzlich wie ein Befreiungsschlag.

Das heißt, ich muss das hier nicht mehr lange mitmachen, denke ich und kann ein Kichern nicht zurückhalten. Das ist zwar nicht das Ende, das ich mir für mein Leben gewünscht habe, aber immerhin kann ich so dem Schicksal entkommen, das meine Eltern für mich festgelegt haben.

Und ich kann Jacob entkommen, denke ich, weil ich seinen Blick noch immer deutlich auf mir spüre.

»Das ist nichts, worüber man lachen sollte«, sagt er mit strenger Stimme und zieht sich an den Gitterstäben hoch. »Der Tod ist eine ernste Angelegenheit, Prinzessin. Er kostet dich ja dein Leben.«

Was ist denn das für ein bescheuertes Gelabere?

Jacobs angebliche Weisheiten sind so schlecht, dass ich nur noch lauter lache. Ich kann es einfach nicht zurückhalten, obwohl er eigentlich recht hat. Es ist eine ernste Angelegenheit. Eine sehr ernste.

»Aber lach du nur«, sagt Jacob und stimmt sogar selbst mit ein. »So gefällst du mir viel besser, als wenn du nur rumliegst und nicht reagierst.«

Sofort bleibt mir das Lachen im Hals stecken.

Von Jacob ist ein enttäuschtes Zischen zu hören, dann spricht er weiter: »Bevor du mich noch mehr ausfragst: Fürs Erste wirst du wohl in meiner Obhut bleiben. Ist das nicht wunderbar?«

Eher steche ich mir mit glühenden Eisen beide Augen aus, denke ich, reagiere äußerlich aber nicht auf ihn.

Jacob rollt mit den Augen und hockt sich wieder auf seinen Stuhl. »Und wenn du brav bist und nicht bloß stur in der Gegend herumsitzt ... Dann muss ich dich vielleicht auch nicht mehr betäuben.«

Augenblicklich werde ich hellhörig. Er wird mich nicht mehr betäuben?

Der Funke Hoffnung, der eben erst erloschen ist, erglüht erneut. Dann ist es vielleicht doch nicht so aussichtslos, wie ich bisher dachte. Magie ist nicht die einzige Waffe, deren Nutzung man mich gelehrt hat. Vater hat darauf bestanden, dass ich zumindest ein paar Stunden Kampftraining über mich ergehen lasse für den unwahrscheinlichen Fall, dass mich jemand angreifen oder entführen könnte.

So unwahrscheinlich war es wohl doch nicht, was?, denke ich und versuche mich an die wenigen Übungseinheiten zu erinnern. Damals war ich vielleicht gerade einmal zwölf und habe es kein bisschen ernst genommen.

Aber jetzt könnte ich das so gut gebrauchen, um diesem Verrückten zu entkommen.

Und dann? Wie willst du hier herauskommen?, frage ich mich und die Hoffnung erlischt.

Es gibt einen guten Grund, warum Castor Ellis' Labore geheim sind. Wären sie so leicht zu finden, wüsste die Nachtwelt längst von ihrer Existenz.

Enttäuscht lasse ich den Kopf hängen und zucke zusammen, als mein Magen ein lautes Knurren von sich gibt.

Wie lange bin ich schon hier? Wie viel Zeit ist seit der Entführung vergangen? Sucht man überhaupt noch nach mir oder haben sie mich aufgegeben, weil sie denken, dass auch ich dem Mörder zum Opfer gefallen bin?

»Hast du etwa Hunger, Prinzessin?«, fragt Jacob unnötigerweise und springt von seinem Stuhl auf. »Warte hier.«

Ich schnaube. *Als ob ich wegkönnte, du Idiot!*

Im hinteren Teil des Labors klappert es, dann kehrt Jacob mit einer hölzernen Schüssel zurück. »Als Belohnung für dein süßes Lachen vorhin.«

Mit einem gönnerhaften Lächeln schiebt er die Schüssel durch die Gitterstäbe in meine Zelle.

Ich bleibe sitzen, obwohl mein Magen knurrt.

»Zier dich nicht so, Prinzessin«, sagt Jacob und rückt heran. »Willst du, dass ich dich füttere?«

Die Lippen hat er wieder zu einem Grinsen verzogen. Er spielt nur mit mir und trotzdem entfalten seine Worte ihre Wirkung. Mühsam krieche ich auf die Schüssel zu. Meine Beine wollen mir noch nicht gehorchen. Der Weg ist so unglaublich anstrengend, obwohl es nur knapp zwei Meter sind.

»Hach, ich liebe es, dich vor mir knien zu sehen«, knurrt Jacob mit dunkler Stimme.

Eine Gänsehaut breitet sich auf meinem Körper aus. Fast fällt mir die Schüssel aus den Händen, weil ich so heftig erschaudere.

»Nur an deinem Geruch müssen wir etwas tun«, fügt er hinzu, nachdem er doch ernsthaft an mir geschnuppert hat, kaum dass ich das Gitter erreiche.

Schnell wende ich mich ab und robbe davon. Seine letzte Bemerkung ignoriere ich und bete, dass er mich nicht wieder betäubt und wer weiß was, mit mir anstellt.

So ungern ich auch zugebe, wie hungrig ich bin, hat mich mein Magen längst verraten.

Nur ein paar Löffel, denke ich und schiebe mir unbeholfen die erste Ladung in den Mund. Ein paar Tropfen landen auf dem Jogginganzug, doch ist mir das egal.

Der Eintopf selbst, schmeckt einfach nur salzig. Das macht es mir unmöglich, einzelne Zutaten zu bestimmen. Oder ob Jacob mir Gift oder noch mehr Betäubungsmittel untergejubelt hat. Ihm traue ich alles zu.

»Schmeckt's nicht?«, fragt Jacob und klingt so, als hätte er damit schon gerechnet. Hat der Arsch etwa absichtlich zu viel Salz hineingegeben. »Du weißt ja, was man über verliebte Köche sagt ...«

Ich muss mich zusammenreißen, um das bisschen Eintopf nicht wieder zurück in die Schüssel zu spucken. Wer weiß, wie Jacob darauf reagiert hätte?

»Wenn du Mein bist, kannst du gern das Kochen übernehmen. Es liegt mir nicht besonders«, sagt Jacob lachend. Es hört sich anders an, aufrichtiger, als könnte er sich ein solches Leben tatsächlich mit mir vorstellen.

Säße ich nicht hinter Gittern, hätte er mich nicht vor Stunden entführt und betäubt, wüsste ich nicht, wie furchtbar er und seine Familie sind, dann hätte ich ...

Wag es ja nicht, auch nur an sowas zu denken, Jo!, rede ich mir ein und stelle die Schüssel weg. *Wie krank muss man sein?*

»Wobei ... Wenn es nach mir geht, wärst du sowieso mit unserem Nachwuchs beschäftigt«, sagt Jacob und grinst breit. »Oder mit dessen Zeugung.«

»Du widerwärtiger Bastard«, entfährt es mir und bevor ich weiß, was ich tue, habe ich die Schüssel nach ihm geworfen. »Wag es ja nicht, auch nur an sowas zu denken!«

»Tue ich aber, Prinzessin«, sagt Jacob gelassen und ein glückliches Lächeln bringt sein Gesicht zum Strahlen. »Schade um den schönen Eintopf. Dabei habe ich mir doch so viel Mühe für dich gegeben.«

Seufzend schiebt Jacob die Reste der Schüssel mit der Schuhspitze weg. »Und Schade um unser nettes Gespräch. Aber wenn du handgreiflich wirst, bleibt mir nichts anderes übrig.«

Er seufzt und fährt mit der Hand durch die Luft. Ich spüre das Prickeln der Magie auf meiner Haut, als sich die Gitterstäbe zur Seite winden und ihn in meine Zelle lassen.

Bevor ich vor Jacob davonkriechen kann, hat er mich an den Füßen gepackt und zerrt mich grob heran. Dass ich mir dabei die Hände auf dem Steinboden aufschürfe, mir sogar Fingernägel abbreche, als ich verzweifelt versuche, mich an der Fuge einer der Steinplatten festzuhalten, interessiert ihn nicht.

»Du hast es nicht anders gewollt«, knurrt Jacob, als er sich über mich kniet und mir den Lappen aufs Gesicht presst. »Eines Tages wirst du dir wünschen, ich hätte dich zu meiner Königin gemacht. Vorausgesetzt, du überlebst das hier.«

KAPITEL 5

Isa

Während Onkel Ernest im Kessel über dem Feuer herumrührt, beobachte ich ihn und knabbere am trockenen Stückchen Brot, das er mir eben in die Hand gedrückt hat.

»Warum hat er das getan?«, murmele ich und für einen Moment sehe ich das brennende Anwesen meiner Familie in den Kaminflammen aufflackern.

»Wer hat was getan, Isobel?«, fragt Ernest und dreht sich zu mir um.

In der Finsternis kann ich ihn kaum sehen und bin versucht, den Vorhang wegzuschieben. Etwas hält mich zurück. Sonnenlicht macht Vampiren wie Ernest nichts aus, daran liegt es nicht. Vielmehr ist es die Angst vor Grahams Onkel, die sich nach dem ersten Schock über Ernests Enthüllung wieder in mir breitmacht. Die Angst davor, dass Jasper mich finden könnte, sollte ich diese Hütte verlassen.

»Jasper«, flüstere ich und reiße wieder ein Stück Brot ab. »Ich dachte, du wüsstest es.«

»Ich wüsste was? Kind, musst du jetzt auch in Rätseln sprechen wie dein Großvater, hm?«, murrt

Ernest. Es klappert in der Dunkelheit, als würde er etwas schneiden. Gemüse vielleicht?

»Dass er es war«, sage ich so leise, dass ich mir nicht sicher bin, ob er mich gehört hat. »Jasper.«

Ernest legt das Messer weg. Mit gerunzelter Stirn tritt er in den Lichtschein, der durch den Spalt im Vorhang fällt. »Wovon sprichst du, Isobel?«

»Jasper Waterhouse hat den Brand gelegt. Ich habe ihn gesehen«, flüstere ich und wünschte, ich könnte das alles vergessen. Ich wünschte, ich hätte nicht dabei zusehen müssen, wie er seine Begleiter getötet und seine Klingen dann an deren schwarzen Mänteln abgewischt hat. Wie auch sie in leuchtend blauen Flammen aufgegangen sind genau wie mein Zuhause, mein ganzes Leben nur wenige Minuten zuvor.

Onkel Ernests wütendes Schnauben reißt mich aus den Erinnerungen.

»Unmöglich! Dieser Tölpel würde doch nie allein auf die Idee kommen«, ruft er und schüttelt den Kopf. »Bist du dir absolut sicher, Isobel?«

Ich nicke und lege meine Brotscheibe weg. Mir ist nicht mehr nach Essen zumute.

»Zeig es mir.«

»Wie soll das denn gehen?«, frage ich Ernest und kenne im selben Moment schon die Antwort. Mit Magie natürlich. Mit meiner Gabe.

»Bei deinem Großvater hat es auch funktioniert, obwohl seine Sehergabe nicht gut ausgeprägt war«, erzählt Ernest und reibt sich über die bärtigen Wangen. »Normalerweise zeigt sich diese Fähigkeit nur bei den Frauen unserer Familie und das dann sehr stark, wie du vielleicht schon gemerkt hast.«

Ich schnaube und nicke. »Ja, leider.«

»Was heißt hier *leider*, Isobel? Andere Hexen würden dafür töten, haben es in der Vergangenheit sogar«, knurrt er und baut sich mit in die Hüften gestemmten Händen vor mir auf.

»Mag ja sein, aber ...«, sage ich und lasse den Kopf hängen. »Seit meine Kräfte erwacht sind, kann ich sie nicht mehr kontrollieren. Es ist ...«

Ich seufze und zucke mit den Schultern. Erinnerungen an die letzten Wochen kommen in mir auf. An die Vision, die ich während der Feier des 13. in der Nähe des Sees hatte. Connor, einer der Rekruten mit ähnlichen Fähigkeiten, musste mich daraus befreien. Oder das, was ich gesehen habe, als ich den Strick von Isobel Gowdie berührt habe.

Viens, ma chérie. Diese tiefe Männerstimme am Ende meiner Vision hallt noch immer in mir nach. Ich dachte, ich hätte Isobel Gowdies Tod gesehen, sogar miterlebt, aber was sollte das dann? Bis heute habe ich keine Ahnung, was das zu bedeuten hatte.

Und dann ist da noch die Vision von Samhain, denke ich und erschaudere. Es war meine bisher schlimmste, vielleicht auch, weil es eine Erinnerung ist und kein Ausblick auf die Zukunft oder ein entferntes historisches Ereignis. Weil ich mir hier ganz sicher bin, dass es genau so geschehen ist.

»Es ist viel, nicht wahr?«, fragt Onkel Ernest in die Stille hinein und ich nicke. »Ja, das habe ich befürchtet. Isobel Gowdie beschreibt Ähnliches in ihren ersten Grimoires.«

»Isobel Gowdie? Die ...«, setze ich an und werde mir erst jetzt bewusst, woher mein Name kommt. »Die letzte Königin der Hexen.«

»Genau die«, sagt Ernest mit einem Nicken. »Keine Sorge, kleine Hexe. Mit genug Übung gibt sich das schon.«

»Wirklich optimistisch klingst du aber nicht.«

Ernest lacht leise und reibt sich über den Bart. »Es ist sehr lange her, dass wir eine Gowdie-Erbin hatten. In den letzten Generationen waren es nur Jungs und meistens ohne diese besondere Gabe.«

»Oh ...«, mache ich und versuche mich an meine Nachhilfestunde mit Graham zu erinnern. An ihn zu denken, lässt mein Herz flattern, bis mir einfällt, dass er mein Cousin ist. Verwundert runzele ich die Stirn, als ich an seine Mutter, Opa Erics erstes Kind, denken muss.

»Aber Tante Col...«, setze ich an, werde aber von Ernests forschem Zischen unterbrochen.

»Sie ist nicht deine Tante!«, presst er hervor, so wütend, dass sogar seine Fangzähne hervortreten. »Eric wollte es nicht hören, aber ich kann es an ihr riechen.«

»Wie jetzt?«, frage ich verwirrt und schüttle den Kopf. »Opa Eric ist nicht ihr ...?«

»Ist er nicht, aber das spielt jetzt keine Rolle«, murrt Ernest und zieht ein paar Stühle herbei. »Setz dich und gib mir deine Hände. Ich muss sehen, was damals passiert ist.«

»Und jetzt?«, frage ich, nachdem wir uns gegenüber gesetzt haben.

Onkel Ernest stützt die Ellenbogen auf die Knie auf und beugt sich zu mir vor, greift nach meinen Händen und legt sie sich auf seine Schläfen. Seine Haut ist kalt, fast schon eisig. Eine Nebenwirkung seines Vampirfluchs.

»Schließ deine Augen und konzentriere dich auf diese Erinnerung«, weist Ernest mich mit ruhiger Stimme an.

Ich gehorche, obwohl sich alles in mir dagegen sträubt. Wenn ich diesem Albtraum in der Nacht schon nicht entkommen kann, würde ich ihn am liebsten tagsüber vergessen. Aber das geht nicht, nicht, so lange Jasper noch da draußen herumläuft. Da brauche ich jede Unterstützung, um ihn zu stoppen. Außerdem hat Ernest ein Recht darauf, zu erfahren, was damals mit dem Rest unserer Familie geschehen ist.

»Ruhige Atmung, kleine Hexe«, brummt Onkel Ernest und legt seine großen, kalten Hände über meine. »Ich weiß, es ist nicht leicht, aber ich muss es sehen.«

Ich nicke und schlucke meine Trauer und die Angst herunter. Tief atme ich durch und konzentriere mich. Für einen Moment ist mein Kopf leer. Sämtliche Gedanken sind verschwunden, doch das ändert sich schnell wieder, als ich die Erinnerung an damals heraufbeschwöre.

»Lass sie frei«, flüstert Onkel Ernest ruhig und drückt kurz meine Hände. »Lass sie fließen wie ein Strom, bis sie über die Grenzen deines Geistes hinauslaufen und in meinen hinein.«

Auch wenn ich keine Ahnung habe, wie ich das anstellen soll, versuche ich, seinen Anweisungen zu folgen. Immer deutlicher zeichnen sich die Bilder in meinem Geist ab. Fast ist es, als wäre ich in der Zeit zurückgereist und müsste all das erneut durchleben.

Mein Körper spannt sich an, während sich die Magie leise knisternd um mich herum aufbaut. Ich spüre, wie sie mir über die Arme fließt, wie es hinter meinen Lidern plötzlich ganz hell wird und warm, so unendlich warm, als säßen Ernest und ich mitten in der Feuersbrunst jener Nacht.

»Gut ... Sehr gut ...«, flüstert er. Seine Stimme ist unterm Knistern der Magie und dem lauten Ächzen der Hütte kaum zu hören. »Jetzt lass los, Isobel.«

Und das tue ich. Mit einem Schlag verschwinden die Erinnerungen aus meinem Kopf und mit ihnen das magische Leuchten um uns herum.

Es ist schlagartig still in der Hütte, bis ich plötzlich höre, wie etwas dumpf auf dem Boden aufprallt. Dann ein Keuchen, ein langgezogenes Stöhnen und Wimmern, das sich nach Onkel Ernest anhört.

Erschrocken reiße ich die Augen auf und sehe ihn vor mir auf dem Boden liegen. Ernest zittert unkontrolliert, strampelt und schlägt um sich, als ränge er mit einem unsichtbaren Feind. Sein Gesicht ist vor Anstrengung verzerrt und noch bleicher als sonst. Seine Augen sind milchig weiß, als wäre er plötzlich erblindet.

»Ernest? O Gott, was ist denn los?«, frage ich panisch und lasse mich auf den Boden sinken.

»Nein! Nicht ... Ich sehe es ... Ich ... sehe es ...«, stöhnt er und hebt abwehrend die Hände.

»Dieser ... dieser ... Argh!«, keucht er und hält sich mit einem schmerzerfüllten Jaulen den Kopf.

Und ich kann nichts anderes tun, als zuzusehen, wie er leidet. Wegen mir. Wegen meiner Magie. Schon wieder. Ich muss irgendetwas falsch gemacht haben, hätte nicht einfach so zustimmen sollen, diesen Zauber anzuwenden. Nicht ohne umfassende Vorbereitung.

»Du armes, armes Kind«, keucht Onkel Ernest nach einigen Minuten, in denen ich hilflos neben ihm gesessen habe. Ächzend stemmt er sich an einem der Stühle hoch und atmet ein paarmal tief durch. Seine Augen haben wieder ihre graue Farbe angenommen und füllen sich mit Tränen. »Das hättest du niemals mitansehen sollen.«

Mit glasigem Blick zieht er mich in seine Arme und drückt mich so fest an sich, dass ich kaum noch Luft bekomme. Sein Duft nach Pfefferminze und Tabak hüllt mich ein. Er kommt mir vertraut vor, doch fehlt mir jegliche Erinnerung an damals. Dennoch beruhigt er damit mein wild schlagendes Herz.

»Geht es dir gut? Ich wusste nicht ...«, stammele ich und schiebe ihn ein Stück von mir weg, um ihn betrachten zu können.

»Mach dir um mich keine Sorgen, kleine Hexe. Ich hab' schon weit Schlimmeres ausgehalten«, sagt Ernest lachend und scheint sich langsam wieder zu fassen. »Ich wusste, dass es nicht gerade angenehm werden wird.«

»Also glaubst du mir?«, frage ich und helfe ihm, sich auf den Stuhl zu setzen.

Ernest stößt ein tiefes Seufzen aus. »Das habe ich davor auch schon. Ich konnte es mir nur einfach nicht vorstellen.«

Ich nicke, weil ich das nur zu gut verstehe. Als ich in der Samhain-Nacht endlich die Wahrheit vor mir gesehen habe, konnte ich es auch nicht glauben. Jasper war mir schon immer unheimlich. Nicht nur, als ich ihn in der Darkwood kennengelernt habe, ohne zu wissen, was er getan hat. Dieses Unbehagen kam nicht von irgendwoher. Ich muss damals unterbewusst schon gespürt haben, dass er gefährlicher ist, als man es ihm in der Nachtwelt nachsagt. Der Blick, mit dem Jasper mich gemustert hat, als er mir und Graham im Raritätenkabinett über den Weg gelaufen ist ... *Als hätte er damit bis tief in meine Seele geschaut ...*

»Isobel? Was ist los?«, fragt Ernest alarmiert, als sich mein ganzer Körper anspannt. Besorgnis liegt in seiner Stimme.

Kopfschüttelnd wende ich mich ab, während sich in mir eine schreckliche Vermutung breitmacht.

»Ich glaube ... Ich glaube, er hat mich erkannt«, sage ich schließlich und schlucke hart, weil sich ein dicker Kloß in meinem Hals gebildet hat. Das macht es mir fast unmöglich, Ernest von diesem Moment im Raritätenkabinett zu erzählen. »Wenn Jasper es weiß ...«

»... dauert es nicht lange, bis auch Colleen davon erfährt«, knurrt Ernest und ballt die Hände fest zu Fäusten zusammen.

»Colleen? Ich dachte eher Richard. Er hat doch am meisten profitiert, weil er so König geworden ist und ...« Verwundert runzele ich die Stirn und werfe Ernest einen fragenden Blick zu.

»Wenn du wüsstest!«, entgegnet er schnaubend.

»Wovon sprichst du?«

»Sie mag nicht stark sein, aber Colleen ist eine verdammte Schlange!«, faucht Ernest. »Jasper wär' niemals allein auf die Idee gekommen, uns etwas Derartiges anzutun, aber sie ... Ihr traue ich alles zu, Isobel.«

»Grahams Mutter? Wie kommst du darauf?«, frage ich ihn kopfschüttelnd. Ich erinnere mich zwar noch gut an mein Treffen mit ihr vor einigen Tagen, daran wie fies und kaltherzig sie zu Joana und mir

66

war. Und dann hat sie auch noch versucht, Graham und mich zu trennen.

Aber das ... Nein, das glaube ich nicht. Das würde sie ihrer Familie doch nicht antun, oder?

»Du warst damals noch sehr klein, als Eric seine Nachfolge verkündet hat. Wahrscheinlich kannst du dich auch daran nicht mehr erinnern, was?«, reißt Ernests Stimme mich aus meinen Gedanken. »Das war ein paar Monate vor dem Brand.«

Als ich zu ihm hochschaue, hat er den Blick in die Ferne gerichtet, als sähe er eben jenen Moment vor sich. Ein schwaches Lächeln umspielt seine Lippen. »Die Aufmerksamen unter den Gästen haben sicher herausgehört, dass er lieber dich gewählt hätte.«

»Mich? Als seine Erbin? Aber ... Ich war noch so klein und ...« Energisch schüttle ich den Kopf. Das kann ich mir beim besten Willen nicht vorstellen. Wie soll ich denn bitte Britannia regieren, wenn mir meine Magie die meiste Zeit über noch nicht einmal gehorcht? Mal abgesehen davon, dass seit meiner Namensvetterin keine weibliche Hexe je wieder die Krone getragen hat.

»Colleen war außer sich, als Eric deinen Vater als Erben ausgerufen hat. Richard auch, aber egal, was man sich mittlerweile über ihn erzählt, er ist ein anständiger Kerl. Am Ende hat er sich Erics Willen gefügt und sich als Alexanders Berater angeboten.«

»Aber deswegen würde Colleen doch nicht ...«, setze ich an. Ein finsterer Blick von Onkel Ernest lässt mich sofort verstummen.

»Du kennst sie nicht so gut wie ich, Isobel. Ich habe sie aufwachsen sehen, keine einfache Kindheit als angebliche Königstochter und so schwach ...«

Sanft lege ich meinem Onkel eine Hand auf den Arm und drücke ihn kurz. »Trotzdem sollten wir keine voreiligen Schlüsse ziehen.«

Ernest schließt die Augen und atmet tief durch. »Das hätte dein Großvater jetzt auch gesagt.«

Weil ich nicht weiß, ob ich wegen dieser Bemerkung lächeln oder weinen soll, wende ich mich von Ernest ab. »Ohne Beweise können wir nichts ausrichten. Da gibt es zu viele Fragen, zu viel, was wir noch klären müssen.«

Entschlossen nicke ich und wende mich der Tür zu. »Es wird Zeit, dass wir Antworten bekommen.«

»Isobel? Wo willst du denn hin?«, fragt Ernest beunruhigt und folgt mir. Durch seine Vampirkräfte ist er schneller als ich und hält mich am Arm zurück, bevor ich den Türknauf zu fassen bekomme.

»Zur White Oak Akademie. Oder nach Hause. Irgendwohin, wo ich herausfinden kann, was zum Teufel passiert ist«, entgegne ich und will mich von ihm losmachen. Vergebens. Ernest ist durch den Vampirfluch stärker als ich.

»Du kannst jetzt nicht da raus. Wenn du recht hast, wenn Jasper dich in der Darkwood erkannt hat, wird er alles tun, um dich aufzuhalten. Ist dir das bewusst?«

Ich schlucke und lasse die Hand sinken, denn da muss ich ihm zustimmen. Ich kann froh sein, dass Jasper mich nicht schon vor Samhain aus dem Weg geräumt hat. Sobald ich durch diese Tür trete und nach Codwyll zurückkehre, könnte sich das schlagartig ändern.

»Was sollen wir dann tun? Nur rumsitzen und für den Rest meines Lebens in dieser Hütte bleiben, kann ich auch nicht«, entgegne ich wütend.

»Ich fürchte aber, dass du genau das tun musst. Zumindest, bis wir ein besseres Versteck gefunden haben«, entgegnet Ernest mit bedauerlicher Miene und tätschelt mir den Kopf.

»Und wo sollen wir das herbekommen?«

»Von einem alten Bekannten deiner Mutter. Wenn wir Glück haben, hat der vielleicht auch ein paar Antworten auf deine Fragen«, sagt Ernest mit einem Lächeln und tippt mir gegen die Stirn. »Bleib hier, kleine Hexe. Ich bin gleich wieder da.«

KAPITEL 6

Morgaine

»O Sage«, flüstere ich, als ich das Zimmer betrete, das sich Joana, Tamsin und Violet geteilt haben. Nun liegt Sage unter einer Decke begraben auf Violets ehemaligem Bett und rückt bis zur Wand vor, als ich mich ihr nähere.

»Bleiben sie zurück, Professor, bitte«, presst sie mit angestrengter Stimme hervor, was mich sofort innehalten lässt.

»Wie geht es dir?«, frage ich und lasse mich auf dem Bett ihr gegenüber nieder. Es ist Joanas, deren Verschwinden ich mir so noch bewusster werde.

»Miserabel«, kommt es leise von Sage.

Ich nicke. Nach allem, was ich von Lucy und von Martha über Sages Zustand erfahren habe, hatte ich das schon befürchtet.

Eine Welle des schlechten Gewissens überrollt mich. »Sage, es tut mir leid, dass ich nicht früher kommen konnte. Ich ...«

»Reißen Sie sich einfach zusammen, Professor«, murrt Sage und presst sich gegen die Wand, als wolle sie mit ihr verschmelzen.

Ich schlucke und atme tief durch, um die Gefühle in mir zum Schweigen zu bringen. Keine leichte Aufgabe, nachdem zwei meiner Schülerinnen und ein Kollege verschwunden sind, noch dazu mit einem Mörder auf freiem Fuß. Von Millas Fae-Rune ganz zu schweigen, und natürlich ist da auch noch Sage und ihre neu erwachte Gabe.

»Bitte, Professor«, drängt Sage, weil sie meinen inneren Kampf gespürt haben muss,

»Du fühlst es, nicht wahr?«, frage ich, auch wenn ihre Reaktionen auf mich, ihre Mitschülerinnen und Martha mehr als deutlich waren.

»Ich wünschte, es wär' nicht so, aber ... Ja, ich fühle es«, wispert Sage und dreht sich zum ersten Mal zu mir um. »Alles.«

»Das dachte ich mir schon«, murmele ich und lasse mich in den Berg aus Kissen und Decken auf dem Bett hinter mir fallen.

»Sie ... Sie haben damit gerechnet?«, fragt Sage und fährt auf ihrem Bett hoch. »Und Sie haben mir nichts davon gesagt?«

»Sicher konnte ich mir nicht sein, aber ich habe von deinem ersten Tag an gemerkt, wie einfühlsam du bist«, sage ich seufzend und spüre, wie eine neue Welle an Vorwürfen dazukommt. Ich hätte Sage besser vorbereiten sollen, genauso wie ich Isa hätte erzählen sollen, dass sie ...

»Aber was ist das? Wie ... Wie nennt man das?«, fragt Sage und begräbt sich unter ihrer Decke, als könne sie damit die fremden Gefühle abwehren, die sie seit der Samhain-Nacht spürt. »Und wie wird man es wieder los?«

»Es loswerden?« Ich schüttle den Kopf. »Sage, ich weiß, es ist nicht einfach, aber das ...«

»Nicht einfach? Haben sie denn überhaupt eine Ahnung, wie viele Gefühle ich gerade gleichzeitig fühlen muss, ohne zu wissen, welche davon meine sind und welche nicht?«, faucht Sage und schlägt die Decke wieder zurück. »Schuld, Angst, Schmerz, Wut, Verwirrung. Da ... Da ist so viel davon in mir, dass ich ... Wie soll das jemals einfach sein? Oder überhaupt erträglich?«

»Glaube mir, ich weiß, wie du dich fühlst ...«, setze ich an, doch werde ich von Sages wütendem Schnauben unterbrochen: »Wirklich? Können Sie jetzt neuerdings auch die Gefühle von jedem verdammten Lebewesen spüren, das sich im Umkreis von 'nem Kilometer um sie rum befindet, hm?«

»Nein. Ich bin keine Empathikerin wie du«, sage ich ruhig und lehne mich auf dem Bett nach vorn, um sie besser ansehen zu können. »Aber ich weiß, was es heißt, eine Gabe zu haben, die schwer zu kontrollieren ist.«

Einen Moment sagt Sage nichts. Die Wut, die sie eben auf mich verspürt haben muss, verraucht.

»Meinen Sie Ihre Visionen?«, fragt Sage schließlich mit schwacher Stimme und ich nicke.

»Es war immer schon sehr überwältigend, aber nach meinem ersten Samhain ...« Ich schlucke und schüttle den Kopf.

»Etwas weniger ...«, presst Sage hervor.

»Entschuldige«, sage ich und zwinge mich dazu, die Gefühle in mir zum Schweigen zu bringen. Mit den Leuten um Sage herum, die sich nach der Samhain-Nacht sorgen, hat sie mehr als genug Gefühle, die sie verwirren.

»Ich habe oft nächtelang nicht geschlafen, weil ich mich zu arg davor gefürchtet habe, was ich sehen könnte«, erzähle ich und presse meine Fingernägel in meine Handinnenflächen, um mich zu ankern. Um nicht in diese dunkle Vergangenheit abzurutschen. Den Schmerz und diese Verwirrung möchte ich Sage wirklich nicht zumuten.

»Und wie du habe ich mir gewünscht, ich hätte diese Gabe nicht«, füge ich leiser hinzu und meine Stimme zittert.

»Und jetzt?«, fragt Sage schwach, ein Hauch von Hoffnung in ihrer Stimme.

»Jetzt bin ich dankbar, dass ich sie besitze«, sage ich mit einem Lächeln und spüre die Erleichterung in meinem Herzen, als sie es erwidert.

»Jemand hat ihnen geholfen«, sagt Sage. Es ist keine Frage, sondern eine Feststellung. Sie muss spüren, wie dankbar ich dieser einen Person noch immer bin. *Wer hätte das gedacht, nachdem unsere Freundschaft so holprig gestartet ist?*

Ich nicke und atme tief durch. »Brianna Wynchester.«

»Und hilft sie ihnen noch immer?«, fragt Sage, klingt aber so, als kenne sie die Antwort längst.

»In meinen Erinnerungen, ja, aber ...«, setze ich an und muss mich zusammenreißen, um die Trauer zu verdrängen, die der Gedanke an Brianna in mir auslöst. »Du kennst sie aus Professor Flints Unterricht. Als Brianna Gowdie.«

»Dann ist sie ...«, setzt Sage an. Ihre Stimme bricht, als auch sie fühlt, wie sehr mein Herz nach diesem Verlust leidet. Jahre später ist der Schmerz nicht weniger geworden. Nur Isa zu begegnen, zu erkennen, dass nicht alles verloren ist, hat ihn etwas mindern können.

»Ja, ist sie wie alle anderen Gowdies«, presse ich hervor, auch wenn das eine Lüge ist. Eine Lüge, die Sage zu spüren scheint. Stirnrunzelnd mustert sie mich. »Professor?«

»Es geht schon«, sage ich und tue so, als hätte ich das Misstrauen in ihrer Stimme nicht gehört. Als wäre alles in bester Ordnung, abgesehen von meiner Traurigkeit. »Ich vermisse sie sehr, aber ich bin ihr auch dankbar. Brianna hat mich eine sehr wichtige Lektion gelehrt.«

»Ach, ja?«, fragt Sage und setzt sich auf ihrem Bett auf. »Und die wäre?«

»Dass man eine solche Gabe niemals verfluchen sollte. Und andere sollten sie nicht unterschätzen«, sage ich ernst. Was genau Brianna damit gemeint hat, ist mir erst vor Kurzem wirklich klar geworden. Als ich das Ausmaß von Isas Gabe erkannt habe.

»Wenn das so leicht wäre ...«, grummelt Sage und lümmelt sich in ihre Kissen. »Ich weiß doch gar nicht, wie ich das alles ... Es ist so verdammt schwer, Professor.«

»Das kann ich mir vorstellen, auch wenn meine Gabe ganz anders funktioniert als deine«, sage ich und wünschte, ich könnte Sage in den Arm nehmen. Genau das scheint sie jetzt zu brauchen, so hilflos und verloren, wie sie zu mir aufschaut. Ihre braunen Augen gefüllt mit Tränen, gegen die sie anblinzelt. Aber eine Umarmung, eine Berührung, würde die Gefühle in ihr noch mehr durcheinanderbringen.

»So schwer es auch ist, sie zu ertragen, es sind beides sehr besondere Gaben, Sage«, füge ich hinzu, in der Hoffnung, sie so aufzuheitern. »Sie erlauben es uns, Dinge zu sehen – in deinem Fall zu spüren – die anderen verborgen bleiben.«

»Toll«, murrt sie und reibt sich die verschwitzten Schläfen.

»Genau«, sage ich und lächle sie verschmitzt an. »Denn das kann einen auch sehr mächtig machen, wenn man weiß, wie man sie einsetzen muss.«

Das war es, was Brianna zu mir gesagt hat, wenn auch weniger freundlich. Das war vor unserer letzten gefährlichen Wette, bei der sie fast ihr Leben verloren hätte. Damals waren wir noch erbitterte Rivalinnen, die um den Titel der besten Schülerin gekämpft haben.

Was hat Brianna mich damals für meine Gabe gehasst, denke ich und kann mir ein Lachen nicht verkneifen. Eifersüchtig war sie nicht, nur genauso unausgeschlafen wie ich, weil sie als meine Zimmermitbewohnerin jede einzelne Vision miterlebt hat.

»Von Kontrolle bin ich noch Meilen entfernt«, holt mich Sages Stimme aus meinen Erinnerungen. »Falls das überhaupt möglich ist.«

Ich seufze. »Ich weiß und ich wünschte, ich hätte mehr Zeit, um dir dabei zu helfen.«

»Nein, Sie ... Milla geht jetzt vor. Und Isa und Joana«, sagt Sage und schüttelt den Kopf. »Ich ... Ich kann es spüren, wissen Sie? Millas Schmerzen und ihre ... Verzweiflung.«

»Was? Immer noch?«, frage ich überrascht. Ich dachte, das wäre vorbei, nun da wir die beiden räumlich voneinander getrennt haben. Der Mitternachtssaal, in dem sich Isadora um Milla und ihre Fae-Rune kümmert, liegt am anderen Ende der White Oak Akademie.

»Leider«, sagt Sage und nickt schwach. Sie kratzt sich im Nacken und rollt sich dann wieder zur Wand herum. »Helfen Sie ihr, dann helfen Sie auch mir.«

»Ich verspreche es«, sage ich und überlege, was ich noch tun kann, um Sages Qualen zu lindern. »Beim Institut gibt es einige Empathiker. Wenn du magst, kann ich sie um Hilfe bitten.«

»Von mir aus«, brummt Sage und vergräbt sich wieder unter ihrer Decke und den Kissen.

»Miss Martha kommt«, informiert Sage mich, noch bevor ich die Schritte draußen auf dem Gang oder Marthas leises Klopfen an der Tür hören kann. »Sie sucht nach Ihnen, Professor.«

Ihre Gabe ist wirklich sehr ausgeprägt, denke ich und verabschiede mich von Sage, bevor ich zu Martha hinaus auf den Gang trete. Ich ziehe sie ein Stück mit mir, weg von Sage und deren Kampf mit ihrer neuen Fähigkeit.

»Irving hat nach dir gefragt, Morgaine«, informiert mich unsere Schulköchin, als wir das Treppenhaus erreichen. Sie klingt wütend. »Er wartet im Büro.«

Seufzend drücke ich ihr die Schulter. »Hat er dich sehr geärgert?«

Martha rollt mit den Augen, schenkt mir aber ein Lächeln. »Nicht so sehr, wie er dich ärgern wird, schätze ich.«

Ich stoße ein Brummen aus. »Hat er wenigstens was an?«

»Mhm«, sagt Martha grinsend. »Ist heute ganz anständig unterwegs.«

Das ist ja mal was Neues, denke ich und atme tief durch. Der Besuch bei Sage hat mich stark aufgewühlt, aber es gibt noch andere Probleme, die es zu lösen gilt, allen voran Millas Fae-Rune.

»Haben die Mädchen etwas in den Büchern gefunden?«, frage ich Martha auf dem Weg hinunter.

Sie seufzt und schüttelt nur den Kopf. Ihre Augen füllen sich mit Tränen, doch wendet sie sich schnell von mir ab, als wolle sie nicht, dass ich sie sehe.

»Wir finden einen Weg, um Milla zu helfen. Isa, Joana und Sage ebenfalls«, sage ich und lege ihr einen Arm um die Schultern. »Und Harrold taucht auch wieder auf.«

»Ja, aber vielleicht nicht lebend ...«, schluchzt Martha. Sie eilt davon und lässt mich mit meinen Sorgen mitten auf den Treppen stehen.

Ich versuche, sie herunterzuschlucken, sie unter Kontrolle zu bekommen. Einem Nachtwesen, noch dazu dem Oberhaupt der Wasserwesen, in diesem verwirrten Zustand gegenüberzutreten, könnte sehr gefährlich werden.

Ich muss ihn einfach schnell loswerden, denke ich und eile hinunter zu meinem Arbeitszimmer.

Als ich eintrete steht Glen am geöffneten Fenster und starrt hinaus auf den dunklen See, an dessen Ufern wir uns zum ersten Mal getroffen haben. In dessen Tiefen unser Schicksal durch einen ungerechten Handel verschmolzen wurde.

Lass dir bloß nichts anmerken, Morgaine, denke ich und schließe die Tür geräuschvoll, um auf mich aufmerksam zu machen.

Glen reagiert nicht, starrt nur versonnen hinaus.

Wenigstens hat er heute mehr an, denke ich und mein Herz macht einen Satz, als alte Erinnerungen in mir aufkommen, die in dieser Situation alles andere als angebracht sind.

»Bringe ich dich so durcheinander, Morgaine?«, fragt Glen plötzlich und richtet seine ozeanfarbenen Augen auf mich.

Ich räuspere mich und steuere auf den Schreibtisch zu. Das massive Möbelstück ist im Moment alles an Verteidigung, die ich gegen ihn auffahren kann. Auch Jahre später bringt Glen mich noch so durcheinander und ich hasse ihn dafür. Für alles, was er mir und Brianna angetan hat. Und was er Isa antun könnte, sollte er sie in die Finger bekommen. Sollte er erfahren, dass Isobel Gowdie noch lebt.

»Was willst du hier, Glen?«, frage ich und lasse durchklingen, wie sehr mich seine Anwesenheit verärgert. »Ich habe mehr als genug zu tun, wie du dir denken kannst.«

»Ich weiß, davon habe ich gehört«, sagt er und tritt endlich vom Fenster weg. Von mir aus hätte er gleich dadurch verschwinden können.

Hat er früher auch oft genug getan, denke ich verdrossen, schiebe diesen alten Schmerz aber beiseite. Als Leiterin der White Oak Akademie kann ich es mir nicht leisten, in Erinnerungen zu versinken. *Der Zug ist sowieso abgefahren, als er dich sitzengelassen hat.*

»Wie geht's dir?«, fragt Glen. Er klingt besorgt, als er zu mir kommt und sich doch tatsächlich auf dem Schreibtisch neben mir niederlässt.

Tja, so viel zu meiner Verteidigung, denke ich resigniert und vermeide es, ihn anzusehen. Das hat in der Vergangenheit zu einigen Fehlern geführt.

»Was interessiert es dich?«, knurre ich. Ich ziehe eines der Bücher auf meinem Schreibtisch heran und blättere darin. Ich bin nicht gut darin, anderen die kalte Schulter zu zeigen. Glen weiß das, aber ich muss ihn irgendwie zum Gehen bringen.

»Du weißt genau, wieso es mich interessiert«, entgegnet er und lässt seine Finger wandern, bis sie fast meine berühren. Sie sind nur Zentimeter voneinander entfernt. Ich müsste nur ...

Nein, tu das nicht!, ermahne ich mich und rücke von Glen ab, auch wenn mein verdammtes Herz gerade etwas ganz anderes tun möchte.

»Nicht gut, wie du siehst«, presse ich hervor und blättere weiter durch mein Buch. »Wenn das alles ist, kannst du jetzt gehen. Ich habe mit meinen Schülerinnen genug eigene Sorgen.«

»Das mit der Rune tut mir leid«, sagt Glen und seine Finger haben plötzlich auch den letzten Abstand überwunden. Seine Hand ist kalt wie immer, als sie sich um meine schließt, aber in mir wallt dennoch eine unbändige Hitze auf, dass mir ganz schwindelig wird.

»Danke, aber das hilft Milla auch nicht weiter«, entgegne ich und versuche, mich von Glen loszumachen. Er lässt mich nicht.

»Für sie kann ich nichts tun, aber meine Leute suchen nach deinen verschwundenen Schülerinnen. Und nach Flint«, sagt er und drückt meine Hand.

Kopfschüttelnd blicke ich zu ihm auf, vermeide es aber, in seine Augen zu sehen. Das Letzte, was ich gebrauchen kann, ist, darin zu versinken und zu vergessen, was zwischen uns vorgefallen ist. Wieso es keine gute Idee ist, seine Hand zu halten, oder ihn überhaupt so nah an mich heranzulassen.

»Was interessieren dich drei Hexen? Hast du nicht dein eigenes Volk, um das du dich kümmern musst?«, frage ich und schaffe es endlich, Glen die Hand zu entziehen.

Er seufzt leise. »Das frage ich mich auch ... Aber ich könnte es nicht ertragen, wenn du dir die Schuld an alldem gibst. Und das tust du, nicht wahr?«

»Das geht dich nichts an«, entgegne ich und stehe auf, um von ihm loszukommen. Nun bin ich es, die ans Fenster tritt und es öffnet. Die kühle Luft, die vom See zu uns hereinweht, begleitet vom leisen Platschen des Wassers, hilft jedoch kein bisschen, um die Hitze in mir zu löschen.

»Du kannst doch unmöglich vergessen haben, was damals passiert ist«, sagt Glen und folgt mir zum Fenster. Er steht mir so nah, dass ich die Kälte spüren kann, die von ihm ausgeht. »Zwischen uns.«

»Glaub mir, wenn ich könnte hätte ich alles vergessen, was vor meiner Zeit als Schulleiterin hier passiert ist«, knurre ich und weiche vor ihm zurück, doch holt er sofort wieder auf.

»Auch deinen unsäglichen Idioten von einem Ex?« Nun ist Glens Stimme dunkel, fast wütend.

»*Beide* unsägliche Idioten«, presse ich hervor und werfe ihm einen finsteren Blick zu.

»Beide? Gibt's da jemanden, von dem ich nicht weiß«, fragt er ungläubig, aber seine blauen Augen blitzen. Glen hat meine Bemerkung sehr wohl verstanden. »Ich dachte, da wäre nur der Dummkopf von einem Schulleiter gewesen.«

»Du weißt genau, wen ich meine«, erwidere ich und will mich zu meinem Schreibtisch flüchten, als er nach meinem Arm greift und mich zu sich herumwirbelt. Dabei habe ich so viel Schwung, dass ich mit einem Keuchen gegen seine Brust pralle.

»Wenn du magst, beseitige ich ihn für dich, diskret natürlich«, bietet er an und entblößt seine spitzen Zähne, als er mich breit angrinst. »Du bist mehr als fähig, beide Akademien zu leiten.«

Ich schnaube und reiße mich von ihm los. »Eher geht die Welt unter, als dass die Darkwood von einer Frau geführt wird.«

Glen zuckt mit den Schultern. »In letzter Zeit sind schon merkwürdigere Dinge geschehen ...«

Ich schlucke, als mich sein Blick trifft. Er ist so intensiv, dass mir das Herz bis zum Hals schlägt.

Zu gern würde ich etwas erwidern, doch will mir erstens nichts Gutes einfallen und zweitens wird genau in dem Moment die Tür aufgerissen. Erleichtert atme ich aus und mache mich von Glen los. Anders als ich wirkt er verärgert über diese Störung.

»Finchy, hat man dir beim Institut das Klopfen nicht beigebracht?«, knurrt er, als die Direktorin in mein Büro tritt. »Da ist man doch sonst immer so korrekt.«

»Störe ich etwa, Irving?«, fragt sie und wirft erst ihm, dann mir einen prüfenden Blick zu. Ihre Augenbraue wandert missbilligend in die Höhe und lässt mich schlucken.

»Ganz und gar nicht, Direktorin«, beeile ich mich zu sagen, bevor Glen sie noch mehr verärgern kann. Schnell flüchte ich mich hinter den Schreibtisch. »Gibt es Neuigkeiten?«

Seufzend lässt sich die Leiterin des Instituts auf einem der Stühle davor nieder. »Nein, an keiner unserer Fronten.«

»Bist du sicher, Finchy?«, fragt Glen, als er an das geöffnete Fenster tritt und sich weit hinauslehnt. Das Platschen des Wassers gegen die Mauern der Akademie ist lauter geworden.

»Wäre es anders, hätte ich das nicht behauptet, Irving«, knurrt die Direktorin und wirft mir einen genervten Blick zu.

»Wenn du dich da mal nicht irrst«, sagt Glen mit einem Grinsen und reißt sich Mantel und Hose vom Leib.

»Glen! Was soll da…?«, setze ich an, doch hat er mir da schon zugewunken und ist durchs Fenster in den See gesprungen.

»Nerviger Zeitgenosse«, grummelt Direktorin Finchley und blickt zu mir auf. »Was Sie nur an ihm gefunden haben?«

Das frage ich mich auch.

KAPITEL 7

Violet

»Wie geht es Ihnen, Miss Ellis?«, fragt mich Doktor Payne, als er mich das nächste Mal besucht. Seitdem sind unzählige Stunden vergangen, die ich in der Einsamkeit meiner Zelle verbracht habe.

Dreimal hat man mir inzwischen Mahlzeiten durch einen Schlitz am Boden der Tür hereingeschoben, viel habe ich nicht herunterbekommen. Einerseits fehlt mir der Appetit und andererseits schmeckt der Fraß einfach nur scheußlich.

Wie Papierbrei mit zu viel Salz.

»Miss Ellis? Ist alles in Ordnung?«, fragt der Arzt und legt die Stirn in Falten. Hätte er Augenbrauen gehabt, wären sie sicher weit nach oben gewandert, aber Doktor Payne ist komplett haarlos. »Sind Ihre Nebenwirkungen besser geworden?«

Ich seufze und zucke mit den Schultern. Der Ausschlag ist noch immer da, aber das Jucken hat etwas nachgelassen. »Nicht wirklich.«

»Ist es schlimmer?«, fragt Doktor Payne besorgt und kniet sich vor mein Bett, um selbst einen Blick darauf werfen zu können.

»Auch nicht«, murmele ich und weiche vor ihm zurück. Nach all den Stunden der Stille hätte man meinen können, ich wäre gesprächiger, aber die Hoffnung, die Doktor Paynes geheime Nachricht in mir ausgelöst hat, ist längst erloschen.

Halten Sie durch, Miss Ellis. Ihre Freunde sind näher, als Sie denken. – Ihr Dr. P

Ich sehe die Worte noch deutlich vor mir, auch wenn ich den Zettel kurz darauf runtergeschluckt habe, damit niemand ihn findet. Doktor Payne mag zwar mein *Freund* sein, aber viel gebracht hat mir das bisher nicht. Nicht einmal anständiges Essen.

»Wie spät ist es? Und welchen Tag haben wir überhaupt?«, frage ich und wünschte, ich hätte ein Fenster oder wenigstens eine Uhr, um mein Zeitgefühl nicht gänzlich zu verlieren.

Oder meinen Verstand, denke ich und reibe mir über die Augen.

»Es ist der zweite November, kurz nach zwei Uhr mittags«, sagt Doktor Payne und richtet sich mit knackenden Knochen auf. »Kann ich noch etwas für Sie tun, Miss Ellis?«

Ich rolle mit den Augen und wende mich von ihm ab. »Nein, es sei denn, sie können mich hier verdammt nochmal rausholen!«

»Tut mir leid, dazu fehlt mir die Autorisierung«, sagt er, aber es klingt so, als hätte er mir tatsächlich gern zur Flucht verholfen.

Hat er wirklich etwas mit Tante Alma zu tun?, frage ich mich nicht zum ersten Mal. Normalerweise gibt sie sich mit Mitarbeitern des Instituts nicht ab.

Oder ist das irgendein Trick von dieser blöden Agentin, um mich zum Reden zu bringen?

Mit zu Schlitzen verengten Augen mustere ich Doktor Payne, wie er etwas in einem Notizbuch einträgt und es dann in die Brusttasche seines Kittels schiebt. »Klopfen Sie gegen die Tür, sollte es Ihnen schlechter gehen.«

Ich nicke und lasse mich auf mein Bett zurückfallen.

»Vergessen Sie nicht, Ihr Kissen aufzuschütteln, Miss Ellis«, sagt Doktor Payne, ehe er gegen die Tür klopft, die mich seit einigen Tagen von der Freiheit trennt.

Mein Kissen aufschütteln? Überrascht richte ich mich auf. Genau das hat er mir doch auch geraten, als er mir die erste Nachricht hat zukommen lassen, oder nicht?

»Langsam. Sie müssen sich noch schonen«, fügt Doktor Payne hinzu, als die Tür mit einem Klicken aufspringt und er sich von mir verabschiedet.

Ich wünschte, er hätte sich noch etwas länger mit mir unterhalten, damit ich nicht schon wieder allein in meiner Zelle hocke. Aber ehrlich gesagt, ist er mir unheimlich, egal ob er nun mit Alma unter einer Decke steckt oder nicht.

Ich zähle bis eintausend, nachdem sich die Tür hinter ihm geschlossen hat, erst dann tue ich so, als würde ich mein Kissen aufschütteln. Mit einer Hand schlage ich auf das harte Ding ein, mit der anderen taste ich darunter, bis ich einen Schnipsel zwischen meinen Fingern spüre. Vorhin bin ich so auf mich und meine Wut fixiert gewesen, dass ich gar nicht gemerkt habe, wie der Doktor den Zettel darunter platziert hat.

Mit klopfendem Herzen lege ich mich in mein Bett und ziehe mir die Decke über den Kopf, bis nur noch ein schwacher Streifen Licht hereinfällt und ich die Nachricht gerade noch so lesen kann. Diesmal ist es jedoch eine andere Handschrift, eine, die mir sehr vertraut ist.

Tante Alma, denke ich und versuche, ihre kurze Botschaft unter der Decke zu entziffern.

Sag kein Wort, solange die Frist ausgesetzt ist. Wir kümmern uns darum. - A

Wir kümmern uns darum.

Wieder und wieder sehe ich Almas Handschrift vor mir und schluchze vor Erleichterung auf. Trotz der Hoffnung, die durch die Nachrichten über die ausgesetzte Urteilsfrist und Doktor Paynes heimliche Botschaft in mir erwacht ist, hatte ich meine Zweifel. So lange in völliger Isolation und Stille eingesperrt zu sein, ohne zu wissen, was jenseits der schweren Metalltür vor sich geht, war unglaublich zermürbend.

Aber geschwiegen hätte ich so oder so, denke ich und bin froh, dass Alma mir zur gleichen Strategie rät. Ich weiß, dass sie und der Rest unserer Familie nichts unversucht lassen werden, um mich hier heil und vor allem unschuldig wieder herauszuholen.

Es ist nur ein weiteres Hindernis auf dem Weg zum Ziel, sage ich mir. Meine Tante hat schon zu viel riskiert, um mich jetzt einfach aufzugeben. Sie wird dafür sorgen, dass ich eines Tages an Grahams Seite stehe, wenn er den Thron besteigt. Nur so werden wir das Ansehen und den Einfluss unserer Familie endlich verstärken, um in nicht allzu ferner Zukunft wieder selbst den Titel des Königs tragen zu können.

Nicht lange, nachdem ich Almas Nachricht erhalten und zur Sicherheit heruntergeschluckt habe, damit niemand sie findet, erklingen auf dem Gang laute Schritte. Das ist nichts Ungewöhnliches. Seit Paynes letztem Besuch sind hier öfter Leute vorbeigelaufen und ich hatte jedes Mal aufs Neue die Hoffnung, jemand würde kommen, um mich hier rauszuholen. Mittlerweile habe ich mich damit abgefunden, dass ich noch lange in meiner Zelle ausharren muss, und mache mir nichts mehr aus den Geräuschen, die von draußen zu hören sind.

Wahrscheinlich erschrecke ich deshalb so sehr, als das mechanische Rattern der Tür erklingt und einen weiteren Besucher ankündigt.

Hat sie es schon geschafft?, schießt es mir durch den Kopf, doch verwerfe ich das gleich wieder. Alma ist zwar eine exzellente Strategin, aber so schnell ist selbst sie nicht.

Dann wird es diese blöde Agentin sein, denke ich missmutig und liege richtig. Kaum springt die Tür auf, tritt Special-Agent Rowlands ein. Heute trägt sie einen eng anliegenden roten Anzug, ganz untypisch für die Mitarbeiter des Instituts.

»Öfter mal was Neues«, sagt sie, als sie meinen Blick bemerkt, und zuckt mit den Schultern. »Payne sagt, dass Ihr Zustand unverändert ist.«

Ich seufze, erwidere aber nichts. So wie Agent Rowlands mich anguckt, mit zusammengezogenen Augenbrauen und geschürzten Lippen, interessiert es sie vermutlich sowieso nicht, wie es mir geht.

»Sind Sie bereit für Ihre Befragung, Miss Ellis? Oder möchten Sie doch lieber die Gemütlichkeit und Ruhe ihrer Zelle genießen«, fragt die Agentin in freundlichem Tonfall, doch ihre Augen sind eiskalt, als hätte sie längst ihr Urteil über mich gefällt.

Die Gemütlichkeit und Ruhe meiner Zelle? Was soll denn der Spruch?, denke ich wütend, setze mich aber auf.

»Von mir aus«, brumme ich und bin überrascht, als sich die Agentin zur Tür umdreht und hinaustritt. Statt sie gleich wieder hinter sich zu schließen, winkt sie mir auffordernd zu: »Dann kommen Sie, Miss Ellis. Ich habe nicht den ganzen Tag Zeit.«

Aber alles, was ich im Moment habe, ist Zeit, du dumme Schnepfe, denke ich und folge ihr auf den Gang.

Sofort halte ich nach einem Fluchtweg Ausschau. Wahrscheinlich hätte ich die Agentin sogar ohne meine Magie überwältigen können. Ich bin flinker und sicher schneller als sie. Ich muss schließlich nicht all diese überschüssigen Pfunde mit mir herumschleppen.

»Ich würde Ihnen ja raten, ein Foto zu machen, wenn Sie mich weiter so anstarren, aber das können Sie ja leider nicht«, sagt die Agentin, als sie meinen Blick bemerkt.

Lautes Lachen schallt mir entgegen. Sie ist nicht allein. Leider.

Also doch kein Fluchtversuch, denke ich. Nach Almas Anweisungen wäre das auch keine gute Idee gewesen. Es hätte mich nur schuldiger aussehen lassen.

»Kommen Sie freiwillig mit oder müssen Ihnen meine Kollegen behilflich werden?«, fragt Agent Rowlands mit schneidender Stimme und deutet auf die beiden Männer, die mich an Samhain hinunter in dieses merkwürdige Labor gebracht haben. Die Werwölfe, die mich vor dem Ellis-Anwesen gestellt haben.

»Ich komm' ja schon«, grummele ich und folge der Agentin den Gang entlang. Diesmal steigen wir nicht in den Aufzug, sondern gehen daran vorbei, bis wir gefühlt zweihundert Meter Gänge voller verschlossener Türen passiert haben.

»Wird das ein Sonntagsspaziergang, oder was?«, murre ich, bin aber froh über die Bewegung. In der Zelle ist kaum Platz, um zehn Schritte weit zu gehen, bevor man auf die nächste Wand trifft. Aber sobald ich in Gegenwart der Agenten bin, befällt mich eine unbändige Wut, die mir selbst unheimlich ist.

»Wir sind ja gleich da«, versichert die Agentin, bevor sie eine knappe Minute später vor einer der identischen Türen innehält. Daneben befindet sich ein Keypad, in das sie erst einen Code eintippt, bevor ihre Retina eingescannt wird. Eine grüne Lampe geht über der Tür an, dann springt sie mit einem Klicken auf und gibt den Blick frei auf ein karges Zimmer. Einzig ein Tisch mit zwei Stühlen steht darin. Ein Mikrophon ist daran verschraubt und eine nackte Glühbirne hängt direkt darüber an der Decke. Es gibt kein Fenster, nur graugestrichene Wände. Die zu unserer Rechten ist mit einer breiten Spiegelfront verkleidet.

Ein Vernehmungsraum, erkenne ich und muss schlucken. Bei meiner letzten Befragung saß ich zuhause in unserem Salon, ein kleines Buffet voller Süßigkeiten zwischen mir und Agent Finchley. Das wäre mir jetzt so viel lieber, als dieser leblose Raum, in den mich Agent Rowlands Kollegen schieben, weil ich auf dem Gang stehengeblieben bin.

»Setzen Sie sich«, weist mich die Agentin an und deutet auf den Stuhl, der am weitesten von der Tür entfernt ist.

Zögerlich folge ich ihrer Aufforderung und erschaudere, als ich das kalte Metall der Sitzfläche unter mir spüre. Mir gegenüber befindet sich der Spiegel, doch die Frau darin in den viel zu weiten grauen Klamotten sieht mir kein bisschen ähnlich. Sie wirkt ausgelaugt, ihre Haare wirr und stumpf.

Und dann dieser beschissene Ausschlag, denke ich. Meine Hände wandern zu meinen Wangen, um über die geröteten Hautstellen zu streichen. Sie schuppen sich mittlerweile und nässen, was mich und mein Spiegelbild angewidert das Gesicht verziehen lässt.

Agent Rowlands dreht sich zu ihren Kollegen um und nickt ihnen zu. »Ich komme allein klar, danke.«

Die Männer stoßen ein Brummen aus, bevor sie hinaus auf den Gang treten und die Tür hinter sich schließen. Es klickt wieder, als hätten sie uns hier drin eingeschlossen.

Mein Blick huscht zur Spiegelwand. Werden Sie uns bei dieser Befragung beobachten? Oder sind wir jetzt wirklich allein?

Spielt das eine Rolle?, zischt es tief in mir und ich schüttle den Kopf. Tante Almas Anweisungen waren klar. Ich werde schweigen, egal wie viele Fragen die Agentin mir stellt.

»Miss Ellis, bitte erzählen Sie mir von Ihrer Zeit an der White Oak Akademie«, beginnt die Agentin, nachdem sie das Datum, die Uhrzeit und eine Fülle anderer Daten heruntergerattert hat. »Besonders Ihre Beziehung zu Miss Eloisa Finchley und Mister Evan Lark interessiert mich sehr.«

Kann ich mir vorstellen, aber von mir erfährst du nichts, Schnepfe, denke ich und verschränke die Arme vor der Brust.

Agent Rowlands seufzt, scheint aber schon mit dieser Reaktion gerechnet zu haben.

»Gut, wenn Sie es auf die harte Tour wollen, soll es mir recht sein. Im Gegensatz zu Ihnen werde ich dafür bezahlt, hier zu sitzen und auf eine Antwort zu warten«, sagt sie und lehnt sich auf ihrem Stuhl zurück. »Und am Ende des Tages kann ich dieses Gebäude verlassen und nach Hause gehen.«

Sie sagt es mit einem freundlichen Lächeln, als würden wir über das Wetter oder unsere Interessen plaudern, aber dabei lässt sie mich nicht einmal aus den Augen.

Habe ich sie vielleicht unterschätzt?, denke ich und rücke auf meinem Stuhl herum, ohne auf sie zu reagieren. Ihr Blick ist mir jetzt schon unangenehm und das ist kein gutes Zeichen. So schnell lasse ich mich eigentlich nicht einschüchtern, aber etwas an Agent Rowlands Verhalten macht mich stutzig.

»Wenn Sie jetzt nicht reden, Miss Ellis, werden Sie die nächsten Tage allein in Ihrer Zelle zubringen müssen«, sagt die Agentin noch immer freundlich, obwohl sie weiß, wie sehr es mich vor dieser Aussicht graust. Diese verdammte Einsamkeit und erst die Stille! Wenn ich das noch länger ertragen muss, werde ich wahnsinnig.

»Haben Sie nicht einen Job zu machen?«, frage ich Agent Rowlands mit einem Knurren.

Sie zuckt mit den Schultern. »Schon, aber wenn Sie nicht reden, muss ich mir die Antworten anderweitig beschaffen. Von den anderen Schülerinnen. Oder der Schulleiterin.«

Ich schnaube. »Sie wollen nach Codwyll?«

»Notfalls reise ich auch bis ans Ende der Welt, um diesen Fall abschließen zu können«, entgegnet die Agentin, diesmal ernst, fast schon verärgert. »Also? Werden Sie reden oder werde ich heute fürs Nichtstun bezahlt?«

Ich rolle mit den Augen und schlage die Beine übereinander, bleibe aber stumm. Sehr zu meiner Überraschung folgt die Agentin meinem Beispiel, lässt mich aber keine Sekunde aus den Augen. Keine nervigen Fragen, keine Drohungen, kein einziges Wort.

Und das ist fast noch schlimmer ...

»Sie wiegen sich in Sicherheit, weil man die Verurteilungsfristen ausgesetzt hat, nicht wahr?«, fragt Agent Rowlands nach einer schieren Ewigkeit und verlagert das Gewicht. »Aber je mehr Zeit Sie mit Schweigen verbringen, umso näher könnten meine Kollegen und König Richards Männern Mister Lark kommen. Es wird nicht mehr lange dauern, bis sie ihn finden, und was er dann zu erzählen hat ... Das würde mich wirklich interessieren, Sie nicht?«

Evan Lark? Ich schnaube und schüttle den Kopf. Wenn es stimmt und er dem Fluch des Hopkins-Messers zum Opfer gefallen ist, wird nicht mehr viel von seinem alten Ich übrig sein. *Was soll er schon über den Zauber wissen, mit dem ich diese blöde Zufällige fast drangekriegt hätte?*

»Und je mehr Sie die Aussage verweigern, desto schuldiger wirken Sie am Ende, Miss Ellis«, fügt Rowlands nach weiteren Minuten des Schweigens hinzu. »Wollen Sie das wirklich?«

Ich seufze und schließe die Augen, habe keine Lust, noch länger von der blöden Kuh angestarrt zu werden. Wenn es sein muss, übernachte ich hier, aber ich werde nicht reden.

*Tante Alma wird mich hier rausholen, ganz be-
stimmt*, denke ich, weil ich selbst mit geschlossenen
Lidern den durchdringenden Blick der Agentin auf
mir spüre. Sie scheint zu wissen, was sie tut, denn je
länger wir auf diesen ungemütlichen Metallstühlen
hocken, desto unruhiger werde ich.

*Was ist, wenn sie recht hat? Wenn Alma es nicht
rechtzeitig schafft, meine Unschuld hinzudeichseln
und ich dann vors Gericht muss?* Dann haben sie
nur die Aussage, die ich vor Agent Finchley gemacht
habe, und die ergibt hinten und vorne keinen Sinn,
weil ich mich dabei so in meinen Lügen verrannt
habe.

Verdammter Scheißdreck!

»Ah, sehe ich da etwa Ihre gleichgültige Fassade
bröckeln, Miss Ellis?«, fragt die Agentin und ich
könnte mich ohrfeigen, dass ich mich verraten habe.
Jetzt wird sie erst recht versuchen, mich zum Reden
zu bringen.

»Vielleicht hilft Ihnen ja das auf die Sprünge ...«,
sagt sie und steht auf. Langsam umrundet sie den
Raum, den Blick immer auf mich gerichtet. »Haben
Sie sich mal Gedanken gemacht, was noch passieren
könnte, sollten man Mister Lark finden?«

Ich rolle mit den Augen, weil das seine Wirkung
verloren hat. Mit Evans Aussage werden sie nichts
anfangen können, zumindest in meinem Fall nicht.
Wer weiß, ob er überhaupt darüber reden wird, wo
er das verdammte Messer herhatte?

Aber das ist nicht mein Problem, denke ich und
starre weiter auf die grüne Leuchte über der Tür.

»Wenn diese Gefahr gebannt ist ... Ich bin sicher,
König Richard würde die Fristen wieder einsetzen,
vielleicht sogar erklären, dass sie von Anfang an Be-

stand hatten«, fährt Agent Rowlands im Plauderton fort, was die Wut in mir anfacht, aber mehr noch die Panik. Denn König Richard wäre eine derartige Entscheidung wirklich zuzutrauen.

Dazu müssen sie diesen Dorfdeppen aber erst finden, versuche ich mich und meinen wilden Herzschlag zu beruhigen. Nervös rucke ich auf meinem Stuhl herum. Mittlerweile tut mir der Arsch weh, Rowlands wohl auch, sonst würde sie nicht so durch das karge Vernehmungszimmer stolzieren.

»Denken Sie an die wertvolle Zeit die Sie damit verschwenden würden«, fährt die Agentin fort und stützt sich auf das Pult, um mich direkt anzusehen. »Wenn Sie jetzt mit dem Institut kooperieren, fällt Ihre Strafe vielleicht nicht ganz so streng aus.«

Ich schlucke und zwinge mich dazu, ihrem Blick standzuhalten und keine Miene zu verziehen. Agent Rowlands soll nicht sehen, dass sie mich mit diesen in Freundlichkeit getränkten Drohungen allmählich weich bekommt.

Selbst wenn der König auf die Einhaltung der ursprünglichen Frist besteht, hat Alma noch fast zehn Tage Zeit, denke ich und besinne mich darauf, was sie schon alles getan hat, um mich überhaupt erst in Grahams Nähe zu bekommen. Sie wird dafür sorgen, dass wir das Ziel erreichen, vielleicht nicht nach dem alten Zeitplan, aber es wird klappen.

»Sie sind noch so jung, Miss Ellis. Gerademal zwanzig ...«, sagt Agent Rowlands und seufzt. »Sie hätten Ihr ganzes Leben noch vor sich, vermutlich eines ohne Ihre Magie, aber immerhin.«

»Was?«, frage ich und brauche einen Moment, bis ich begreife, wovon sie spricht. Von meiner Bestrafung, sollten Almas Bemühungen scheitern.

»Mit einer Haftstrafe werden Sie nicht davonkommen, das sollte Ihnen doch klar sein«, sagt die Agentin und lässt sich wieder mir gegenüber nieder. »Indem Sie mehrere Mitschülerinnen in Gefahr gebracht und einen Menschen in ihre Machenschaften involviert haben, war es schon recht brenzlig für Sie. Das hätte Sie dauerhaft Ihre Magie kosten können.«

Ich schlucke. Dass die Strafe dafür so streng ausfallen würde, war mir bisher nicht bewusst. Alma hat es fast so klingen lassen, als wäre es einfach, aus dieser Nummer wieder herauszukommen.

Darin muss ich weiter Vertrauen haben.

»Aber dann auch noch einen Mitarbeiter des Instituts zu verzaubern und vor einem Haftbefehl zu fliehen ...«, murmelt Agent Rowlands und schüttelt tadelnd den Kopf. »Es würde mich nicht wundern, wenn mancher Richter die Todesstrafe festlegt.«

»Das ist doch absurd!«, platzt es aus mir hervor.

»Ist es das?«, knurrt die Agentin und zieht eine Augenbraue nach oben.

Ich antworte nicht, woraufhin sie nur wieder mit den Schultern zuckt, als wäre ihr sowieso egal, was ich zu sagen habe.

Die Todesstrafe gibt es nur, wenn man andere Hexen oder Nachtwesen getötet hat. Aber das habe ich nicht, also soll sie mir bloß nicht mit so einer leeren Drohung kommen, denke ich grimmig und verschränke die Arme vor der Brust.

»Sie wollen tatsächlich nicht reden«, sagt Agent Rowlands, eine Feststellung, keine Frage, aber ich nicke trotzdem.

»Okay, dann werde ich heute fürs Däumchendrehen bezahlt«, fügt sie mit einem Schulterzucken hinzu und lehnt sich auf ihrem Stuhl zurück.

Stunden vergehen, in denen wir in diesem ver-schissenen Zimmer hocken und uns anschweigen. Mit der Zeit bekomme ich Hunger. Selbst wenn ich mein Schweigen hätte brechen wollen, währe außer heiserem Kratzen nichts über meine Lippen gekommen, weil meine Kehle so trocken ist.

Ist das nicht schon Folter, oder so?, denke ich, als ich allmählich die Geduld verliere.

Rowlands dagegen sieht gelassen aus, als könne sie nochmal mindestens genauso lange hier herumsitzen, ohne sich zu langweilen oder sich nach dem Ekelfraß zu sehnen, den sie hier Essen nennen.

Glücklicherweise bleibt mir das erspart, als kurz darauf der Schließmechanismus klickt und die Tür aufspringt.

»Rowlands?«, fragt jemand mit tiefer Stimme, tritt jedoch nicht ein. »Du musst los, wenn du die Maschine nicht verpassen willst.«

Die Maschine? Hä?

»Tja, da sind Sie nochmal gut davongekommen, Miss Ellis. Oder auch nicht«, sagt die Agentin, als sie sich von ihrem Stuhl erhebt und zur Tür umdreht. »Bringt sie zurück in ihre Zelle, Jungs.«

Diesmal sind es zwei andere Agents, die in das Vernehmungszimmer treten und mich auf die Füße zerren. Anders als ihre Werwolfkollegen lassen sie mich nicht allein zurückkehren. Sie halten mich am Arm fest und ziehen mich grob hinaus auf den Gang.

»Hoffentlich hast du in Codwyll mehr Glück«, sagt einer ihrer Kollegen und mustert mich kopfschüttelnd.

Ich bin versucht, ihm die Zunge rauszustrecken, lasse es dann aber bleiben. Tante Alma hat gesagt, dass ich schweigen soll. Vermutlich gilt das auch für sonstige Reaktionen auf die Agents.

»Ich habe ein gutes Gefühl«, sagt Rowlands und schenkt mir ein falsches Lächeln. »Und vielleicht kommen Sie ja zur Besinnung, bis ich zurückkehre, Miss Ellis.«

Ich rolle mit den Augen, sage aber nichts. Je eher sie mich in meine Zelle bringen, umso besser. Obwohl mir die Stille am Anfang so laut vorgekommen ist, freue ich mich jetzt darauf, wenn es bedeutet, den missmutigen und prüfenden Blicken der Agents zu entgehen.

Vielleicht werde ich Rowlands nie wiedersehen, wenn Alma das alles klärt, bevor die blöde Kuh zurückkommt, denke ich und kann mir ein Lächeln nicht verkneifen.

Sollte Rowlands es bemerken, sagt sie nichts, sondern verabschiedet sich von ihren Kollegen und macht sich in die entgegengesetzte Richtung davon.

»Nicht gerade klug, sich mit ihr anzulegen«, sagt einer der Agents und zerrt mich den Gang entlang. »Rowlands ist in Anglia eine der Besten, eigentlich in ganz Britannia.«

»Stimmt«, pflichtet ihm sein Kollege bei. »Sie hat bisher noch jeden Fall gelöst, auch wenn sich die anderen da schon die Zähne ausgebissen haben.«

»Wobei ... Den Fall würde jeder von uns lösen wollen, egal wie schwer das werden wird«, sagt der erste und seine Finger graben sich schmerzhaft in meinen Arm. »Dummer Fehler, einen von uns zu verhexen und zu glauben, damit durchzukommen.«

»Da kommen sie nicht mehr raus«, stimmt ihm sein Kollege zu und mustert mich finster. »Dafür wird Rowlands sorgen.«

97

Ja, ja, wer's glaubt, denke ich und versuche, mir weder von den beiden Sesselfurzern noch von Rowlands etwas einreden zu lassen. Ich muss mich nur auf Alma und meine Familie verlassen.

Trotzdem wäre es schön, nochmal von ihr zu hören, denke ich und gucke sicherheitshalber unter meinem Kissen nach, kaum dass sich die Tür hinter meinen Gefängniswärtern geschlossen hat.

Nichts.

Aber das muss ja nichts bedeuten. Bestimmt arbeitet sie schon daran, mich hier rauszuholen.

KAPITEL 8

Lucy

»Lucy? Du hast ja überhaupt nicht geschlafen«, ist das Erste, was ich höre, als ich Tamsins und Joanas Zimmer am Nachmittag betrete. Die Vorhänge sind zugezogen, aber Sage scheint zu spüren, wenn man sich ihr nähert.

»Achtung, ich mach' das Licht an«, warne ich sie vor, bevor ich den Schalter neben der Tür umlege. Es knistert, dann flackert die Deckenlampe auf. Drei der fünf Glühbirnen des alten Kronleuchters sind lange schon durchgebrannt, sodass es recht düster im Zimmer bleibt.

Sage rollt sich mit einem mühsamen Stöhnen auf die Seite und reibt sich ihre verquollenen Augen. »Weißt du eigentlich, wie schlecht es für deine Gesundheit ist, wenn du nicht …?«

»Das gleiche könnte ich dich fragen, Fräulein«, sage ich und trete mit in die Hüften gestemmten Arme neben ihr Bett, wenn auch mit einigen Metern Abstand. Ich habe nicht vergessen, wie arg Sage gerade von unseren Gefühlen beeinflusst wird.

Hoffentlich mache ich es ihr so etwas leichter,
sich nur auf ihre eigenen zu konzentrieren.

»Ich habe dir Essen mitgebracht. Miss Martha hat erzählt, du hättest dein Mittagessen nicht angerührt«, sage ich und ziehe das Geschirrtuch von dem Teller, den ich eben aus dem Speisesaal stibitzt habe. Zwei Stücke Gewürzkuchen, dick bestrichen mit Schokoguss und Zuckerstreuseln kommen zum Vorschein. »Dein Lieblingskuchen.«

»Nein, danke«, wispert Sage und zieht sich die Decke über den Kopf. »Ich bekomme einfach nichts runter.«

Ich schlucke und presse die Lippen aufeinander, weil ich langsam die Geduld verliere. Was auch mit Sage in der Samhain-Nacht passiert ist, ich brauche sie jetzt. Milla braucht sie jetzt. Um sie ist es nämlich noch weit schlimmer bestellt. So schlimm, dass uns Basil mittlerweile gar nicht mehr zu ihr lässt.

»Dann wenigstens frische Luft«, murmele ich und stelle den Teller auf Sages Nachttisch ab.

»Ja, bitte«, stöhnt sie und lugt unter ihrer Decke hervor. »Mir ist so warm. Nein ... heiß.«

»Dann solltest du die Decken lieber ...«, setze ich an, beiße mir dann aber auf die Lippe. Bissige Bemerkungen haben mich nie weitergebracht und vor allem jetzt muss ich meine Klappe halten. Sie leidet schon genug. Da muss ich es nicht noch schlimmer machen, indem ich ihr Vorwürfe mache.

»Hmpf.« Halbherzig strampelt Sage mit ihren Beinen, um ihre Decke loszuwerden. Als ich helfen will, wirft sie mir einen bösen Blick zu. »Fass mich nicht an.«

»Okay«, sage ich und hebe beschwichtigend die Hände. Schnell drehe ich mich um, damit sie nicht sieht, wie sehr mich ihre Reaktion schmerzt. Ich sehe Sages Qualen, kann ihr aber doch nicht helfen. Egal, was ich tue, es scheint alles nur schlimmer zu machen.

»Die Fenster ...«, erinnere ich mich, schiebe die schweren Vorhänge beiseite und zerre an den alten, verzogenen Dingern, bis ich sie geöffnet habe. Ich fröstele bei der herbstlichen Kälte die nun in das stickige Zimmer dringt. Sage stößt ein erleichtertes Seufzen aus.

»Darf ich?«, frage ich und deute auf ihre Stirn. »Nur um zu gucken, dass du kein Fieber hast.«

»Hab' ich nicht«, sagt Sage und rückt von mir ab, aber ich muss mich selbst vergewissern. So gern und viel Sage uns anderen hilft, stellt sie ihre eigenen Wehwehchen dabei oft zurück oder versteckt sie vor uns. Früher ist mir das nicht so bewusst gewesen, jetzt dafür umso mehr.

»Hey, ich hab' gesagt ...!«, ruft Sage, als ich sie kurz an der Stirn berühre.

Magie knistert gefährlich in der Luft und für den Bruchteil einer Sekunde fürchte ich, sie würde mich damit angreifen. Die Wut in Sages Blick ist mehr als deutlich, weicht jedoch schnell der Angst, als sie sich von mir abwendet, bis sie sich gegen die Wand pressen muss.

»Sage, du bist eiskalt«, flüstere ich und starre erst meine Hand an, mit der ich sie eben noch berührt habe, dann meine beste Freundin.

»Ich sagte doch, ich habe kein Fieber«, murrt sie und zieht sich das Kissen über den Kopf.

»Aber du hast auch gesagt, dir wär' heiß und ...«, murmele ich und schüttle den Kopf. Ihre Symptome werden immer merkwürdiger und die Ruhe, die wir ihr laut Professor Basil und Paoli geben sollten, hat auch nichts gebracht.

»Konntest du wenigstens etwas schlafen?«, frage ich, auch wenn Sages glasige Augen und die dunklen Ringe darunter das Gegenteil beweisen.

Sie antwortet nicht, zumindest nicht sofort.

»Ich kann es spüren ...«, wispert sie, als ich mich gerade umdrehen will, um die Fenster zu schließen.

»Was denn?«

»Milla ... Ihre Verzweiflung«, kommt es noch leiser zurück und ein Schluchzen übertönt für einen Moment das Heulen des Windes vor den Fenstern.

»Sie ist ... gefangen, glaube ich. In sich ... Ich ...«, stammelt Sage und stößt ein scharfes Zischen aus. Mit den Händen hält sie sich den Kopf, als hätte sie plötzlich starke Schmerzen.

»Wie ...? Was meinst du denn damit?«, frage ich verwirrt und will schon näher kommen, bis ich mich wieder daran erinnere, dass das keine gute Idee ist.

»Ich dachte, das wäre vorbei, seit sie Milla weggebracht haben ...«

»War es auch, aber ...«, kommt es durch Sages Kissen und Hände gedämpft zurück.

»Ist es ... stärker geworden?«, frage ich unsicher, weil ich noch immer keine Ahnung habe, was genau Sage eigentlich spürt.

»Mhm«, presst sie hervor und zieht die Knie an die Brust. »Viel stärker. Es ist wie ... Todesangst.«

»Todesangst? Aber vor ...?«

»Es ist überall um sie rum. Unsichtbar und ... wie ein Virus, das sich in der Akademie ausgebreitet hat«, wispert Sage, wobei ich mir nicht sicher bin, ob sie überhaupt noch weiß, was sie da sagt. Wenn jemand so erschöpft ist von all den Qualen ...

»Sie ist dadrin eingesperrt und sie kommt nicht raus und das Feuer ... Das Feuer verfolgt Milla«, wispert Sage und schreit plötzlich auf, als hätte sie sich an irgendetwas verbrannt.

»Feuer? Da ist kein Feuer, Sage. Milla liegt in ihrem Bett unten im Saal«, sage ich kopfschüttelnd, weil ich mir keinen Reim darauf machen kann. Vielleicht wissen Basil oder unsere Schulleiterin etwas damit anzufangen, aber eigentlich bräuchten wir einen verdammten Fae, um Milla zu helfen und damit auch Sage.

»Es ist nicht ... wirklich«, presst Sage hervor und wimmert leise. »In ihrem Kopf. Als würde sie ... verbrennen. Innerlich ...«

Bevor ich Sage fragen kann, was sie damit meint, klopft es leise an der Tür. Keine Sekunde später wird sie geöffnet und Tamsin schiebt ihren Kopf durch den Spalt. »Darf ich?«

Ich zucke mit den Schultern und trete ein Stück beiseite, damit sie sich zu mir stellen kann. Von uns beiden kennt Tamsin sich mit Heilkunst weit besser aus. Ihre Vorfahrin war, glaube ich, die bekannteste Heilerin von Cornwall.

»Du meine Güte«, wispert Tamsin erschrocken, als sie einen Blick auf Sage erhascht.

»Mmhmm«, mache ich und habe Mühe, meine Tränen zurückzuhalten. Ich würde ihr, Milla und Isa ja so gern helfen, mittlerweile sogar Joana, aber ...

»Hat sie geschlafen oder was gegessen?«, fragt Tamsin besorgt.

Ich schüttle den Kopf und deute auf den Kuchen, den Miss Martha vorhin zum Stressabbau gebacken hat. »Und es wird wieder schlimmer.«

»Sieht man«, murmelt Tamsin und nähert sich vorsichtig Sages Bett. »Vielleicht ... hilft das.«

Zögerlich streckt sie die Hand nach Sage aus wie ich vorhin.

»Sie hat kein Fieber, falls du ...«, setze ich an, doch schüttelt Tamsin den Kopf und legt sich einen Finger an die Lippen.

Normalerweise hätte ich mit den Augen gerollt, Tamsin gar nicht erst in Sages Nähe gelassen, nach allem, was sie mit Violet und Joana verbrochen hat, aber Sages Verhalten ist nicht mehr normal. Und in den letzten achtundvierzig Stunden hat Tamsin bewiesen, dass sie sich geändert hat. Wie Lana, Maria, Cally und ich hat sie sich die Nacht um die Ohren geschlagen, um in den Büchern nach Hinweisen über die Fae-Runen zu suchen. Gefunden haben wir noch immer nichts.

Mit wachsender Anspannung beobachte ich nun, wie Tamsin ihre Magie hervorruft und in ihre ausgestreckten Fingerspitzen leitet, bis diese weiß zu leuchten beginnen.

»Was ...?«, presst Sage hervor. Mittlerweile hat auch sie bemerkt, wie nah Tamsin ihr gekommen ist. Bevor Sage jedoch ihre Frage aussprechen oder Tamsin verscheuchen kann, hat diese Sage an der Stirn berührt. Innerhalb von Sekunden breitet sich Tamsins Magie über Sages gesamten Körper aus und umhüllt sie wie eine Schicht aus weißem Licht.

»Was tust du?«, frage ich und will sie zurückzerren, doch da erlischt die Magie und Sage ...

»Keine Sorge, Lucy. Sage schläft«, sagt Tamsin lächelnd. »Ein alter Heilzauber meiner Familie.«

»Sicher?«, frage ich und ziehe eine Augenbraue in die Höhe. Ein Teil von mir will noch immer nicht glauben, dass Tamsin sich verändert hat, aber ein Blick auf Sages entspanntes Gesicht lehrt mich eines Besseren.

»Wir sollten nochmal mit Paoli sprechen«, sagt Tamsin und wendet sich ab.

»Was ist mit den anderen? Haben sie schon was gefunden?«, frage ich sie, weil sie bis gerade eben noch mit den älteren Schülerinnen der White Oak Akademie in unserer Bibliothek gewesen ist.

»Nein, bisher nicht, aber wir haben auch noch einiges vor uns, Graham sei Dank«, sagt Tamsin mit einem Seufzen und scheint sich nicht sonderlich auf die Fortsetzung unseres Lesemarathons zu freuen. Mir geht es ähnlich. Ich kann dabei kaum noch die Augen offenhalten, weil sie so sehr brennen und die Müdigkeit mich immer wieder lockt. Aber wenn wir Milla helfen wollen, haben wir keine andere Wahl.

»Geh du zu Paoli. Die anderen kommen auch ohne uns aus«, wiederholt Tamsin und öffnet die Tür zum Gang.

»Und was ist mit dir?«

»Ich gehe Dad an der Darkwood besuchen. Vielleicht kennt er jemanden, der Milla und Sage helfen kann«, erklärt Tamsin und fährt sich durch ihre roten Locken. »Der Heilzauber wirkt nicht ewig.«

»Okay, das klingt nach einem Plan«, murmele ich und bin ein bisschen überrascht, dass sie so viel Initiative an den Tag legt.

Sie hat sich wirklich verändert.

»Meinst du echt, dass uns dein Vater helfen kann?«, frage ich sie, als wir das Treppenhaus erreichen.

»Schaden kann es nicht«, sagt sie, scheint aber nicht sehr optimistisch zu sein.

»Millas Zustand ...«, murmelt Tamsin, als ich sie darauf anspreche. Sie seufzt tief und schüttelt den Kopf. »Ich war vorhin bei ihr. Basil hat mich nicht reingelassen, aber ...«

»Aber? Was aber?«, frage ich und kann die Panik in meiner Stimme nicht zurückhalten.

»Ich weiß nicht, aber ich hatte das Gefühl ...« Sie zuckt mit den Schultern und macht mich mit ihrer Rumdruckserei wütend. »Es hat sich angefühlt, als läge ihre Magie in der Luft.«

»Millas Magie?«, frage ich verwundert, weil das keinen Sinn ergibt. »Sie ist bewusstlos, Tamsin. Wie soll das denn gehen?«

»Ja, ich weiß, ich weiß«, murmelt sie und macht sich an den Abstieg. »Vielleicht habe ich mich auch geirrt. Keine Ahnung. Ich bin müde und ...«

»Hoffen wir, dass es daran lag«, murmele ich und bete inständig, dass sie falschliegt. Wenn Milla durch diese beschissene Rune jetzt auch noch Magie verliert ...

Wie lange wird es dann dauern, bis sie alle aufgebraucht hat?

Was dann mit ihr passiert, haben wir gesehen, als Professor Paoli Isa nach der Sache mit diesem bescheuerten Liebeszauber zur Akademie zurückgebracht hat. Hätte sie ihre gesamte Magie eingesetzt, um Evan zu befreien, wäre sie nicht mehr hier.

Ist sie jetzt ja auch nicht, denke ich und beiße mir in die Wange, um mich von der Furcht abzulenken, sie könne Evan zum Opfer gefallen sein.

»Du musst bei Paoli echt Druck machen und sie bitten, den König oder das Institut einzuschalten«, weist Tamsin mich an. »Ich versuche, Dad dazu zu bringen, mit König Richard zu sprechen.«

Ich nicke entschlossen. »Notfalls gehe ich auch allein zu den verdammten Fae, wenn wir nicht bald 'ne Lösung finden.«

»Normalerweise würde ich dir stark davon abraten ...«, murmelt Tamsin und schüttelt sich, als würde sie sich wirklich vor diesem geheimnisvollen Volk mit ihren tödlichen Runen fürchten. »Aber ich verstehe, was du meinst. Und wenn du ... Ich kann mitkommen, wenn es wirklich keinen anderen Weg mehr gibt.«

Abrupt bleibe ich stehen und mustere Tamsin. »Das würdest du tun?«

Sie nickt und seufzt leise. »Nach allem, was Milla und ihr anderen durchmachen musstet, weil ich zu viel Schiss vor Violet hatte ... Es ist das Mindeste, was ich tun kann, um das wiedergutzumachen.«

»Hm ...«, mache ich und schüttle den Kopf. Es ist erstaunlich, wie anders Tamsin ist, seitdem Violet und Joana von der Bildfläche verschwunden sind. Wobei ... Letzterer sollen wir ja auch helfen, wenn es nach Professor Paoli geht.

»Da seid ihr!«, erklingt Lanas Stimme von irgendwo unterhalb, als wir unseren Weg fortsetzen wollen. »Wir haben euch schon gesucht.«

Gemeinsam mit Maria eilt sie die Stufen zu uns hinauf, ein zusammengeklapptes Buch in der Hand und den Ausdruck einer verrückten Wissenschaftlerin im Gesicht, die einen Durchbruch hatte.

»Habt ihr ...?«, setze ich an, kann es dann aber doch nicht aussprechen, weil ich mich lieber nicht zu früh freuen will. Das habe ich auch, als plötzlich die Wachen der Darkwood mit all den Büchern über

Fae aufgetaucht sind und wir trotzdem keinen Hinweis auf Millas Rune gefunden haben.

»Ja, ich glaube schon«, sagt Lana atemlos und schlägt das Buch auf.

Maria zieht den zerknitterten Zettel mit meiner Zeichnung von Millas Rune aus der Hosentasche hervor und faltet ihn auseinander.

»Es ist zwar nur eine vage Ähnlichkeit, aber …«, sagt Lana und blättert durch das Buch, bis sie die richtige Seite erreicht hat. »Ich glaube, es ist eine Art Bindungsrune.«

Sie hält das Buch hoch und Maria reicht mir den Zettel, damit Tamsin und ich die Runen vergleichen können. Beide bestehen sie aus sich überlappenden Kreisen, durchzogen von langen Linien. Millas sieht aber weit komplizierter aus.

»Bindungsrune? Was bedeutet das?«, frage ich Lana, weil ich mir darunter nichts vorstellen kann.

»Das ist ähnlich wie der Zauber, den sie Hexenkindern auferlegen, damit deren Kräfte erst später erwachen, wenn ich das richtig verstanden habe«, murmelt Lana und dreht das Buch zu sich um, um den Text darin nochmal zu überfliegen. »Aber statt sie so zu nutzen wie wir, nämlich zum Schutz, setzen die Fae diese Runen als Strafe ein.«

»Als Strafe?«, fragt Tamsin neben mir und klingt genauso verwirrt, wie ich mich fühle.

»Mhm«, macht Lana und schlägt das Buch zu. »Sie schließen die Kräfte ein, sodass der Träger der Rune sie nicht mehr nutzen kann.«

»Schließen sie ein …?«, wispere ich und muss an Sages wirres Gerede denken. *Hat sie nicht gesagt, Milla wäre irgendwie gefangen, oder so?*

»Bestrafen sie nicht alles mit dem Tod?«

»Ja, und dann machen sie Schmuck und Kunst aus ihren Knochen«, murre ich und schüttle mich vor lauter Ekel.

»Dachte ich auch, aber wohl nicht immer? Keine Ahnung. Wir wollten gerade zu Paoli, um ihr das zu zeigen«, sagt Lana mit einem Schulterzucken.

Maria sieht uns erwartungsvoll an. »Kommt ihr mit?«

»Dass du das noch fragen musst«, sage ich und dränge mich an ihr vorbei, um die restlichen Stufen ins Erdgeschoss hinabzusteigen.

KAPITEL 9

Morgaine

»Hatte Irving Neuigkeiten oder wollte er Ihnen nur auf die Nerven gehen?«, fragt die Direktorin und deutet auf das Fenster, durch das Glen gerade in den See gesprungen ist.

Ich zucke die Schultern. »Bei ihm weiß man das nie so genau.«

»Da haben Sie wohl recht, Professor«, murrt die Direktorin und reibt sich über die Schläfen. Seit der Samhain-Nacht sind darauf einige Falten mehr hinzugekommen. »Schrecklich, das mit der Fae-Rune. Ich war gerade bei Miss Newton.«

Ich nicke und lasse mich auf den Stuhl sinken. Wann immer ich an Milla denken muss, zieht sich mein Herz zusammen. »Und wir können ihr nicht helfen …«

»Ich habe mir erlaubt, ein Foto davon zu machen und es einigen meiner Agents zu schicken«, erzählt Direktorin Finchley und doch wecken ihre Worte keine Hoffnung in mir. Dafür klingt sie zu zweifelnd.

»Die Mädchen suchen noch, aber …«, sage ich und schüttle den Kopf. »Selbst dann wüssten wir nicht, wie wir sie lösen können. Ob das überhaupt möglich ist, oder sie ...«

»Ich weiß, Professor«, seufzt die Institutsleiterin und lässt den Kopf hängen. »Es tut mir leid, dass ich keine größere Hilfe sein kann. Angelegenheiten mit den Fae ...«

»... sind kompliziert, ich weiß«, entgegne ich und wünschte doch, es wäre nicht so.

Keiner scheint genau zu wissen, wieso es dieses Zerwürfnis zwischen ihnen und der Nachtwelt gibt. Manche spekulieren, dass es an der Art und Weise liegen könnte, wie wir Hexen unsere Magie nutzen, oder die Fae einfach nichts mit uns zu tun haben wollen. Das allein kann jedoch nicht Grund genug sein, Milla etwas Derartiges anzutun.

»Mein Enkel wollte Ihren Schülerinnen helfen«, sagt Direktorin Finchley nach einigen Minuten der Stille.

Überrascht runzele ich die Stirn. Normalerweise spricht sie nicht über ihre persönliche Verbindung zu John und Lucas Finchley. Wenn überhaupt tut sie so, als gäbe es diese nicht.

»Lucas ist talentiert und wird ... Ach, ich weiß auch nicht, was ich Ihnen sagen soll, Professor. Das ist alles sehr ...«

»Dramatisch?«, schlage ich vor. »Ungerecht?«

»Das und so viel mehr, ja«, stimmt sie mir mit einem Nicken zu und lässt den Kopf hängen.

Nun wirkt sie nicht länger wie die selbstsichere Direktorin, sondern schwach und ausgelaugt, wie eine alte Frau am Ende ihrer Kräfte. Nicht auszudenken, wie es ihr seit der Samhain-Nacht ergangen ist, schließlich ist sie für das gesamte Institut weltweit zuständig.

»Ist alles …?«, setze ich an, doch wird da die Tür aufgerissen und eine ganze Horde meiner Schülerinnen platzt herein.

»Professor! Professor, schauen Sie sich das an!«, ruft Lucy und zerrt Lana auf den Schreibtisch zu. Dass ich gerade mitten in einem Gespräch mit der Leiterin des Instituts bin, scheint sie nicht zu interessieren. Oder sie bemerkt es nicht, so aufgeregt, wie sie klingt.

»Schauen Sie, was sie gefunden haben!«, ruft Lucy und legt mir ein Buch auf den Schreibtisch. »Los, Maria! Die Zeichnung!«

Maria eilt auf mich zu und streicht einen Zettel glatt. »Sehen Sie? Die sind sich sehr ähnlich.«

Sie deutet von der Zeichnung von Millas Rune auf ein Schaubild in ihrem Buch. Die Abbildung ist recht klein. Ich muss die Augen zusammenkneifen, um den verschlungenen Linien folgen zu können, doch sehen sie sich tatsächlich ähnlich. Millas Rune ist jedoch weiter ausgeprägt und sieht komplizierter aus.

»Manieren könnten Ihnen nicht schaden, junge Damen«, mischt sich Direktorin Finchley ein und beugt sich nun selbst über den Fund der Mädchen. »Aber das ist gute Arbeit.«

»Sorry, wir ähm …«, stammelt Lucy, als sie bemerkt, wer mir da gegenübersitzt.

»Es tut uns wirklich leid, Direktorin Finchley«, beteuert Lana und neigt sogar das Haupt. »Beim nächsten Mal klopfen wir auch, versprochen.«

»Das will ich hoffen«, murrt die Direktorin, ehe sie ihr Smartphone aus der Jackentasche zieht und Fotos vom Fund der Mädchen macht. »Das sollte ich auch unseren Experten schicken.«

»Sie helfen uns?«, fragt Lucy überrascht und starrt sie aus ihren großen eisblauen Augen an.

»Natürlich«, sagt die Direktorin. »Das ist mein Job.«

»Und ... Und gibt es auch Neuigkeiten von Isa?«, schiebt Lucy schnell hinterher.

»Und Joana?«, fügt Tamsin hinzu und tritt zu uns an den Tisch heran. Von Cally fehlt jede Spur, von Sage ebenfalls, was mich jedoch wenig wundert.

Direktorin Finchley räuspert sich und scheint zu überlegen, was sie den Mädchen sagen soll. Ob sie ihnen überhaupt etwas sagen soll.

»Ist doch Ihr Job«, erinnert Lucy sie und wirft ihr einen durchdringenden Blick zu. »Oder nicht?«

»Lucy«, ermahne ich sie, als sich die Miene der Direktorin verfinstert.

»Manieren«, brummt sie und mustert Lucy mit geschürzten Lippen. Als sie ihnen antworten will, sind auf dem Gang Schritte zu hören. Vor meinem Arbeitszimmer halten sie inne.

Ein junger Agent des Instituts in dunklem Anzug steht in der geöffneten Tür und blickt sich etwas erschrocken in meinem vollen Büro um. Offenbar hat er nicht mit so vielen Anwesenden gerechnet und fährt sich nun nervös durch das dichte blonde Haar. Oder liegt das am forschen Gesichtsausdruck seiner Chefin? Sie blickt ihn fragend an, eine Augenbraue steil nach oben gezogen.

»Nun spucken Sie es schon aus, Smith«, weist sie ihn an und wedelt ungeduldig mit der Hand.

Sofort nimmt der Agent Haltung an, fährt die bunte Krawatte entlang, die der Institutsdirektorin sicher ein Dorn im Auge ist. »Lord Waterhouse hat gemeldet, dass Mister Lark gerade gefunden wurde.

Er befindet sich in Gewahrsam und wird nach Inverness zu unserem Außenposten gebracht.«

Er rattert die Informationen so schnell herunter, dass ich erst einige Sekunden später begreife, was er gesagt hat.

»Sie haben ihn?«, frage ich ungläubig und höre, wie die Mädchen überrascht die Luft einsaugen.

»Und sein Zustand?«, fragt Direktorin Finchley gefasst, aber mit einem Unterton in der Stimme, der mich aufblicken lässt. Ihre Miene ist wie gewohnt streng, aber da liegt etwas in ihren grauen Augen. Etwas, das vermuten lässt, dass sie nicht halb so kalt und tough ist, wie sie sich gibt: Besorgnis.

»Kritisch. Der Meldung nach ist er desorientiert, unterkühlt und verletzt. Musste sogar ruhiggestellt werden«, entgegnet der Agent, was nicht nur mir ein Keuchen entweichen lässt.

Die Mädchen wirken geschockt über Evans Rolle in dieser schrecklichen Tragödie. Noch immer kann ich nicht verstehen, wie es so weit kommen konnte. Wie dieser arme Menschenjunge, der in den letzten Wochen so oft Opfer von Magie geworden ist, an eine solche Waffe gelangen konnte. Oder war es deswegen? Weil er sich rächen wollte?

»In Ordnung, wir brechen sofort auf«, sagt die Direktorin und schließt beim Aufstehen die Knöpfe ihres dunklen Blazers.

Das Vibrieren ihres Handys lässt sie auf halbem Weg innehalten.

»Sind das Ihre Experten?«, fragt Lucy.

Direktorin Finchley nickt, aber der Schatten, der für einen Moment ihre neutrale Miene überdeckt, zeigt, dass es keine guten Neuigkeiten sind.

»Es ist ihnen nicht möglich, die Rune zu lösen«, presst sie hervor und atmet tief durch, als müsse sie diese Nachricht selbst erst verdauen. »Nur die Fae können das.«

Einen Moment schwankt sie und wirft mir einen kurzen Blick zu. Wir beide wissen, was das für Milla bedeutet, doch will es keine von uns aussprechen. Nicht vor den Mädchen.

»Trotzdem danke«, presse ich hervor und spüre, wie mir der Schoko-Cookie hochkommt, zu dem mich Martha vorhin genötigt hat.

Hoffentlich spürt Sage nichts davon, denke ich und würde am liebsten heulen, weil ich weder ihr noch Milla, Isa oder Joana helfen kann. Und dann ist da noch Harrold, der nicht zurückgekommen ist.

»Direktorin?«, fragt der Agent besorgt. »Wollen Sie nicht lieber …«

»Nein, nein, Smith«, murrt sie und strafft die Schultern. »Hetzen Sie eine alte Frau nicht.«

Sie zupft ihren Blazer zurecht und folgt ihrem Agenten dann zur Tür.

»Professor Paoli. Mädchen.« Mit einem knappen Nicken verabschiedet sich Direktorin Finchley und lässt mich nach dieser Hiobsbotschaft allein mit meinen Schülerinnen zurück.

»Und die Vermissten? Wurden sie gefunden?«, fragt Lucy Agent Smith, der unschlüssig in der Tür steht.

Er schluckt und blinzelt, scheint erst nicht zu begreifen, dass sie ihn angesprochen hat.

»Hallo? Hat man Joana Waterhouse oder Eloisa Finchley gefunden?«, fügt Lucy deshalb noch hinzu und wirft dem Mann einen flehenden Blick zu. In ihren Augen schimmern Tränen, aber noch hat sie sich und ihre Magie im Griff.

»Zwei Opfer wurden kurz zuvor entdeckt, aber die Mädchen waren nach meinem Kenntnisstand nicht dabei«, sagt Smith und fährt sich durchs Haar.

»Und jetzt?«, fragt Lucy und sucht meinen Blick. Die Verzweiflung darin zeigt, dass sie sehr wohl verstanden hat, was Direktorin Finchleys Bemerkung eben für Millas Schicksal bedeutet, aber auch, dass sie es noch nicht akzeptieren will. Dass sie weiter für ihre Freundin kämpfen wird, notfalls bis zu deren letztem Atemzug.

Genau wie ich.

»Morgen wird Mister Lark befragt werden, sollte er wieder bei Bewusstsein und vernehmungsfähig sein«, erklärt der Agent, der wohl gedacht hat, dass die Frage an ihn gerichtet war. Nervös wippt er auf dem Fußballen herum. »Die Suche geht natürlich weiter. Aber jetzt noch Überlebende zu finden, ist fast unmöglich. Wir rechnen nicht mit …«

»Schon gut, schon gut. Das reicht«, unterbreche ich ihn und stehe von meinem Stuhl auf. Ein Blick auf meine Schülerinnen zeigt mir, dass das bisschen Aufregung und Hoffnung über ihren Fund endgültig verpufft ist. »Noch haben sie sie nicht gefunden. Es gibt keinen Grund, vom Schlimmsten auszugehen.«

»Glaubst du das wirklich?«, mischt sich John Finchley ein, der neben Agent Smith aufgetaucht ist. Johns Anzug ist zerknittert, als hätte er darin geschlafen, seine Haare zerzaust und die Augen von dunklen Schatten gezeichnet.

»Aber vielleicht hast du ja recht …«, murmelt er und stützt sich schwer am Türrahmen ab. »Isa ist … Isa ist eine Kämpferin.«

116

»John«, wispere ich und kann die Tränen kaum zurückhalten. Ihn so zu sehen, bricht mir das Herz. Isas Verschwinden geht ihm furchtbar nahe. So nah, dass John seit Samhain kaum geschlafen hat. Nach allem, was er durchgemacht hat, ist es ein Wunder, dass er noch nicht umgekippt ist.

Wenn er nur wüsste, was für eine Kämpferin Isa wirklich ist!, denke ich und frage mich nicht zum ersten Mal seit der Samhain-Nacht, was mit ihr geschehen ist. Ob das Ritual nicht nur die Barrieren ihrer Magie, sondern auch die ihrer Erinnerungen gebrochen hat. Ob sie wieder weiß, wer sie ist. Wer sie wirklich ist.

»Bitte entschuldigen Sie, Sir, ich wusste nicht, dass …«, sagt der junge Agent in die Stille hinein. Sein Blick huscht zu mir, dann wieder zu John, der ihn mit einer forschen Handbewegung wegschickt. Agent Smith nickt knapp, wirkt erleichtert, als er sich eilig zurückzieht.

»Ich habe gehört, meine Mutter wäre bei dir …«, sagt John und tritt in mein Arbeitszimmer. Fahrig blickt er sich um, doch ist die Direktorin längst auf dem Weg nach Inverness.

»War sie, aber sie haben Evan Lark gefunden und jetzt …«, setze ich an und seufze. »Und jetzt?«

»Professor? Sagen Sie bitte nicht, dass Sie schon aufgeben!«, fleht Tamsin. Sie muss mir angesehen haben, dass ich mit meinem Latein am Ende bin.

»Was? Nein! Wir müssen doch noch irgendwas für sie tun können. Für Milla und Isa … und Joana und für Sage«, ruft Lucy aufgebracht. »Wir können sie doch nicht einfach so im Stich lassen!«

»Sehe ich auch so«, sagt John und lässt sich auf dem Stuhl nieder, auf dem kurz zuvor noch seine

Mutter gesessen hat. »Der König! Du könntest ihn um eine Audienz bitten. Als Schulleiterin der White Oak ... Das muss doch Gewicht haben, oder nicht?«

Ich zucke mit den Schultern. »Bei der Suche tut er schon, was er kann, und ich glaube nicht, dass uns seine Hilfe bei Millas Rune weiterbringt.«

Nach allem, was ich bei meinem Besuch in der Darkwood Akademie beobachtet habe, die Auseinandersetzung zwischen König Richard und dem Fae-Prinzen, würde das Millas Situation eher verschlimmern. Prinz Barrysthiel hat deutlich gezeigt, was er von unserem König hält, ihm sogar gedroht.

Und trotzdem bleibt dir nur ein Ausweg, denke ich und schlucke, als mein Herz vor Angst zu rasen beginnt. *Du musst es tun. Wir können nicht länger warten.*

Ich atme tief durch und schließe kurz die Augen, um mich zu sammeln. Wenn ich das wirklich durchziehe, muss ich mich zusammenreißen. Sonst kann Direktorin Finchley noch vor dem Morgen eine neue Leiterin für die White Oak Akademie suchen.

Reiß dich zusammen. Für Milla.

»Mädchen, geht zurück in die Bibliothek und sucht weiter. Irgendwo muss es doch Informationen dazu geben, wie man eine Fae-Rune brechen kann«, weise ich meine Schülerinnen an, um sie schnell loszuwerden. »Wir werden ihr helfen. Sie wird wieder, ganz bestimmt.«

»Aber Sie haben doch gehört, was Dir...«, setzt Lucy an, wird aber von Lana zur Tür gezerrt.

»Verlassen Sie sich auf uns, Professor Paoli. Wir suchen weiter«, versichert sie. »Wir geben sie nicht auf, niemals.«

»Was ist mit den anderen? Mit Isa und Joana?«, fragt Tamsin, die ihren Mitschülerinnen nur zögerlich zur Tür folgt. Sicher macht sie sich große Sorgen um Joana. So viel Chaos Violet auch angerichtet hat, hat das die beiden Freundinnen nur noch näher zusammengebracht.

»Wenn sie Evan befragen, wissen wir mehr. Jetzt kann er ihnen auch nichts mehr tun, sollten sie noch da draußen sein«, sage ich und bin überrascht, wie fest und zuversichtlich meine Stimme klingt. Dass Graham und die Sucher Evan tatsächlich schnappen konnten, ist eine große Erleichterung für uns alle.

Keine Toten mehr, denke ich, doch drängt sich mir sofort eine beunruhigende Frage auf: *Wie viele hat er im Wald rings um Codwyll zurückgelassen? Wie viele werden sie noch finden?*

»Ich werde bei der Suche nach ihnen helfen«, fügt John hinzu und will schon den Mädchen auf den Gang folgen, doch halte ich ihn zurück.

»Auf keinen Fall, John«, sage ich streng und entsende meine Magie, um die Tür zu schließen.

»Musste das sein?«, fragt er wütend, als er sich zu mir umdreht.

»Du kannst so nicht raus und das weißt du.«

»Und du klingst schon fast wie meine Mutter. Ist dir das bewusst?«

Ich schnaube und zucke mit den Schultern. »In diesem Punkt muss ich ihr leider recht geben, John. Du bist zu sehr involviert und zu erschöpft.«

»Ich fühle mich gut«, sagt er und verschränkt die Arme vor der Brust. So wie er dabei schwankt, straft er seine Worte Lügen.

»Wenn du dich nicht freiwillig ausruhst, zwinge ich dich dazu«, drohe ich und meine Magie knistert.

»Das darfst du nicht«, sagt John, aber er weiß so gut wie ich, dass man mir das nicht übelnehmen wird. Vor allem die Direktorin nicht.

»Ich kann aber nicht in dieses stickige Zimmer zurück«, presst er hervor und sackt in die Knie. »Ich will nicht bloß rumliegen und auf den Schlaf warten und dann die Albträume und …«

»Schon gut, schon gut«, sage ich und knie mich neben John. Seine Schultern beben, als ich ihn in den Arm nehme.

»Ich will nicht mehr davon träumen. Von ihr. Ich kann nicht …«, stammelt John und verbirgt sein Gesicht in den Händen.

Beruhigend streiche ich ihm über den Rücken. »Das musst du nicht. Ich sage Professor Basil, dass sie dir einen Schlaftrunk geben soll. Dann kriegst du endlich die Ruhe, die du benötigst.«

»Aber Isa …«

»Sobald Isa zurückkehrt, wird sie deine Hilfe brauchen, John. Und dazu musst du ausgeruht sein, verstanden?«, unterbreche ich seinen Protest. Ich wünschte, ich könnte ihm von ihr erzählen. Davon, wie viel Unterstützung seine Adoptivtochter wirklich brauchen wird, sollte sie Evan entkommen sein.

Das ist zu gefährlich, denke ich und schlucke. Der Mörder der Gowdies ist noch immer da draußen und wird sicher nicht davor zurückschrecken, Isa zu töten, sollte er von ihrem Überleben erfahren.

»Okay …«, wispert John schwach und lässt sich von mir aufhelfen.

Ich stütze ihn auf dem Weg zur Eingangshalle. »Geh in dein Zimmer. Ich muss sowieso mit Isadora sprechen und schicke sie dann zu dir, in Ordnung?«

»Okay«, wiederholt er, diesmal etwas fester, und geht schwankend auf das Treppenhaus zu.

Weil ich keine Zeit verlieren will, eile ich auf den Mitternachtssaal zu und bete, dass Isadora keine Fragen stellen wird, wenn ich sie gleich wegschicke.

Sie würde mich nur aufhalten, wenn sie wüsste, was ich vorhabe, denke ich. Ich weiß ja selbst, wie wahnsinnig mein Plan ist. Aber für meine Schülerinnen tue ich alles, auch wenn ich dafür einen Deal mit den gefürchteten Fae eingehen muss.

KAPITEL 10

Graham

Als wir nach Evans erfolgreicher Festnahme zur Darkwood Akademie zurückkehren, herrscht dort Ausnahmezustand. Über Funk haben wir Vater und die übrigen Helfer in der provisorischen Kommandozentrale längst darüber informiert. Als wir auf dem Hof aus dem schlammbespritzten Jeep steigen, werden wir nun von einer Schar Agenten, Wachen und Rekruten begrüßt.

»Mitkommen, alle beide, sofort«, zischt Vater mir und Onkel Jasper zu, als er die Stufen zu uns heruntersteigt. »Es ist noch lange nicht alles ausgestanden.«

»Das ist mir mehr als bewusst«, höre ich Jasper über den Jubel knurren. Die Helfer scheinen schon vergessen zu haben, wie viele Opfer Evans Klinge gefordert hat, oder wie viele Hexen und Nachtwesen noch immer vermisst werden.

»Wir müssen die Suche nach ihnen umgehend fortsetzen«, wende ich mich an Vater. Am liebsten würde ich sofort in den Wald zurückkehren. Jetzt, da von Evan keine Gefahr mehr droht, will ich mir noch einmal bei Tageslicht die Stelle angucken, an der sich laut Glen Irving Isas Spur verliert.

»Die Suche geht weiter. Lord Blight übernimmt das Kommando, aber wir drei müssen reden«, sagt Vater und zieht uns auf die geöffnete Tür zum Flügel des Königs zu. Lord Blight, Tamsins Vater und einer der Berater des Königs, neigt zur Begrüßung leicht das Haupt.

»Keine Sorge, Lord Waterhouse, wir werden Ihre Schwester finden«, sagt er leise, als ich ihn passiere und klopft mir aufmunternd auf den Arm.

Onkel Jasper stößt ein genervtes *Pfft!* aus und marschiert dann zur Treppe, die hinauf in den privaten Teil des Gebäudes führt. Dort oben wird uns niemand belauschen, niemand wird mitbekommen, was ich zu sagen habe. Auf der Fahrt zur Akademie habe ich lange mit mir gehadert, aber ich weiß, dass ich meinem Vater von Jaspers Verhalten erzählen muss. Davon, dass er Evan beinahe getötet hätte, wäre ich nicht gewesen.

Auf dem Weg nach oben sagt keiner von uns ein Wort. Der Stillezauber der Darkwood hätte unsere Stimmen zwar verschluckt, aber sicher ist sicher. Erst als wir einen der beiden Salons erreichen und Vater mit Bedacht die Tür hinter uns schließt, bricht er sein Schweigen: »Den Mächten sei Dank! Endlich haben wir ihn.«

Kraftlos sinkt er auf einem Sessel zusammen und reibt sich über die Augen. Die Maske des Königs fällt von ihm ab. Darunter kommt ein erschöpfter, verzweifelter Vater zum Vorschein.

»Geht es dir nicht gut?«, frage ich und lasse mich auf dem Sessel ihm gegenüber fallen.

Jasper zieht es vor, zu stehen, und starrt stoisch auf die Bücherregale, die die Wände säumen.

»Könnte ein bisschen Schlaf gebrauchen«, sagt Vater mit einem müden Lächeln und stößt ein herzhaftes Gähnen aus. »Und nachdem nun wenigstens Mister Lark geschnappt wurde, sollten wir uns alle eine Nacht Ruhe gönnen.«

Abrupt fährt Jasper zu ihm herum. »Aber wer kümmert sich so lange um ...?«

»Lord Blight«, unterbricht Vater ihn. »Sagte ich doch bereits.«

»Das kann doch nicht dein Ernst sein, Richard!«, ruft Jasper und stürzt auf ihn zu. »Blight ist viel zu verweichlicht und ...«

»Spar dir den Atem, Jasper«, knurrt Vater und massiert sich die Schläfen. »Die Entscheidung steht und Blight hat sich schon häufiger als große Hilfe erwiesen. Das weißt du.«

Ich beobachte die beiden, wie sie einen langen Blick tauschen, als würden sie sich still unterhalten. Aber worüber? Was meint Vater damit?

Ich kann mich nicht erinnern, dass Lord Blight je groß in Aktion getreten ist. Verweichlicht würde ich ihn nicht nennen, eher pazifistisch und besonnen, was meiner Meinung nach gar nicht so schlecht ist. Jasper und die anderen Lords, die Vater als Berater ansieht, sind viel harscher in ihrer Urteilsfindung.

»Wie du meinst«, knurrt Jasper und gibt sich geschlagen. Er wendet sich den Bücherregalen zu, die Hände fest zu Fäusten geballt.

»Erzähl mir davon, Graham. Wie du Mister Lark gefunden hast, sein Zustand, was er zu dir gesagt hat, alles«, bittet Vater und lässt mich überrascht zu ihm aufsehen. Wie Pierce und die anderen Wachen, die uns nach Evans Festnahme zur Hilfe gekommen sind, scheint Vater zu glauben, dass ich es war. Dass ich derjenige bin, der Evan gefunden hat.

Ich schlucke und mein Blick wandert zu Jasper. Er rührt sich nicht und macht keine Anstalten, Vater aufzuklären. *Will er es etwa verheimlichen?*

Ich sehe Onkel Jasper erneut vor mir, die Hände fest um Evans Hals geschlossen, pure Mordlust im Blick. Dabei kommt mir wieder diese merkwürdige Nachricht in den Sinn, die man mir übergeben hat, bevor wir zur Suche aufgebrochen sind:

Sei vorsichtig. Dein Onkel ist nicht der, für den du ihn hältst.

Was zum Teufel soll das nur bedeuten?

Onkel Jasper regt sich noch immer nicht. Vater scheint dennoch zu spüren, dass etwas in der Luft liegt. »Graham? Was ist los?«

Langsam dreht sich Jasper zu mir um, weicht jedoch meinem Blick aus.

»Sagst du es ihm, oder soll ich?«

Von meinem Onkel kommt nur ein Brummen.

»Was soll er mir sagen?«, fragt Vater und rückt bis zur Sesselkante vor. »Was ist passiert? Antworte mir!«

»Ich war es!«, ruft Onkel Jasper plötzlich und tritt näher zu uns heran. »Ich habe ihn gefunden. Und wenn Graham nicht ... Warum hättest du nicht fünf Minuten später auftauchen können, hm? Dann wäre alles vorbei gewesen.«

Überrascht sauge ich die Luft ein. Ich hätte nicht gedacht, dass Jasper es zugeben würde. Oder dass er noch immer glaubt, Evans Hinrichtung sei der richtige Weg.

»Was soll ...? Alles vorbei gewesen? Jasper, sag mir nicht, dass du ...«, presst Vater hervor und krallt die Finger in die Armlehnen seines Sessels. Mit vor Entsetzen geweiteten Augen starrt er zu ihm hoch.

»Doch, das wollte ich. Ich will es noch immer«, knurrt Jasper und wirft erst Vater, dann mir einen finsteren Blick zu. »Dieser Junge wird noch großen Ärger machen, das sage ich euch.«

»Was soll er denn tun? Evan ist beim Institut in Gewahrsam und schwer verletzt, wenn der Notarzt seinen Zustand richtig eingeschätzt hat«, erinnere ich Jasper, was Vater hellhörig werden lässt: »Wie schwer?«

»Genau konnte er es nicht sagen, aber er ist wohl stark unterkühlt und hat einige Schnittwunden, die versorgt werden müssen«, gebe ich die Informationen weiter, die mir der Notarzt zugerufen hat. Danach ist er mit seinem Team und Evan in einem Hubschrauber nach Inverness zum Instituts-Stützpunkt geflogen. »Er wollte Evan ausführlich untersuchen. Nicht, dass da noch mehr ist ... Wer weiß, was dieser Fluch mit ihm angestellt hat.«

»Dann hoffen wir, dass die Direktorin Wort hält und uns über seinen Zustand informiert«, murmelt Vater, was Onkel Jasper ein wütendes Schnauben entlockt: »Dieser Dreckskerl ist die Mühe doch gar nicht wert, nach allem, was er ...«

»Jasper!«, ruft Vater und bedenkt ihn mit einem durchdringenden Blick, der sogar mir Gänsehaut beschert. »Muss ich dich daran erinnern, dass Evan Lark der Einzige ist, der weiß, wer von unseren Vermissten tot ist und wer noch leben könnte?«

Zischend sauge ich die Luft ein. Daran habe ich noch gar nicht gedacht, aber er hat recht. Vielleicht können wir mit Evans Aussage unsere Suche besser organisieren und die restlichen Vermissten finden.

»Bist du dir sicher?« Mein Onkel schüttelt den Kopf. »Graham hat es doch gesagt: Wer weiß, was der Fluch mit ihm angestellt hat? Vielleicht hat er überhaupt keine Ahnung, was er getan hat.«

»Und vielleicht eben doch«, entgegnet Vater und ich meine einen Hauch Hoffnung in seinem Blick zu sehen. Glaubt er etwa doch, dass Joana noch leben könnte? Und Isa?

»Morgen wissen wir mehr«, sage ich und lasse mich auf meinem Sessel zurückfallen.

»Denke ich auch«, stimmt mir Vater mit einem Nicken zu und wendet sich dann an Jasper: »Fahr du mit Graham gleich morgens nach Inverness, um der Befragung beizuwohnen.«

»Glaubst du doch nicht, dass uns die Direktorin auf dem Laufenden hält?«, frage ich verwundert. In den letzten Tagen hat es so ausgesehen, als hätten sich die beiden versöhnt und den jahrhundertealten Konflikt zwischen Britannischer Krone und Institut hinter sich gelassen.

»Gerade weiß ich nicht, wem ich noch vertrauen kann«, höre ich Vater murmeln. Der Blick, den er meinem Onkel zuwirft, spricht Bände: Jaspers Geständnis hat auch ihn schockiert.

Es ist sicher nur der Schlafmangel. Der lässt uns alle durchdrehen, denke ich und verdränge sämtliche zweifelnde Gedanken, die sich mir aufzwängen wollen. Jasper war schon immer forsch in seinen Taten. Unter dem Stress und der Gefahr, die uns von allen Seiten droht, hätte jeder irgendwann die Nerven verloren.

Eine Nacht Ruhe wird ihn auf andere Gedanken bringen, rede ich mir ein und kann die Zweifel doch nicht ganz beruhigen.

Was sollte dann diese Nachricht?

Als ich die Hände in meine Hosentasche schiebe, ertaste ich den gefalteten Zettel und spüre das Unbehagen, das diese Worte in mir ausgelöst haben.

Es könnte ein Ablenkungsmanöver sein. Von den Fae vielleicht oder irgendjemand anderem, der unsere Position schwächen will, denke ich und sehe sofort die Ellis-Hexen vor mir. Wenn das ihr Versuch ist, Vater zu entmachten und so Violet aus dem Institut zu befreien, müssen sie sich schon mehr anstrengen.

Jasper mag oft zu schnell zu Gewalt neigen, aber ihm vertraue ich doch mehr als einer ominösen Botschaft von einem Unbekannten.

»Gibt es sonst irgendwelche Neuigkeiten? Hast du nochmal etwas aus der White Oak gehört, während wir weg waren?«, breche ich unser Schweigen und blicke zu Vater auf.

»Nein. Keiner der Vermissten ist zurückgekehrt, falls du das meintest«, sagt er und lässt sich auf dem Sessel zurückfallen.

»Ich dachte eher an Camilla Newton«, entgegne ich. Wären Isa oder Jo gefunden worden, hätte er mir das sofort gesagt. »Konnte Direktorin Finchley noch etwas über die Fae-Rune herausfinden?«

Vater stößt ein lautes Stöhnen aus und schüttelt den Kopf. »Soweit ich weiß noch nicht. Es scheint noch immer kritisch um Miss Newton zu stehen.«

»Verdammt!«, fluche ich und die Hoffnung, die ich durch Evans Verhaftung zurückgewonnen habe, versiegt. »Können wir denn nichts tun? Zu den Fae gehen und ...?«

»Bist du von allen guten Geistern verlassen?«, fährt mich Onkel Jasper an und baut sich vor mir auf. »Nach allem, was zwischen deinem Vater und diesem Möchtegernprinzen vorgefallen ist?«

»Jasper, beruhige dich«, mahnt mein Vater und richtet sich mit einem Ächzen auf. »Aber dein Onkel hat recht, Graham. Am Ende verstehen sie unsere Bitte noch als Anklage und was dann passieren könnte ...«

Ich seufze und nicke. »Das Letzte, was wir gerade brauchen, ist ein Krieg gegen die Fae ... Trotzdem ... Wieso ausgerechnet Milla?«

»Das verstehe ich auch nicht«, murmelt Onkel Jasper und hockt sich auf das Sofa gegenüber der Fensterfront. »Wenn ich eine Fehde mit jemandem beginne, will ich ihn doch eigentlich da treffen, wo es wirklich wehtut. Bei dessen Familie.«

Meinen Onkel so abgeklärt über Fehden reden zu hören, schürt mein Misstrauen zwar, doch lasse ich mich davon nicht beirren. »Meinst du jetzt, dass Joana von den Fae entführt wurde?«

»Ich traue diesen arroganten, verlogenen Lang-ohrscheißern alles zu«, knurrt mein Onkel wütend und blaue Blitze umgeben ihn, als er die Kontrolle über seine Magie verliert.

»Ich denke nicht, dass sie etwas damit zu tun hatten«, mischt sich Vater ein und bedeutet Jasper, sich zu beruhigen. »Wenn Prinz Barrysthiel Joanas Entführung befohlen hätte, hätte er längst etwas ge-sagt oder uns deutlicher gedroht.«

»Müssen ja nicht die Asturan gewesen sein«, knurrt Jasper und blickt erst Vater, dann mich an.

»Wenn ich mich recht erinnere, waren auch einige Fae aus Hibernia zu Samhain da.«

»Du meinst die Sartora-Fae?«, frage ich, weil ich mich noch dunkel an meinen Unterricht über die unterschiedlichen Sippen erinnern kann. Während hier in England die Asturan unter Prinz Barrysthiels Führung die Mehrheit der Fae ausmachen, regieren die Sartora unter Königin Hestarya eisern über ganz Irland.

»Warum würden die sich einmischen wollen?«, fragt Vater und blickt Onkel Jasper zweifelnd an.

Dieser zuckt mit den Schultern. »Damit wir die Asturan verdächtigen, uns mit ihnen anlegen, damit deren Einfluss zum Wanken bringen und so die Position der Sartora gestärkt wird.«

Langsam stoße ich die Luft aus. »Da muss man aber ganz schön um die Ecke denken, damit das Sinn ergibt, Onkel.«

»Als künftiger König musst du lernen, um die Ecke zu denken, Graham«, brummt Jasper und verschränkt grimmig die Arme vor der Brust. »Jeder wird dein Feind sein. Jeder wird versuchen, dich zu stürzen. Nur, wenn du ihnen einen Schritt voraus bist, wirst du überleben können.«

Hat der ein bisschen zu viel Game of Thrones *geguckt?*, denke ich. Jaspers Worte über politische Intrige erinnern mich sehr an diese TV-Serie der Sterblichen, die Felix so gerne guckt.

»Meine Güte, Jasper!«, ruft Vater und schüttelt den Kopf. »Du siehst auch an jeder Ecke Feinde und Gefahren, oder?«

»Das ist mein voller Ernst«, knurrt mein Onkel. »Aber wenn ihr nicht auf mich hören wollt, seid ihr selbst schuld, wenn uns die Fae überfallen. Egal, ob Asturan, Sartora oder wer auch immer.«

»Jasper«, brummt Vater und klingt, als würde er langsam die Geduld mit ihm verlieren. »Joana hat sich nach ihrem Ritual bloß verlaufen und war zu durcheinander, um zurückzufinden. Das hat nichts mit den Fae zu tun.«

Mag ja sein, denke ich und schlucke, als meine Angst in mir hochkommt. *Aber was ist, wenn sie längst tot ist?*

»Kommt, lasst uns schlafen gehen«, sagt Vater nach mehreren Minuten Stille und stemmt sich mühsam von seinem Sessel hoch. »Gerade können wir nicht viel ausrichten, bis sich Mister Larks Zustand nicht stabilisiert hat oder wir weitere Vermisste finden.«

So ungern ich es auch zugebe, muss ich Vater zustimmen. Zwar wäre ich gerne mit dem nächsten Suchtrupp ausgerückt, aber das, was ich dort unten in der Höhle mitbekommen habe ... Es nagt zu sehr an mir, als dass ich einen kühlen Kopf bewahren könnte. Am Ende wäre mir eine Spur entgangen und die Suche hätte sich noch mehr verzögert.

»Ruht euch gut aus«, sagt Vater, als er die Tür öffnet. Den Blick hat er auf Jasper gerichtet. »Damit es nicht wieder zu Entscheidungen kommt, die man hinterher bereuen könnte.«

»Wie du meinst«, knurrt mein Onkel und drängt sich an ihm vorbei. »Aber ich bereue es nicht. Daran wird sich nichts ändern.«

Ich sehe, wie Vater mit den Augen rollt, als er Jasper zum Treppenhaus folgt. Schnell eile ich ihm hinterher und halte ihn an der Schulter zurück. »Ich hoffe, du nimmst dir deinen eigenen Rat zu Herzen. Du siehst furchtbar aus.«

Er lacht leise und muss gähnen. »Ich fürchte, deine Mutter wird mir nicht viel Ruhe lassen.«

Nun bin ich es, der mit den Augen rollt. »Dann geh ins Raritätenkabinett. Da oben wird dich sicher niemand stören.«

»Ich wünschte, das ginge …«, seufzt er und lehnt sich gegen die getäfelte Wand. »Das Institut ist aber noch nicht mit den Untersuchungen fertig.«

Erst jetzt fällt mir wieder ein, dass dort oben ein Spezialistenteam nach Einbruchsspuren sucht.

»Wer hat bloß das Messer gestohlen? Und wie?«, murmele ich kopfschüttelnd. Das sind beides zwar wichtige Fragen, doch sind sie in den letzten Tagen durch die Suche nach Evan und den Vermissten in den Hintergrund getreten.

»Wenn ich das wüsste …«, brummt er und blickt den Gang entlang. Von Onkel Jasper ist nichts mehr zu sehen. Wahrscheinlich hat er sich in ein Gästezimmer der Akademie zurückgezogen.

»Hoffentlich findest du ein ruhiges Plätzchen«, sage ich und klopfe meinem Vater auf die Schulter, ehe ich zu meinem Zimmer gehe. Es ist zwar noch viel zu früh, um zu schlafen, aber ich habe einiges nachzuholen.

Diesmal fühle ich mich nicht mehr so schuldig, als ich aus meinen Klamotten schlüpfe und mich auf mein Bett hocke. Ich weiß, dass ich mit einer Nacht Schlaf besser bei der Suche helfen kann, anstatt im Delirium durch die Gegend zu stolpern.

»Ob ich überhaupt einschlafen kann?«, denke ich und schüttle den Kopf. »Wohl eher nicht …«

Und doch lege ich mich hin und zwinge mich dazu, es wenigstens zu versuchen. Wenn Jasper sich weiterhin so seltsam verhält, muss zumindest ich meinem Vater eine Stütze sein.

Nicht, dass er wirklich noch zusammenbricht ...

KAPITEL 11

Lucas

So aufgeregt und durcheinander wie gerade in der Eingangshalle der White Oak Akademie habe ich die Direktorin noch nie erlebt. Die Nachricht über Evan Larks Gefangennahme kommt sehr unerwartet. Ein Teil von mir hatte befürchtet, man würde ihn nie schnappen. Dass es Graham nun doch geglückt ist, macht die Suche nach den Vermissten weniger gefährlich, aber nicht unbedingt einfacher.

Geh in die Bibliothek und hilf mit Miss Newtons Rune. Das hat jetzt oberste Priorität, Lucas, hat mir meine Großmutter vorhin zugerufen, bevor sie das Eingangsportal aufgerissen hat und nach Inverness aufgebrochen ist. Es ist das erste Mal gewesen, dass sie mich beim Vornamen genannt hat, während wir beide im Dienst waren.

Die Nachricht von Evans Festnahme muss sie sehr überrascht haben, denke ich und lasse mich auf einen der Sessel in der Bibliothek der White Oak Akademie fallen.

Eigentlich dachte ich, dass ich hier Isas Mitschülerinnen finden würde, aber die Bibliothek ist leer und unordentlicher als zuvor. Umzugskartons voller Bücher türmen sich vor den Regalen. Überall im Raum liegen Lehrbücher und Grimoires verstreut, die sich allesamt mit der geheimnisvollen Magie der Fae beschäftigen.

»Das muss uns doch weiterhelfen, verdammt«, murmele ich, als ich eines der Bücher zur Hand nehme, das noch nicht auf dem *irrelevant*-Stapel gelandet ist. Der besteht aus drei Türmen und ist so hoch, dass er jeden Moment umfallen könnte. Weit komme ich mit meiner Lektüre aber nicht, bis Lucy und die anderen Schülerinnen in die Bibliothek zurückkehren.

»Wir können Milla nicht einfach so aufgeben«, höre ich Lucy sagen. Sie klingt wütend und gleichzeitig verzweifelt. »Für die Direktorin ist sie nur irgendwer, aber für mich ...«

»Ich weiß, aber wir haben noch nicht annähernd alle Bücher durch«, sagt eine zweite Stimme, als die Mädchen die Bücherregale umrunden und mich auf der Sitzgruppe entdecken.

»Lucas? Was ...?«, fragt Lucy und starrt mich aus weit aufgerissenen Augen an. »Ich dachte, du wärst bei der Suche dabei oder so ...«

Als ich die dunklen Schatten unter ihren Augen bemerke, packt mich sofort das schlechte Gewissen. Inzwischen hat sie sich zwar umgezogen und ihre Haare zu einem ordentlichen Pferdeschwanz hochgebunden, aber Lucy sieht noch immer unglaublich erschöpft aus, die anderen Mädchen ebenfalls.

»Es tut mir leid, dass ich nicht früher kommen konnte. Die Chefin hat mich mit Arbeit zugeschüttet und ...«, versuche ich mich zu erklären, doch sind das alles bescheuerte Ausreden. Ich hätte mich den

Befehlen widersetzen und die Berichte liegenlassen sollen. Hier geht es schließlich um ein Menschenleben. Wenn die Chefin der Suche nach Hinweisen oberste Priorität gibt, scheint Millas Überleben auf Messers Schneide zu stehen.

»Habt ihr noch etwas herausgefunden?«, frage ich hoffnungsvoll, als ich sehe, dass Lana ein dickes in Leder gebundenes Buch bei sich trägt.

»Eine ähnliche Rune, nur weniger kompliziert«, sagt sie und hält mir dann das aufgeschlagene Buch mitsamt der Zeichnung von Millas Rune hin. »Aber die Experten konnten damit auch nichts anfangen.«

»Wirklich nicht?«, frage ich, weil ich bei dem Gespräch mit der Chefin dachte, dass Hoffnung besteht. Wenn ich mir die Schülerinnen der White Oak nun so ansehe, scheint jedoch das Gegenteil der Fall zu sein. Sie wirken niedergeschlagen. Lucy hat sogar Tränen in den Augen. Am liebsten hätte ich sie in den Arm genommen, um sie zu trösten.

»Sie meinen, dass nur die Fae Millas Rune lösen können«, wispert Lucy mit kraftloser Stimme und wendet uns mit einem Schniefen den Rücken zu. Ihre schmalen Schultern beben, während Lucy um Fassung ringt. Funken wallen um sie herum auf, als auch die Magie mit ihr durchgeht. Mit der Sonnenbrille auf der Nase ist es halbwegs erträglich, aber Lucy so leiden zu sehen ...

»Lucy«, wispere ich und stehe auf. Ich will sie trösten, doch wirbelt sie auf halbem Weg zu mir herum, die Hände abwehrend erhoben: »Lana hat recht. Wir haben noch mehr als genug Bücher, die uns eine bessere Antwort liefern können. Also los!«

Ohne uns eines Blickes zu würdigen, lässt sie sich aufs Sofa fallen und zieht das nächste Buch heran.

»Es tut mir wirklich leid, dass ich nicht früher kommen konnte«, wiederhole ich, erhalte von Lucy aber keine Antwort. Dafür kommt Lana zu mir und nickt mir mit einem müden Lächeln zu. »Wichtig ist, dass Sie jetzt hier sind, Deputy.«

»Je mehr wir sind, umso schneller kommen wir durch diesen ganzen Berg durch«, stimmt ihr Maria zu und nimmt ebenfalls ein neues Buch zur Hand.

»Ja, klar. Sagt das mal eurer Mitbewohnerin«, knurrt Lucy und wirft den beiden einen wütenden Blick zu. »Dass die einfach so abgehauen ist und sich nicht mehr blicken lässt ...«

»Ach, du kennst doch Cally«, murmelt Maria und zuckt mit den Schultern.

»Nein, tue ich nicht. Nicht wirklich«, entgegnet Lucy und blättert so verärgert um, dass sie dabei beinahe die Seite herausreißt. »Bestimmt hockt sie in ihrer Kammer und drückt sich vor der Arbeit.«

»Ist doch jetzt egal, wenn wenigstens wir weiter nach Antworten suchen«, mischt sich Tamsin ein und nickt mir kurz zu. »Außerdem haben wir doch jetzt auch Deputy Finchley.«

»Bitte, nennt mich Lucas«, sage ich, weil es mir schon die ganze Zeit so unangenehm ist, wie steif wir miteinander umgehen.

Von Lucy kommt nur ein Brummen, die anderen nicken, ehe sich zumindest Lana und Maria wieder der Lektüre widmen.

»Ich fahre zur Darkwood hoch, um mit meinem Vater zu sprechen«, sagt Tamsin und drückt zum Abschied kurz Lucys Schulter. »Er geht nicht ans Handy. Hat wahrscheinlich alle Hände voll zu tun.«

»Ach, ja?«, frage ich. »Ist noch was passiert?«

Würde mich nicht wundern, wenn die Chefin angeordnet hat, mich aus der Suche rauszuhalten oder gar nicht erst zu informieren, denke ich und balle wütend die Hände zu Fäusten.

»Nein, ich glaube nicht. Er hat für die Nacht das Kommando über die Suche übernommen«, erzählt Tamsin auf dem Weg zur Tür. »Könige müssen auch mal schlafen.«

Überrascht runzele ich die Stirn. Auch wenn sie natürlich recht hat, hatte immer einer der Waterhouses Aufsicht über die Rettungsmission. Dass der König jetzt einfach so einem der Lords den Befehl übergeben hat, ist ungewöhnlich.

»Wahrscheinlich denken sie, dass durch Evans Festnahme jetzt weniger Gefahr droht«, sagt Lana mit einem Schulterzucken.

»Könnte schon sein«, stimme ich zu, habe aber meine Zweifel. »Derjenige, der Evan das Messer gegeben hat, ist trotzdem noch da draußen.«

»Stimmt auch wieder«, murmelt Lana.

Maria verzieht ängstlich das Gesicht. »Dann sei vorsichtig, Tamsin.«

»Bin ich«, verspricht diese und winkt uns zu. »Ich beeile mich und helfe euch beim Suchen, wenn ich zurück bin.«

Die nächste Stunde vergeht fast wie im Flug, aber gleichzeitig auch quälend langsam, während wir durch unsere Bücher blättern und doch nicht fündig werden. Es ist gut, dass die Mädchen inzwischen herausgefunden haben, dass es sich bei Milla um eine Bindungsrune handelt. Wie man diese löst, wissen wir jedoch nicht und konzentrieren uns bei der Suche nun genau darauf.

Miss Martha kommt zwischendurch mit einer großen Kanne Kaffee und noch mehr Cookies zu uns. Nach allem, was passiert ist, scheint sich die Schulköchin der White Oak Akademie nicht einmal mehr durchs Backen beruhigen zu können. Sie erkundigt sich bloß kurz nach unserer Suche, bevor sie sich in die Küche zurückzieht, um das Abendessen vorzubereiten.

Beim Lesen habe ich auch immer ein Auge auf mein Handy für den Fall, dass sie Isa oder einen anderen Vermissten finden. Meist dauert es nicht lange, bis einer meiner Kollegen den Rest per Textnachrichten informiert.

Oder falls die Direktorin doch noch einmal von ihren Fae-Experten hört, denke ich, halte das aber für unwahrscheinlich, je mehr Bücher wir auf den irrelevant-Stapel legen.

Die einzigen Nachrichten kommen von Elin, die mich über ihr Gespräch mit Violet Ellis informiert.

»Gibt's da was Interessantes, oder was?«, fragt Lucy, als ein weiteres Vibrieren Elins nächste Nachricht ankündigt.

»Eine Kollegin von mir«, sage ich und zucke mit den Schultern. »Sie hat den Ellis-Fall übernommen und ...«

»Hat dieses Biest endlich geredet?«, fragt Lucy und legt ihr Buch weg.

Seufzend öffne ich Elins Nachricht und schüttle dann den Kopf.

»*Ellis schweigt eisern*«, lese ich laut vor. Nichts anderes habe ich erwartet. »*Aber sie ist nicht halb so tough, wie sie tut.*«

»Wer's glaubt!« Lucy stößt ein Schnauben aus. »Diese verlogene Schlange ist mit allen Wassern gewaschen. Denk doch an deinen Vater! Oder an den scheißverfluchten Cookie!«

Ich muss den Blick abwenden, als Lucys Magie in Funken um sie herum aufsteigt. Meine Brille habe ich zum Lesen abgenommen, setze sie jetzt aber wieder auf, um meine sensiblen Augen vor Lucys unkontrollierter Magie abzuschirmen. Ich brauche meine Konzentration, wenn ich hier möglichst lange durchhalten möchte. Und das muss ich. Für Milla, aber auch für Isa.

»Elin ist eine gute Agentin. Wenn jemand diesen Fall lösen kann, dann sie«, sage ich, als ich mich gefasst habe. Meine Stimme ist so voller Überzeugung, dass sich sofort alle Augen auf mich richten.

»Elin, hm?«, fragt Maria mit hochgezogenen Brauen und ich muss schlucken, als mir klar wird, dass ich sie gerade beim Vornamen genannt habe.

Nicht gerade professionell, Lucas. Sofort huscht mein Blick zu Lucy, doch hat sie sich längst wieder über ihr Buch gebeugt und schweigt.

Wieder ein Vibrieren, eine neue Nachricht von Elin.

Fliege mit einem Verstärkungstrupp jetzt nach Inverness. Briefing und viel Papierkram. Wird nix mit dem Bier, lese ich und stoße langsam die Luft aus. So gern ich auch mit Elin darüber gesprochen hätte, ist es vielleicht besser so. Ich habe hier noch genug zu tun, wenn wir einen Weg finden wollen, um Milla zu helfen.

»Und? Was hat dein Dad gesagt? Kann er helfen?«, fragt Lucy, als Tamsin zu uns zurückkehrt. So wie sie die Schultern hängen lässt und nach Worten sucht, kann das nur eines bedeuten: Auch ihr Vater weiß nicht, wie er Milla helfen soll.

»Seine Heilkünste können nichts gegen Zauber der Fae ausrichten, hat er gesagt«, murmelt Tamsin und lässt sich missmutig auf einen Sessel plumpsen. Staub wirbelt auf und bringt uns alle zum Husten.

»So eine verdammte Scheiße!«, flucht Lucy und die Luft um uns herum wird merklich wärmer, als sie die Kontrolle über ihre Magie verliert. Fast sieht es so aus, als wolle sie ihr Buch in die hinterste Ecke der Bibliothek schleudern, was ich zu gut verstehen kann. Ich bin gerade einmal eine oder zwei Stunden hier und kann vor Frustration kaum noch stillsitzen. Nicht auszudenken wie es Lucy und den anderen Schülerinnen geht.

»Aber Dad wollte ein paar Bekannte im Ausland kontaktieren«, fügt Tamsin in versöhnlichem Tonfall hinzu. »In Celtica gibt es wohl auch eine Fae-Sippe, wenn auch kleiner.«

In Celtica? Ich runzele die Stirn und kann mir gerade so verkneifen, den Kopf zu schütteln. Weder die Hexen noch die restlichen Bewohner dieses magischen Königreichs, das weite Teile Frankreichs umspannt, sind gut auf uns britannische Nachbarn zu sprechen. *Sie werden uns wahrscheinlich auch nicht helfen.*

Lana und ich tauschen einen kurzen Blick. Sie scheint genau dasselbe zu denken, behält es aber aus Rücksicht auf Lucy für sich. Ich ebenfalls.

»Bis wir von denen hören, ist Milla ...«, presst Lucy wütend hervor, bricht dann aber abrupt ab. Ihr Schluchzen durchschneidet die angespannte Stille und lässt mich wünschen, ich könnte mehr für sie und ihre Mitschülerin tun.

Ich beobachte sie dabei, wie sie um die Kontrolle über ihre Magie ringt. Einige tiefe Atemzüge später strafft Lucy die Schultern und blickt entschlossen auf. »Es gibt nur einen Ausweg aus dieser Sache.«

Es braucht einen Moment, bis ich begreife, was sie gerade vorgeschlagen hat.

»Das kannst du doch nicht ...!«, ruft Lana und springt von ihrem Platz auf. Ich tue es ihr gleich: »Lucy, das ist viel zu gefährlich. Die Fae ...«

»Versucht mir nicht, das auszureden, wenn ihr keine bessere Lösung habt«, entgegnet sie und verschränkt die Arme vor der Brust. »Es ist der einzige Weg. Wer weiß, wie viel Zeit Milla noch bleibt?«

»Trotzdem, Lucy ...«, setze ich an und knie mich vor sie. »Du hast in den letzten Stunden doch genug über die Fae gelesen, um zu wissen, dass sie nicht einfach so zustimmen werden, oder nicht?«

Für den Bruchteil einer Sekunde blitzt tatsächlich so etwas wie Furcht in ihren blauen Augen auf. Lucy hat sich aber schnell wieder unter Kontrolle und entreißt mir ihre Hand. »Das ist mir egal. Ich muss ihr helfen, Lucas. Wir können sie doch nicht einfach sterben lassen.«

»Nein, natürlich nicht«, sage ich und streiche ihr beruhigend über den Arm, als ich sehe, wie sehr sie gegen ihre Gefühle ankämpft. Selbst mit der Brille erkenne ich deutlich, wie stark ihre Magie aus dem Gleichgewicht geraten ist. »Aber du kannst nicht einfach ...«

Bevor ich meinen Satz beenden kann, wird die Tür zur Bibliothek so heftig aufgestoßen, dass sie gegen etwas stößt und Bücher zu Boden fallen.

»Verdammter Fliegenpilz«, knurrt eine kratzige Frauenstimme, während sich uns Schritte näher.

»Professor!«, ruft Tamsin, als Basil hinter den Bücherregalen auftaucht. »Gibt es Neuigkeiten von Milla?«

»Hier is' sie auch nich'«, murrt die alte Kräuterhexe, ohne Tamsin zu antworten, und blickt sich in der vollgestopften Bibliothek um.

»Wen suchen sie denn?«, frage ich und richte mich auf, eine Hand beruhigend auf Lucys Schulter.

»Professor Paoli, wen sonst?«, murrt die Hexe und läuft die Bibliothek einmal ganz ab, als könne sich die Schulleiterin hier versteckt haben.

»Wir haben sie nicht mehr gesehen, seit wir ihr von der Rune erzählt haben«, sagt Lana und rückt auf ihrem Platz vor. »Ist etwas passiert?«

»Hmpf«, macht Professor Basil nur und fährt sich durch ihr wirres graues Haar. »Wo ist sie nur, wenn man sie braucht?«

»Ist etwas mit Milla?«, fragt nun auch Lucy und steht von ihrem Stuhl auf. »Professor! Was ist los?«

Die Lehrerin für Kräuterkunde räuspert sich und fährt sich müde über ihre Augen. »Sie würde mich wahrscheinlich rauswerfen, weil ich euch davon erzähle, aber ...«

»Aber was?«, bohrt Lucy nach und drängt sich an mir vorbei, um die alte Hexe am Arm zu packen. »Sagen Sie schon! Geht es Milla schlechter?«

»Ich fürchte, ja«, presst die Professorin hervor und drückt sich die Hände aufs Herz. »Seit einer Weile bricht ihre Magie unkontrolliert hervor.«

»Was?«, fragen wir gleichzeitig.

»Deine Mutter und ich ... Wir konnten sie bisher immer ableiten, damit niemand zu Schaden kommt, vor allem nicht das Mäuschen, aber ...«, murmelt die Professorin und zieht die Nase hoch. »Es wird schlimmer und wir sind am Ende, vor allem deine Mutter, Lucy.«

»Dann ... Dann helfen wir Ihnen«, sagt Tamsin und springt auf. »Wir kommen hier eh nicht voran und bevor sich Milla damit noch verletzt ...«

»Aber was ist mit ...?«, fragt Lucy und schwankt plötzlich, dass Tamsin sie in den Arm nimmt.

»Professor Paoli hat sicher längst etwas unternommen. Warum wäre sie sonst weg, hm?«, sagt sie, um Lucy zu beruhigen.

Erschrocken sauge ich die Luft ein und spüre Professor Basils panischen Blick auf mir.

Professor Paoli ist doch nicht etwa zu den Fae gegangen, oder?

»Isadora!«, hallt eine Frauenstimme durch die Akademie. Sie klingt panisch und gequält.

»Mum!«, ruft Lucy und reißt sich von Tamsin los, um der Stimme zu folgen.

»Ach herrje, was ist denn jetzt wieder passiert?«, murmelt Professor Basil, ehe sie hinter Lucy und den restlichen Schülerinnen die Bibliothek verlässt.

»Glauben Sie, sie können Milla mit den Mädchen helfen?«, frage ich die Professorin auf dem Weg zum Mitternachtssaal.

»Die Rune werden wir nicht entfernen können, aber immerhin dafür sorgen, dass uns nicht bald die Decke auf den Kopf fällt, und zwar wörtlich«, entgegnet Basil und eilt davon.

»Was ist denn los?«, höre ich jemanden in der Eingangshalle fragen, noch bevor ich diese erreiche. Es klingt fast wie Sage, die meines Wissens nach am meisten unter den Auswirkungen des Samhain-Rituals gelitten hat.

»Sage! O Gott, dir geht's wieder gut?«, ruft Lucy voller Erleichterung, gerade als ich mit Basil in die Eingangshalle trete.

»Ja, dank Cally«, sagt Sage und schließt Lucy in die Arme. Sie wirkt erschöpft wie alle Schülerinnen der White Oak Akademie. Meine Aufmerksamkeit wird jedoch schnell von dem Anhänger angezogen, der Sage an einer Silberkette um den Hals hängt. Neugierig ziehe ich meine Sonnenbrille herunter, denn davon geht Magie aus. Ohne die verzauberten Gläser sehe ich, wie der eingefasste Kristall in grellem Violett leuchtet. Jemand muss ihn verzaubert haben. *Mit sehr viel Magie.*

»Daran hast du die ganze Zeit gebastelt, Cally?«, fragt Lana ihre Mitbewohnerin, die Lucy eben noch für ihr Fehlen verflucht hat.

»Ich dachte, Milla könnte jetzt alle ihre Freundinnen gebrauchen«, sagt Cally schulterzuckend und wird trotz Protest von Lucy und Sage in eine Umarmung gezogen.

»Isadora, bitte!«, kommt es laut und voller Anstrengung aus dem Saal, in den sie Milla gebracht haben. Selbst mit der Brille auf der Nase, kann ich die Magie sehen, die sich dahinter angestaut hat.

»Seltsam …«, murmele ich. Ich stecke die Brille weg und trete etwas näher heran, um einen besseren Blick darauf werfen zu können. Unter das gewohnte Violett der Hexenmagie, hat sich auch eine zweite Farbe gemischt: Grün.

Das ist neu, denke ich. *Liegt das an der Rune?*

Bisher habe ich noch nie Fae-Magie in Aktion gesehen und daher keine Ahnung, ob sie sich von der

der Hexen unterscheidet. Aber die wenigen Fae, die mir begegnet sind, Tarrel von den Asturan zum Beispiel, als er seine Gefährtin vermisst gemeldet hat, haben ein grünliches Leuchten in sich getragen.

Möglich wäre es also ...

»Ich muss ...«, sagt Professor Basil und stürmt auf den Saal zu. »Aber wir könnten eure Hilfe gebrauchen, Mädchen.«

»Schon unterwegs!«, ruft Lucy und folgt ihr mit den anderen Schülerinnen.

Auch wenn ich nicht weiß, wie ich ihnen helfen soll, eile ich ihnen hinterher. Vielleicht kann meine Gabe ja Aufschluss darüber geben, wie wir die Rune lösen und Milla helfen können.

»Hey, Finchley, warte!«, ruft jemand hinter mir und lässt mich innehalten. Ein junger Mann im Anzug hat die Eingangstür zur Akademie aufgedrückt und eilt herbei. Es ist Charlie Smith, einer meiner Deputy-Kollegen.

»Ist gerade schlecht, Smitty«, sage ich und will mich wieder zum Saal umdrehen, doch hat er mich da schon am Arm gepackt.

»Sie haben neue Spuren draußen im Wald gefunden. Magische Spuren«, sagt Smitty atemlos und starrt mich mit weit aufgerissenen Augen an. »In der Nähe, wo deine Schwester verschwunden sein soll.«

»Wirklich?«, frage ich und mein Blick schweift zwischen der geöffneten Tür zum Mitternachtssaal und Smitty hin und her. Millas Magie weht uns vermischt mit dem ungewöhnlichen Grün entgegen, so stark, dass ich mich abwenden und die Brille wieder aufsetzen muss.

»Ich dachte, die Chefin lässt dich wahrscheinlich wieder außen vor, aber das solltest du wissen«, sagt Smitty und klopft mir auf die Schulter. »Vielleicht hilft das auch deinem Dad. Der sah echt übel ...«

»Danke, Smitty, wirklich«, unterbreche ich ihn und nicke ihm zu, bevor ich mich zu den Mädchen umdrehe. Blinzelnd erkenne ich Lucys Umrisse in der Tür zum Mitternachtssaal, doch ist sie so stark von Magie umgeben, dass ich ihr Gesicht nicht ausmachen kann.

»Was wartest du denn noch? Geh und schau dir das an. Wir haben hier alles unter Kontrolle«, ruft sie mir zu und scheucht mich davon. »Und wehe, du kommst ohne Isa und Joana wieder zurück.«

»Du hast die Lady gehört«, sagt Smitty und zieht mich auf die Tür zum Vorplatz zu. Zwar hätte ich Lucy und den anderen gerne geholfen, fürchte aber, dass ich nicht viel ausrichten kann. Nicht hier, aber wenn es stimmt und sie im Wald tatsächlich Spuren gefunden haben ...

Dann könnten sie mich mit meiner Gabe zu Isa führen.

KAPITEL 12

Morgaine

Mein letzter Besuch bei Milla hat mich in meinem Entschluss bestärkt. Ich muss die Fae aufsuchen, um meine Schülerin zu retten. Einen anderen Ausweg gibt es nicht. Mara und Isadora sind am Ende, die Mädchen haben nichts Brauchbares gefunden und die Experten des Instituts können nichts tun.

Ich habe keine Wahl, sage ich mir, als ich die Akademie verlasse und den Vorhof überquere.

»Professor Paoli, was machen Sie denn um diese Zeit hier draußen?«, fragt mich einer der Wachen, die König Richard vor der Akademie stationiert hat.

Verdammt, ich dachte, er zieht sie nach Evans Festnahme ab, denke ich und versuche, mir nichts anmerken zu lassen.

»Können wir etwas für Sie tun, Professor? Wenn Sie möchten, fahre ich Sie zur Darkwood hoch«, bietet sein Kollege an und deutet über die steinerne Brücke zum Ufer. Hinter dem großen Tor, das die Ländereien der Schule vom Waldweg abtrennt steht ein matschbeschmierter schwarzer Geländewagen bereit. In der Dämmerung kann ich ihn gerade noch so ausmachen.

»Nein, nein, das ist nicht nötig«, sage ich und hebe abwehrend die Hände. »Ich wollte nur etwas spazieren gehen, um den Kopf freizubekommen. Jetzt haben wir ja nichts mehr zu befürchten.«

Die Lüge kommt mir leichter über die Lippen, als ich dachte. Um Milla zu retten, hätte ich in diesem Moment wirklich alles getan.

Wie gut, dass Evan gefunden wurde! Sonst wäre mein abendlicher Ausflug in den Wald von Codwyll weit gefährlicher geworden, vielleicht sogar tödlich.

Wobei er das noch immer werden könnte.

»Da haben Sie wohl recht«, sagt einer der Wachleute und blickt mit einem anerkennenden Nicken zur Darkwood hoch. »Wer hätte gedacht, dass der Erbe doch zu etwas nütze ist?«

»Komm schon, Dalton! So übel ist er doch gar nicht«, grummelt sein Kollege und boxt ihm gegen den Arm.

»Ach, hast du die Gerüchte von vor zwei Jahren schon wieder vergessen?«, fragt sein Kollege, als ich die beiden auf der Brücke erreicht habe. »So jemand soll mal König werden?«

»Und da sagt man, wir Frauen würden uns so sehr das Maul zerreißen«, sage ich kopfschüttelnd mit einem kurzen Blick auf die Wachmänner.

Verdutzt reißen sie die Augen auf, doch habe ich keine Zeit, ihnen ein paar Manieren beizubringen. Stattdessen lasse ich sie stehen und setze meinen Weg zum Wald fort.

Das Wasser von Loch Codwyll liegt ruhig da, aber ich weiß, dass der Schein trügt. Ich weiß, was in den

Tiefen lauert. Fast wäre ich dem selbst zum Opfer gefallen.

Aber es war nicht ich, die er wollte, denke ich und schiebe die Erinnerung an damals beiseite, um mich wieder auf meine Mission zu konzentrieren.

Als ich zur Darkwood gegangen bin, um Harrold als vermisst zu melden, hatte ich genug Zeit, um die Camps rings um den See zu beobachten. Viele sind mittlerweile abgebaut, weil sich die Samhain-Gäste zu sehr vor Evan und dem Messer gefürchtet haben. Die meisten sind entgegen König Richards Befehlen abgereist, um Codwyll lebend zu verlassen.

Ob der wahre Drahtzieher unter ihnen war?, frage ich mich mit wachsendem Unbehagen. Trotz Evans Gefangennahme wissen wir noch nicht, wer ihm überhaupt das Messer gegeben hat. Es wäre dieser Person ein Leichtes gewesen, mit den übrigen Besuchern das Dorf zu verlassen.

Aber ist das wirklich das, was er will?, frage ich mich und überlege, weshalb er es getan hat. Weshalb er Evan dieses verfluchte Messer in die Hand gedrückt und ihn zu einem rücksichtslosen Killer gemacht hat.

Etwa um König Richards Position zu schwächen?

Lass das. Du hast gerade größere Sorgen, Morgaine, erinnere ich mich, als ich die Straße passiere, die zum Dorf führt. Statt ihr zu folgen, bleibe ich weiter auf dem Waldweg in Richtung der Darkwood Akademie. Die Fae haben am Fuß des Bergs ihr Lager aufgeschlagen. In einem der Zelte werde ich noch heute Nacht einen Handel mit ihrem Prinzen eingehen, um Milla zu retten.

Ich werde nicht gehen, bis er zugestimmt hat.

Auch im Camp der Fae herrscht bunter Trubel, als ich es eine Viertelstunde später erreiche. Die Zelte werden abgebaut und auf Karren geladen. Nachdem die vermisste Fae-Frau nun gefunden wurde, hält sie nichts mehr hier. Sie werden in ihre versteckten Paläste zurückkehren und um sie trauern.

Und wenn das vorbei ist ... Hoffen wir, dass Prinz Barrysthiel seine Drohung nicht wahrmacht.

Ich erschaudere, als ich daran denke, was auf der Darkwood Akademie geschehen ist. Wie der Fae-Prinz die Wachen vor dem Thronsaal mit nur einer einzigen Rune in lebendige Statuen verwandelt hat.

Das allein jagt mir eine furchtbare Angst ein und kurz muss ich innehalten, weil meine Magie aus dem Gleichgewicht geraten ist.

Nur nicht die Kontrolle verlieren, Morgaine.

Aus irgendeinem Grund mögen die Fae es nicht, wenn wir unsere Magie einsetzen. Im Unterricht an der White Oak Akademie hat man uns gewarnt, nie auch nur einen Funken davon in ihrer Gegenwart freizulassen. Sie glauben, wir Hexen wären dieser Macht nicht würdig und würden sie ausnutzen.

Bei manchen mag das stimmen, denke ich und sehe sofort Violet vor mir, oder die Gesetzesbrecher die ich während meiner kurzen Zeit beim Institut geschnappt habe. Unsere Magie kann jedoch auch Gutes bewirken.

Sag das lieber nicht den Fae, ermahne ich mich und atme ein letztes Mal tief durch, ehe ich das von Fackeln hell erleuchtete Camp dieses mysteriösen Volks betrete.

»Sieh an, sieh an ... Was macht ein kleines Hexlein hier bei uns?«, fragt ein hochgewachsener Fae, der gerade damit beschäftigt ist, eines der bunten Zelte auseinanderzunehmen. »Hast du dich verlaufen?«

Mit zusammengezogenen Brauen baut er sich vor mir auf, einen Zeltpfeiler in der Hand, als wolle er mir damit eines überziehen. Wie es sich für einen echten Fae gehört, ist er ein ganzes Stück größer als ich, größer sogar als Glen oder Jasper Waterhouse.

Ich schlucke, als die Hand des Fae zu dem Dolch wandert, der an einem Gürtel um seine Hüften befestigt ist. Mit drohendem Blick löst er ihn ein Stück aus der mit Juwelen besetzten Scheide.

»Ich muss mit eurem Prinzen sprechen«, entgegne ich mit fester Stimme, obwohl mir mein Herz bis zum Hals schlägt. Ein falsches Wort, eine falsche Bewegung, und der Fae würde mich gleich hier und jetzt töten.

Und was sie dann mit mir machen werden ... Ich erschaudere, als ich an die makabren Kunstgegenstände denke, die Bri mir in der Familiensammlung der Wynchester-Hexen gezeigt hat. Schatullen aus geschnitzten Knochen verziert mit Blattgold und winzigen Edelsteinen. Oder die Schmuckstücke aus Zähnen und kleinen Tierschädeln, die überzogen mit Metallen und Kristallen auf ihre eigene grausige Weise so wunderschön ausgesehen haben.

Der Fae schnaubt und schleudert den Zeltpfeiler beiseite. Den Dolch hat er mittlerweile fast ganz hervorgezogen. Das Leuchten der Fackeln spiegelt sich auf seiner Klinge.

»Mit unserem Prinzen? Du?«, fragt der Fae und spuckt mir vor die Füße. »Geh, bevor du noch mehr dummes Zeug sagst. Wir haben keine Zeit für eure Spielchen, Hexe.«

»Ich bin nicht hier, um Spielchen zu spielen«, presse ich wütend hervor, auch wenn ich weiß, dass ich den Fae lieber nicht verärgern sollte. Vor allem nicht, als weitere Fae auf uns zukommen. Manche von ihnen tragen Werkzeuge bei sich, Hammer oder Scheren, deren Metall unheimlich schimmert. Aber vermutlich hätten sie mich auch mit ihren bloßen Händen umbringen können, oder mit den geheimnisvollen Runen, die Milla bald zum Verhängnis werden, sollte ich den Prinzen nicht überzeugen.

»Wer's glaubt«, knurrt der Fae mir gegenüber und zieht seinen Dolch nun endgültig heraus. »Ein Hexenschädel fehlt mir noch in meiner Sammlung. Sicher kann man etwas Schönes daraus machen ...«

Meine Magie rumort bei dieser Drohung in mir, doch lasse ich sie nicht frei. Noch will ich nicht klein beigeben. Wenn es eines gibt, was die Fae schätzen, dann Stärke und Standhaftigkeit. Das haben mir die Bemühungen von Monica Newton, Fae und Hexen miteinander zu versöhnen, gezeigt.

»Versuche es und schau, was passiert«, knurre ich und stemme die Hände in die Hüften.

Die Fae lachen, aber es klingt freudlos, boshaft.

»Nur zu gern«, entgegnet der Fae und hält mir plötzlich den Dolch an die Kehle. »Durch euren unfähigen König haben wir eine von uns verloren. Es wird Zeit, es ihm heimzuzahlen.«

»Wenn du willst, dass ihr noch mehr eurer Sippe in den Tod folgen, nur zu«, sage ich und breite die Arme aus. Dass ich bluffe, weiß der Fae vermutlich. So nah, wie er mir steht, muss er meinen wilden Herzschlag spüren. Aber ich bin verzweifelt und mir fällt sonst nichts ein, um die Aufmerksamkeit ihres Anführers zu erlangen.

Ein Fae, der kurz davor steht, eine Hexe zu töten und das direkt vor der Nase des Königs … Das muss den Prinzen doch aus seinem Zelt locken, denke ich und halte mich an diesem Quäntchen Hoffnung fest, während nun auch mein Leben am seidenen Faden hängt. Genau wie Milla bin ich auf die Gnade der Fae angewiesen.

Eine tiefe, aufgebrachte Stimme schallt zu uns herüber. Ich kann nicht verstehen, was der Sprecher sagt. Er nutzt jene Sprache, die nur die Fae kennen.

Und Millas Mutter, erinnere ich mich. Bei ihren Besuchen bei König Eric habe ich Monica öfters mit den geladenen Fae sprechen hören und sie immer dafür bewundert. Obwohl sie eine Hexe war, haben die Fae Monica Newton fast schon wie eine ihrer eigenen Sippe behandelt.

Der Fae, der mir die kalte Klinge seines Dolchs an die Kehle presst, antwortet in derselben Sprache, ohne mich loszulassen. Er blinzelt nicht einmal, als fürchte er, ich könnte ihm sonst entkommen. Wut flammt in seinen rotbraunen Augen auf und zeigt, dass er mich nicht so leicht gehen lassen wird. Vielleicht nicht einmal, wenn sein Prinz es ihm befiehlt.

Schritte werden hinter ihm laut. Äste knacken und Laub raschelt, als jemand auf uns zukommt. Sämtliche Gespräche sind mittlerweile verstummt, das höhnende Gelächter ebenfalls. Die Stille um uns herum ist unheimlich, wie die Ruhe vor dem Sturm.

Jemand bleibt direkt hinter meinem Angreifer stehen, doch ist der wütende Fae vor mir so groß, dass ich nur seine muskulöse Schulter unter dem bunten Umhang sehe. Nicht zu wissen, was los ist, ob sie mich gleich umbringen werden, treibt meinen

Puls in die Höhe, aber ich zwinge meine Magie dazu, sich zurückzuhalten.

»Ich muss mit Prinz Barrysthiel sprechen«, wiederhole ich laut und bin froh, dass meine Stimme kaum zittert.

»Ach, ist das so, Hexe?«, fragt eine schneidende Stimme hinter dem Fae und lässt mich schlucken. Sie kommt mir bekannt vor. Auf der Darkwood habe ich sie schon einmal gehört, nur war sie da weit wütender, nicht so ... amüsiert?

»Ja, sonst wäre ich nicht hier und würde mein Leben riskieren«, erwidere ich und drücke mich an den Fae, bis sich seine eisige Klinge in meine Haut bohrt und ein dünnes Blutrinnsal daran hinabläuft. Den Schmerz spüre ich vor Angst und Sorge nicht.

Mein Gegenüber sagt irgendetwas in der Sprache der Fae, was die umstehenden lachen lässt. Offenbar eine Beleidigung auf meine Kappe, doch lasse ich mich davon nicht beirren.

Denk an Milla, Morgaine, sage ich mir wieder und wieder, während ich darauf warte, dass sich mir der Prinz endlich zeigt. Ich weiß, dass er hier ist, sehr nahe sogar. Seine Stimme würde ich überall wiedererkennen, ebenso die Aura wilder, grenzenloser Macht, die ihn stets zu umgeben scheint.

Als ich schon denke, der Fae würde mir gleich die Kehle durchschneiden, legt sich ihm eine blasse Hand auf die Schulter. Bunte Ringe bedecken die Finger, manche aus Juwelen, andere aus Knochen und Chitinpanzern. Leise flüstert jemand meinem Gegner etwas zu, bevor der Fae unsanft beiseite gestoßen wird.

»Keinen Respekt diese Hexen«, knurrt der Fae und verschwindet in der Menge.

Hinter ihm kommt Prinz Barrysthiel zum Vorschein. Er trägt die traditionellen langen Roben der Fae. Das Blau des Stoffs scheint mit der Dunkelheit zu verschmelzen, als wäre er aus Schatten gewoben. Mit leuchtenden saphirblauen Augen blickt der Anführer der Fae zu mir herab. »Du wolltest mit mir sprechen, also ...«

Ich schlucke und habe keine Ahnung, was ich jetzt tun soll, bin für einen Moment wie gefangen in seinem durchdringenden Blick. Ein Teil von mir hat befürchtet, dass ich es keine zwei Meter weit bis ins Camp der Fae schaffe. Ihrem Oberhaupt nun gegenüberzustehen, lässt mich panisch werden, aber ein Gedanke an Milla reicht, um meine Stimme wiederzufinden.

»Ich brauche Eure Hilfe, Prinz Barrysthiel«, sage ich und gehe vor ihm auf die Knie. »Eine meiner Schülerinnen, sie ...«

»Du kannst noch so viel jammern, Hexe. Er wird dir nicht helfen«, zischt der Fae, an dessen Dolch mein Blut klebt.

»Sarriel, genug«, knurrt der Prinz. Die Schärfe seiner Stimme lässt mich zusammenzucken. Auch die Fae treten lieber einen Schritt zurück, so viel Respekt und Furcht haben sie vor ihrem Oberhaupt.

»Deine Schülerin ...«, murmelt der Prinz und packt mich grob am Kinn. »Ist sie auch eine Hexe?«

Obwohl ich mich im Griff seiner langen Finger kaum bewegen kann, versuche ich, zu nicken.

Prinz Barrysthiel zischt verärgert und stößt mich dann von sich. Keuchend lande ich im Gebüsch zwischen Fae-Camp und Waldweg. Dornen krallen sich in meine Kleider und meine Haut, wollen mich am Boden halten, als ich versuche, aufzustehen.

»Du wagst es, mich um Hilfe zu bitten?«, faucht der Fae-Prinz und baut sich über mir auf. »Um einer Hexe zu helfen?«

Weil es fast so aussieht, als wolle er mich treten, rolle ich mich auf dem Waldboden zusammen und versuche, meinen Kopf mit den Armen zu schützen. Ich wusste, dass es nicht leicht werden würde, die Fae zu überzeugen, um nicht zu sagen, unmöglich. Und ich wusste, dass es so weit kommen könnte. Dass sie ihre Wut über König Richards Versagen und die getötete Fae-Frau nun an mir auslassen. Mit meiner Magie könnte ich mich eine Weile lang verteidigen, ihnen vielleicht entkommen, doch hüte ich mich davor, sie einzusetzen.

»Tut mit mir, was Ihr wollt, aber Milla ... Sie ist noch zu jung, um zu sterben«, presse ich hervor und blicke zu den Fae auf. »Ich dachte, Ihr könntet das verstehen.«

»Milla ...«, wispert Prinz Barrysthiel und für einen Moment weiten sich seine blauen Augen. Fast sieht es so aus, als wolle er mir aufhelfen, doch ist in der nächsten Sekunde schon die Wut zurück.

»Ich werde dich nicht töten, Hexe«, knurrt der Fae-Prinz, als er mich an den Haaren packt und auf die Füße zerrt. »Ich bin nicht wie dieser erbärmliche Heuchler, den ihr König nennt.«

Prinz Barrysthiel verzieht angewidert das Gesicht und stößt mich dann mit einer solchen Wucht von sich, das ich rückwärts stolpere und hart auf dem Waldweg aufschlage. Schottersteine ritzen mir die Haut an Händen und Beinen auf, doch spüre ich es kaum, als ich begreife, dass er sein Urteil gefällt hat.

Millas Schicksal ist damit endgültig besiegelt.

»Aber ich werde dir auch nicht helfen«, fügt der Fae-Prinz hinzu und spuckt mir ins Gesicht. »Allein dafür, dass du dachtest, ich würde es tun, sollte ich dir deine lose Zunge herausschneiden, Hexenpack.«

Enttäuscht und verzweifelt richte ich mich auf und klopfe mir den Dreck von den Kleidern. Tränen brennen mir in den Augen, doch wische ich sie nicht weg.

»Seid Ihr es nicht langsam leid?«, frage ich den Prinzen mit schwacher Stimme, als ich mich wieder einigermaßen unter Kontrolle habe. »All der Hass, die leeren Drohungen. Und warum?«

Ich schnaube und schüttle den Kopf. »Ich wette, selbst Ihr habt vergessen, wieso so viel Zwietracht zwischen unseren Völkern herrscht.«

Weil mir klar ist, dass er mir nicht helfen wird, mich vielleicht sogar töten könnte, wenn ich jetzt nicht gehe, drehe ich ihm den Rücken zu. Gerade will ich den Rückweg antreten, als ich wieder an Millas Mutter denken muss.

»Sie mag zwar eine Hexe sein, aber sie ist Monica Newtons Tochter«, sage ich und werfe dem Prinzen einen durchdringenden Blick zu. »Wenigstens das muss Euch etwas bedeuten, oder nicht?«

KAPITEL 13

Graham

»Meine Güte, was ist denn jetzt schon wieder los?«, fragt Felix genervt, als er vor mir und Pierce hinaus auf den Vorplatz der Darkwood Akademie tritt. Die Nacht ist über Codwyll hereingebrochen, die zweite seit Samhain, und doch kommt es mir vor, als wäre seitdem eine ganze Woche vergangen.

»Was ist denn?«, frage ich und stelle mich neben Felix. Fröstelnd reibe ich mir über meine Arme. Ich habe mir vorhin keine Jacke angezogen, als Felix und Pierce mich zum Abendessen abgeholt haben. Schlafen konnte ich in der Zeit davor nicht und bin ihnen dankbar für jede Ablenkung. Jetzt die beiden Geländewägen des Instituts vor dem Königsflügel parken zu sehen, umringt von einer Horde Agenten und Wachen, bringt jedoch meine Sorge zurück.

»Haben sie wieder jemanden gefunden?«, fragt Pierce und reckt den Kopf.

»Sieht nicht so aus. Keine Bahre«, murmelt Felix und steigt die Stufen vorm Hauptgebäude der Darkwood herunter, um sich den Tumult anzusehen.

Gerade will ich meinem Cousin folgen, als ein dritter Geländewagen durch den Torbogen brettert und mit quietschenden Reifen hinter den anderen anhält. Zwei Agents in dunklen Anzügen und Wollmänteln steigen aus und eilen auf die Menge zu.

»Lucas?«, wispere ich und runzele die Stirn, als ich einen der beiden als Isas Bruder wiedererkenne.

»Der Typ von gestern?«, fragt Pierce und nickt in dessen Richtung.

»Der, der uns mit den Vermissten geholfen hat«, sage ich und folge Felix, der sich wie selbstverständlich unter die Menge mischt.

»Was ist los? Ist was passiert?«, frage ich Lucas, als ich ihn und seinen Kollegen kurz darauf erreiche.

»Bloß gut, dass du da bist, Graham«, sagt er und klingt aufgeregt. Trotz der nächtlichen Dunkelheit, die auch die Fackeln und Feuerschalen auf dem Hof nicht vertreiben können, trägt er eine Sonnenbrille. »Sie haben im Wald magische Spuren gefunden.«

»Was? Wirklich?«, frage ich und Lucas' Begleiter nickt. Er stellt sich mir als Deputy-Agent Smith vor.

»Ganz in der Nähe von Eloisa Finchleys letztem bekannten Aufenthaltsort«, fügt Deputy Smith hinzu und klopft Lucas auf die Schulter. »Habe es eben per Funk gehört und ihn hergebracht.«

»Und warum weiß ich davon nichts?«, frage ich niemanden bestimmten, kann mir die Antwort aber schon denken.

»Vermutlich aus dem gleichen Grund wie ich«, grummelt Lucas und drängt sich durch die Schar der Helfer, die sich um die Motorhaube des ersten Wagens versammelt haben. Wenn ich mich auf Zehenspitzen stelle, kann ich Lord Blight davorstehen sehen, eine große Wanderkarte hat man hinter ihm über die Motorhaube ausgebreitet.

»Es tut mir leid, ich kann Sie nicht mitnehmen, Finchley«, höre ich eine mir unbekannte Stimme sagen, als ich mich zwischen den Anwesenden hindurchschlängele, bis ich die erste Reihe erreiche. Neben Lord Blight, dem Vater das Kommando über die Suche übertragen hat, steht ein älterer Agent ungefähr im Alter von Lucas' Vater. Abwehrend hat er die Hände gehoben.

»Hat Ihnen das die Direktorin befohlen?«, fragt Lucas wütend und funkelt den Agenten über den Rand seiner Sonnenbrille an.

»Haben Sie etwas anderes erwartet, Deputy?«, entgegnet sein Vorgesetzter und zieht eine Braue hoch.

»Vielleicht könnten Sie sie daran erinnern, wie hilfreich meine Gabe bei einem solchen Fall ist«, knurrt Lucas und rückt seine Brille zurecht. »Oder sind Sie dazu in der Lage, magische Spuren mit bloßem Auge zu erkennen und zuzuordnen, Sir?«

»Was ist denn mit dem los? Der ist ja wie ausgewechselt«, wispert Pierce und verfolgt neugierig das Geschehen.

»Kann der das echt? Magie sehen?«, fragt mich Felix überrascht.

Ich nicke. Lucas' Gabe habe ich ja schon selbst in Aktion gesehen. Das war, als wir nach Spuren gesucht haben, nachdem Isa Evan aus Violets Zauber befreit hatte. Lucas dabei zu beobachten, ist sehr beeindruckend gewesen.

»Das wäre natürlich hilfreich, wenn es stimmt, was der Anzugheini gesagt hat«, brummt Felix.

»Hey, der Anzugheini steht zufällig neben dir«, grummelt Smith und wirft Felix einen verärgerten Blick zu, weicht aber zurück, als dieser ein wütendes Knurren von sich gibt.

»Mag ja sein, aber Befehle sind Befehle, Deputy, das wissen Sie doch«, sagt der leitende Agent in diesem Moment zu Lucas und lässt mich aufblicken. Lucas' Vorgesetzter winkt zwei Kollegen herbei, vermutlich damit sie Isas Bruder wegbringen, aber er bleibt standhaft.

»Scheiß auf die Befehle, Jones. Hier geht es um Menschenleben verdammt«, fährt Lucas den Agent an. »Wenn wir Spuren haben, sollten wir ihnen umgehend folgen. Und Sie müssen doch zugeben, dass uns da meine Gabe noch am meisten nutzt.«

»Mag sein, aber ...«, setzt Agent Jones an, wird aber gleich wieder von Lucas unterbrochen: »Sicher stimmt auch der Erbe des Königs meinen Ansichten zu. Oder nicht?«

Hilfesuchend dreht sich Lucas nach mir um und weckt damit die Neugier der anderen Anwesenden. Eben waren sie noch zu sehr auf die Information vertieft gewesen, dass es neue Spuren gibt, um mich zu bemerken. Jetzt spüre ich ihre Blicke deutlich auf mir.

»Guter Schachzug«, lobt Pierce leise neben mir.

Ich bin mir nicht so sicher. Vor allem dann nicht, als mir Lord Blight einen mahnenden Blick zuwirft. Vater hat ihm sicher befohlen, mich aus der Suche herauszuhalten, sollte ich entgegen der Anweisung nicht auf meinem Zimmer bleiben.

»Karte, Felix«, sage ich leise zu meinem Cousin und nicke in Richtung der Motorhaube. *Nur für den Fall, dass sie uns aufhalten wollen ...*

»Schon dabei«, kommt es leise zurück. Unauffällig schleicht sich Felix an den Wagen heran, um einen Blick auf die Karte werfen zu können.

Ich schlucke meinen Ärger herunter und stelle mich neben Isas Bruder. Hoffentlich kann ich so die Aufmerksamkeit weiter auf mir halten, damit Felix sich die Koordinaten der Spuren schnappen kann.

»Ich stimme Deputy Finchley vollkommen zu«, erkläre ich laut, obwohl das sicher eine Standpauke meines Vaters nach sich ziehen wird. *Aber Isa und Joana gehen jetzt vor. Er würde es verstehen.*

»Verglichen mit unserem Gespür für Magie wäre es ihm ein Leichtes, den Spuren zu folgen«, füge ich hinzu. »Und nachdem fast zwei Tage vergangen sind, vom vielen Regen ganz zu schweigen, schätze ich, dass die Überreste schwach sind, richtig, Agent Jones?«

Der ältere Agent blinzelt ungläubig, als hätte er nicht erwartet, dass ich Lucas zur Hilfe kommen würde. Er nickt grummelnd und wirft einen Blick in sein kleines Notizbuch. »Zwei Spezialisten sind vor Ort, um die Spuren möglichst gut zu sichern und zu erhalten, aber es wird nicht leicht werden.«

»Jones«, sagt Lord Blight mahnend und tauscht einen langen Blick mit dem Agenten. Es ist fast, als würden sie sich stumm darüber unterhalten, ob sie uns nun mitkommen lassen sollen oder nicht.

Wie auch immer sie sich entscheiden, ist mir einerlei, vor allem als Felix den Daumen nach oben reckt und sich wieder zu uns gesellt.

»Je länger wir hier rumstehen, desto schwächer werden die Spuren«, sage ich deshalb, um die Sache zu beschleunigen. »Finchley, Smith, Sie kommen mit uns. Schauen wir uns das endlich an.«

Bevor noch jemand reagieren kann, haben Lucas und ich uns umgedreht. Felix und Pierce folgen uns wie selbstverständlich. Nur Smith stolpert etwas bedröppelt hinterher.

»Ich auch? Echt jetzt?«, fragt er und Felix wirft mir einen grimmigen Blick zu, als würde er sich dasselbe fragen.

Ich zucke bloß mit den Schultern. »Kann ja nicht schaden, oder?«

»Lord Waterhouse! Warten Sie«, ruft mir Blight hinterher.

Ich ignoriere ihn. Wenn es Spuren gibt, die uns zu Isa und Joana führen können, muss ich ihnen folgen. Ich will nicht, dass Fremde sie retten. Mindestens ein bekanntes Gesicht sollte dabei sein, oder am besten gleich zwei.

»Lord Waterhouse!« Jetzt ist mir Lord Blights Stimme so nah, dass ich zusammenzucke. In der Stille der Darkwood habe ich gar nicht gehört, wie schnell er uns eingeholt hat. »Warten Sie.«

»Versuchen Sie ja nicht, mich aufzuhalten«, sage ich und weiche seiner Hand aus, mit der Blight mich zweifelsohne zurückhalten wollte. »Und machen Sie sich keine Sorgen, dass Vater sich deswegen aufregen könnte. Ich werde später dafür geradestehen. Sie haben nichts zu befürchten.«

»Ich hatte nicht vor, Sie aufzuhalten«, sagt Lord Blight mit einem Seufzen und stemmt die Hände in die Hüften. »Ihr Vater wäre nicht begeistert, würde es aber verstehen.«

»Wie bitte?«, frage ich, weil ich dachte, ich hätte mich verhört. *Lässt er mich wirklich gehen?*

»Ich werde Sie nicht aufhalten, Sir. Ich mag mir gar nicht vorstellen, wie es für Sie im Moment sein muss«, sagt Blight und schüttelt mitleidig den Kopf. »Wenn meinen Kindern so etwas ...«

Wieder ein Seufzen, dann hebt er den Blick und nickt mir entschlossen zu. »Gehen Sie, Sir. Wenn es stimmt, was Sie über die Fähigkeiten des Deputys sagen, sind Sie beide die beste Chance für die Mädchen und all die anderen Vermissten.«

»Das bilde ich mir grade doch nicht ein, oder?«, wispert Felix neben mir und mustert Lord Blight mit gerunzelter Stirn. »Der lässt uns wirklich gehen, stimmt's?«

Ich nicke dankbar und straffe meine Schultern. »Danke, Sir. Das ... Das bedeutet mir wirklich viel.«

Vaters Berater deutet auf den Geländewagen, in dem Lucas und sein Kollege zusammen mit Pierce bereits auf uns warten. »Gehen Sie, aber seien Sie vorsichtig. Mit Ihrem Vater werde ich noch fertig, aber Ihre Mutter ...«

»Keine Sorge, uns wird schon nichts passieren«, versichere ich und eile nun selbst auf den Wagen zu. Lucas' Kollege hat den Motor angelassen und gibt uns ein Signal mit der Lichthupe.

»Es ist gut, dass Miss Waterhouse einen Bruder wie Sie hat«, höre ich Lord Blight noch hinter mir herrufen. »Ich wünsche Ihnen viel Erfolg.«

Obwohl ich ihm gerne für seine aufmunternden Worte gedankt hätte, drehe ich mich nicht nach ihm um, sondern klettere zusammen mit Felix auf die Rückbank des Wagens. Wahrscheinlich weiß Blight es nicht einmal, aber seine Worte bedeuten mir sehr viel. Bisher hatte ich nicht wirklich das Gefühl, groß etwas für Joana oder Isa getan zu haben.

Aber vielleicht können wir das heute ändern.

»Cooler Typ«, sagt Pierce und deutet auf Vaters Berater, der uns hinterherblickt.

»Wär's mein Dad gewesen, hätte er uns am Ende noch irgendwo in den Verließen angekettet«, sagt Felix mit einem Schnauben. Ich bin mir nicht sicher, ob meinem Cousin nicht genau das gefallen hätte. Soweit ich weiß, steht Felix auf so komisches Zeug.

»Welche Verließe denn?«, fragt Pierce verwirrt und blickt erst mich, dann Felix an.

»Was weiß ich«, murrt Felix und zuckt mit den Schultern. »Bei den ganzen Geheimgängen und Gerüchten über irgendwelche Laboratorien von Castor Ellis, würde es mich nicht wundern ...«

»Ist doch jetzt auch egal«, sage ich und schüttle mich, weil auch ich die Gruselgeschichten kenne, die man sich über die Gänge und Stollen unterhalb der Darkwood erzählt. *Da ist sicher kaum etwas dran, wie so oft bei Gerüchten in der Nachtwelt.*

»Danke, Graham«, sagt Lucas, als wir unterm Tor hindurchfahren und die Akademie verlassen. »Ich glaube, ohne dich hätte ich es nicht so schnell hier raus geschafft.«

»Wenn wir dadurch Isa und Joana finden, ist mir jedes Mittel recht«, sage ich und beuge mich dann zu Deputy Smith vor. »Auch das Überschreiten der Geschwindigkeitsgrenze.«

»Ähm, aber ...« Unsicher blickt er mich über den Rückspiegel an.

»Jetzt fahr schon Smitty«, weist Lucas ihn an.

»Ja, aber ich weiß doch überhaupt gar nicht, wohin«, brummt Deputy Smith, steigt aber so abrupt aufs Gas, dass wir in unsere Sitze gedrückt werden.

»Erstmal zum See und dann links halten«, sagt Felix mit einem Blick auf sein Handy. Offenbar hat er ein Foto von der Karte gemacht, als Lucas und ich die Menge abgelenkt haben.

In den nächsten Minuten lotst er Deputy Smith über diverse Waldwege zu unserem Ziel. Dass wir an der richtigen Stelle sind, wird uns klar, als wir dort einen völlig verdreckten Jeep stehen sehen, umringt von mehreren schwarzen Transportkisten mit dem unverkennbaren silbernen *I* des Instituts darauf.

»Kein magisches Licht, verstanden?«, sagt Lucas zu uns, kaum dass wir ausgestiegen sind.

Gemeinsam gehen wir auf die Strahler zu, die die Spezialisten des Instituts hier aufgebaut haben. Ein Diesel-Stromgenerator brummt laut neben deren Wagen, aber ich spüre keinerlei Magie in der Luft.

Vermutlich, um die Spuren nicht zu verfälschen, denke ich und bete inständig, dass Lucas ihnen noch folgen kann.

»Taschenlampen? Echt jetzt?«, knurrt Felix, als Deputy Smith ihm eine davon in die Hand drückt. »Das ist sowas von rückständig!«

»Mag sein, aber wenn es ihm bei der Suche hilft, müssen wir auf ihn hören«, entgegne ich und werfe Felix einen durchdringenden Blick zu.

Genervt rollt er mit den Augen, fügt sich aber, Pierce ebenfalls, wobei er nie gerne seine Gabe einsetzt. Die Folgen sind für ihn zu hoch, auch wenn er schneller heilt als normale Sterbliche.

»Lasst Lucas einfach machen. Wir folgen ihm zur Unterstützung, nur für den Fall ...«, sage ich zu den beiden. Smith ist zurückgeblieben, als hätte er ein schlechtes Gewissen, weil er Direktorin Finchleys Anweisungen missachtet hat.

»Ähm, nur für den Fall, dass ...?«, fragt Pierce und wirft mir einen verwirrten Blick zu.

»Wer auch immer Evan das Messer gegeben hat, ist vielleicht noch da draußen«, erinnere ich ihn und sehe, wie er schluckt.

»Hm, hätte ich fast vergessen«, sagt Pierce und umfasst mit der freien Hand den Griff eines Dolchs an seinem Gürtel. »Aber mit dem werden wir auch noch fertig.«

»Hoffen wir einfach, dass sich die zwei Hühner nur verlaufen haben«, murrt Felix, kurz bevor wir den Strahlkreis der Fundstelle erreicht haben.

»Sie sind keine Hühner«, zische ich ihm zu und muss heftig blinzeln, als ich in den Lichtschein trete, mit dem die Umgebung hier ausgeleuchtet ist.

»Finchley? Was machst du hier?«, fragt einer der Agents, die gerade mit irgendwelchen Geräten des Instituts zugange gewesen sind.

»Spurensuche«, sagt Lucas bloß, ehe er die Brille abzieht und in die Manteltasche schiebt.

»Ach, und das ist genehmigt?«, fragt sein Kollege zweifelnd.

»Von Lord Blight persönlich«, komme ich Isas Bruder zur Hilfe, damit er mit der Arbeit loslegen kann, statt sich weiter mit der Befehlskette herum-zuärgern.

»Aha«, machen die Agenten nur, ehe sie sich wieder ihrer Arbeit widmen.

»Fassen Sie hier nichts an. Bleiben Sie am besten ganz zurück«, weist einer von ihnen uns an, weil Felix neugierig an eine der Kisten getreten ist. »Und verwenden Sie unter keinen Umständen Ihre Magie, verstanden?«

»Ja, ja, chill mal. Eine Ermahnung hat mir schon gereicht«, brummt Felix, tritt aber glücklicherweise wieder neben Pierce und mich an den Rand des Lichtscheins. »Und jetzt?«

»Warten wir, bis Lucas was findet«, sage ich und lasse Isas Bruder nicht mehr aus den Augen.

KAPITEL 14

Sage

»Los! Aus dem Weg!«, ruft Basil und drängt sich an mir und Cally vorbei in den Mitternachtssaal. Sie eilt auf die Treppe zu, unter der sich hinter einem Vorhang verborgen zusätzlicher Stauraum befindet. Das dachte ich zumindest immer. Heute ist der zerschlissene Stoff beiseitegezogen und gibt den Blick frei auf ein Krankenbett, in dem sich eine schmale Gestalt wimmernd windet.

»Milla«, wispere ich und stoße die anderen vor mir beiseite, um zu ihr zu kommen.

»Nicht«, brummt Basil und hebt abwehrend die Hand.

Wie erstarrt bleibe ich stehen, als ich spüre, wie Millas Magie zu brodeln beginnt. Ihr schmächtiger Körper wird durchgeschüttelt, bis eine Ladung ihrer Kräfte funkenschlagend aus ihr hervorbricht. Hätte Lucys Mutter nicht eingegriffen, hätte es eine von uns getroffen.

Maras Magie schießt in leuchtenden Fäden aus ihren Fingern, verwebt sich mit Millas Kräften und saust dann auf den Kamin schräg gegenüber zu. Nicht nur ich zucke erschrocken zusammen, als die

Flammen darin knisternd höher steigen und die restliche Zauberkraft durch den Schornstein nach draußen katapultiert wird.

»Was ...? Was war das?«, fragt Tamsin hinter mir und kommt mit meinen Mitschülerinnen näher.

»Macht sie das absichtlich?«

»Nein, ich glaube nicht«, sagt Lucys Mutter und reibt sich die Hände, als hätte sie nach diesem Ablenkungsmanöver Schmerzen.

Wenn ich mich konzentriere, spüre ich Maras Erschöpfung. Dank Callys Amulett werde ich davon jedoch nicht selbst beeinflusst.

»Was macht ihr überhaupt hier? Und wo ist Morgaine?«, fragt Mara und blickt erst uns, dann Basil an. »Ich dachte, du solltest die Mädchen von hier fernhalten, Isadora. Oder hat sie ihre Meinung geändert?«

»Ich konnte sie nirgends finden«, sagt Basil mit einem tiefen Seufzen und lässt sich auf einem hölzernen Schemel neben Millas Bett nieder. Von ihr schlägt mir ebenfalls eine Welle der Erschöpfung entgegen, aber auch Besorgnis und ein Hauch von Angst. »Und wir können ihr nicht mehr lange allein helfen. Du gehst doch schon auf dem Zahnfleisch, Mara.«

»Ja, aber ... Hast du auch wirklich überall nachgesehen?«, fragt Lucys Mutter unsere Professorin.

Als Milla plötzlich wimmert und sich auf ihrem Bett herumwälzt, hält Mara sie an den Schultern fest, während Basil ihr mit einem feuchten Lappen den Schweiß abtupft. Die beiden sind längst ein eingespieltes Team.

»Ja, natürlich habe ich überall geschaut. Ich war sogar bei der verdammten Grube, aber niemand hat sie gesehen«, murrt Professor Basil und taucht den Lappen in eine Schüssel mit Wasser.

»Ihr auch nicht?«, fragt Mara nun uns.

Schnell schüttle ich den Kopf. Ich weiß zwar, dass Professor Paoli mich zwischendurch besucht hat, aber ich könnte nicht sagen, wann das gewesen ist. So durcheinander von den fremden Emotionen um mich herum habe ich jegliches Zeitgefühl verloren. Dass seit Samhain nun fast zwei volle Tage vergangen sein sollen, habe ich Cally erst gar nicht glauben wollen.

»Die Mädchen haben Morgaine zuletzt in ihrem Büro gesehen, danach war sie hier und hat mich gebeten, nach Special-Agent Finchley zu sehen, und nun ...«, sagt Professor Basil, wobei ihre Stimme mit jedem Wort leiser wird.

Sie und Mara tauschen einen Blick. In beiden wallt plötzlich Angst auf, so stark, dass auch mein Herz schneller schlägt. Stöhnend wende ich mich von ihnen ab.

»Du glaubst doch nicht etwa ...?«, wispert Mara mit erstickter Stimme.

Aus dem Augenwinkel sehe ich, wie Professor Basil mit den knochigen Schultern zuckt. Sie kommt jedoch nicht dazu, Mara zu antworten. Milla stößt einen gequälten Schrei aus und einen Moment lang befürchte ich, ihre Magie könnte wieder aus ihr hervorbrechen. Kaum hat Basil ihr den kühlen Lappen auf den Kopf gelegt, beruhigt sich Milla aber wieder.

»Hat sie wenigstens was getrunken in den letzten Stunden?«, frage ich die beiden, als ich zu ihnen ans Bett trete. Dass Milla Fieber hat ist mehr als offensichtlich. Schweiß steht ihr auf der Stirn und sie versucht immer wieder, die Bettdecke wegzuzerren.

Zu gern hätte ich sie gefragt, wo genau Professor Paoli hingegangen sein könnte und wieso sie beide eine solche Angst deswegen haben. Aber ein Blick auf Lucy und die anderen reicht, um mich davon abzuhalten. Auch sie sind besorgt. Lucy hat riesige Schuldgefühle, weil sie Milla und mir nicht helfen konnte. Was auch immer mit Paoli ist, die Mädchen haben schon genug andere Sorgen.

Vielleicht kann ich Mara später danach fragen, denke ich und schlucke meine Besorgnis herunter.

»Wir haben versucht, ihr Wasser einzuflößen, aber das Mäuschen kann nichts bei sich behalten«, sagt Professor Basil und streicht sich mit zitternden Fingern durchs Haar.

»Meistens ist es danach schlimmer geworden«, fügt Mara hinzu und reibt sich über die Augen.

»Der kalte Lappen hilft, aber ...«, setzt Professor Basil an, ehe ihr die Stimme bricht. Sie schnieft und wischt sich schnell über die Augen. »Verdammter Fliegenpilz!«

»Aber?«, fragt Lucy und tritt neben mich. »Was wollten Sie sagen, Professor? Was passiert mit ihr?«

Basil sackt mit einem tiefen Seufzen auf ihrem Schemel zusammen, bleibt aber stumm. Dafür ist sie zu überwältigt von Besorgnis und Frustration.

»Mum?«, wendet sich Lucy nun an Mara.

Ich höre, wie diese schluckt und dann aufsteht, um ihre Tochter an sich zu ziehen. »Wenn wir nicht bald etwas finden, um ihr zu helfen ...«

»Dann wird sie nicht mehr lange durchhalten«, spreche ich das aus, was die beiden nicht in Worte fassen können.

»Sie ... wird sterben?«, fragt Lucy und reißt sich mit weit aufgerissenen Augen von ihrer Mutter los.

»Nein«, sagt Mara, doch klingt es schwach und zweifelnd. Es geht in der bedrückten Stille des Saals beinahe unter.

»Ich bin sicher, Paoli ...«, startet Professor Basil einen neuen Versuch, uns alle auf andere Gedanken zu bringen, scheitert aber kläglich.

Mara schwankt, wäre sicher umgekippt, hätten Lucy und Tamsin sie nicht aufgefangen.

»Ich kann für Sie übernehmen, Miss Knight«, bietet Tamsin an. »Sie könnten echt dringend etwas Schlaf gebrauchen.«

»Ja, aber Milla ...«, protestiert Mara, doch Basil schüttelt den Kopf.

»Sie hat recht, Liebes«, stimmt sie Tamsin zu. »Ruh dich eine Weile aus. Wenn du magst, gebe ich dir denselben Trank wie Agent Finchley. Dann hast du einen möglichst erholsamen Schlaf.«

»Ich will aber nicht ...«, setzt Mara an, wird jedoch von Lucy unterbrochen: »Bitte, Mum. Nicht, dass du auch noch ..., wenn du deine ganze Magie verbrauchst.«

Tränen füllen Lucys Augen und ich spüre ihre Panik, das Entsetzen, das Millas verschlechterter Zustand in ihr ausgelöst hat. Es sind die gleichen Gefühle, die auch in mir rumoren, bis ich beinahe die Kontrolle über meine Kräfte verliere.

Das Letzte, was wir brauchen, ist mehr freie Magie, denke ich. Obwohl Mara und Basil Millas unkontrollierte Zauberkräfte abgeleitet haben, fühlt sich die Luft hier drin schwerer an. Reichhaltiger, als wäre nicht alles durch den Kamin entwichen. Lucy scheint es auch zu spüren und schafft es mit Mühe und Not, sich zusammenzunehmen.

»Gut«, haucht Mara mit schwacher Stimme und gibt sich schließlich geschlagen.

Basil steht ächzend auf und kramt einen Moment in einem Schrank am Rand des Saals, ehe sie mit einer kleinen Glasflasche zurückkehrt.

»Hier, Lucy, begleite sie in ihr Zimmer und gib ihr zwei Esslöffel voll«, weist unsere Professorin sie an und deutet dann in Richtung Tür.

»Aber ich kann Milla doch nicht so einfach ...«, stammelt Lucy und blickt sich verzweifelt um.

»Du kannst doch gleich wieder zurückkommen«, sage ich und drücke sie aufmunternd. »Wir passen so lange auf Milla auf. Versprochen.«

Lucy schnieft und nickt, ehe sie ihre Mutter aus dem Saal führt.

Seufzend blicke ich ihnen hinterher und muss mich zusammenreißen, um nicht der Verzweiflung zu verfallen. Callys Amulett macht es zwar leichter, die fremden Emotionen abzuhalten und nicht darin zu versinken, wie ich es seit Samhain getan habe, aber ganz kalt lassen sie mich dann doch nicht.

»Können wir noch irgendetwas tun?«, fragt Maria und klingt selbst ganz weinerlich. Obwohl wir mit den älteren Schülerinnen bisher nicht viel zu tun hatten, scheinen sie sich in den letzten Tagen gut miteinander angefreundet zu haben.

Die Not schweißt eben doch zusammen, denke ich und ziehe mir einen Stuhl heran, weil ich nach Samhain noch immer ziemlich ausgelaugt bin.

»Nein, leider nicht«, sagt Professor Basil und reibt sich die Schläfen. Auch sie wird nicht mehr lange durchhalten, will uns und Milla aber nicht allein lassen.

»So eine verdammte Scheiße!«, murrt Cally und tritt wütend gegen einen Weidenkorb angefüllt mit Brennholz. »Das kann doch nicht wahr sein, oder? Ich meine ... Wir können nicht einfach aufgeben!«

Überrascht runzele ich die Stirn. Cally hat sich sonst immer stark zurückgehalten, wenn es darum ging, Zeit mit uns anderen zu verbringen. Meistens hat sie sich in ihre Kammer zurückgezogen, um an ihren Erfindungen zu arbeiten.

»Was ist denn in dich gefahren?«, fragt Lana. Ihr muss Callys Veränderung auch aufgefallen sein.

»Na, ihr habt doch gehört, was Isa vor Samhain gesagt hat, oder?«, grummelt Cally und macht eine ausladende Geste. »Wir Mädels müssen zusammenhalten. Aber wie soll das gehen, wenn entweder alle verschwunden sind oder ...«

Cally bricht ab und blickt hinüber zu Milla, die wieder zu wimmern begonnen hat. Kraftlos wälzt sie sich in ihrem Bett hin und her, die Finger hat sie in die Laken gekrallt, als würde sie darin Halt suchen.

»Kannst du ... Kannst du nicht fühlen, was ...?«, stammelt Lana mit einem Blick auf mich. »Du bist doch Empathikerin, oder nicht?«

Empathikerin? So hat mich auch Professor Paoli genannt.

Ich zucke mit den Schultern, bewege mich aber keinen Millimeter. Ein Teil von mir hat noch immer Angst, dass ich dann in den fremden Emotionen versinken könnte. Die Zeit seit meinem Erwachen war eine endlose Qual. Dabei habe ich fast völlig das Gefühl für mich selbst verloren. Durch Callys Amulett bin ich zwar vor fremden Emotionen geschützt, aber noch habe ich keine Ahnung, wie diese Gabe oder was auch immer das ist, funktioniert.

»Sage?«, fragt Tamsin besorgt. Sie ist vom Bett aufgestanden und greift nach meiner Hand. »Du musst nicht, wenn es zu viel ist.«

Ich nicke und schließe einen Moment die Augen. »Vielleicht hilft es Milla aber ...«

Seit Samhain bin ich keine große Hilfe gewesen, was Milla oder die Suche nach Isa und Joana angeht. Ich war so mit mir selbst beschäftigt, damit, mich nicht zu verlieren, dass mir erst jetzt klar wird, wie sehr ich Lucy und die anderen im Stich gelassen habe.

»Okay, ich versuch's«, wispere ich und rücke mit meinem Stuhl näher an Milla heran. Bisher habe ich es vermieden, mich auf die Emotionen zu konzentrieren, die mir von ihr entgegenschlagen. Dass es keine guten sind, ist mehr als offensichtlich. Jetzt führt jedoch nichts mehr daran vorbei.

Ich muss es versuchen. Vielleicht finde ich damit einen Weg, um Milla zu helfen, rede ich mir ein, als ich mit zitternden Fingern nach ihrer Hand greife und mich einzig und allein auf Milla konzentriere.

Ihre Finger sind heiß auf meiner Haut und verschwitzt. Hitze ist auch das Erste, was ich spüre, als ich meine Aufmerksamkeit auf Milla lenke. Das und eine riesige Welle der Panik, dass ich einen Moment lang kaum Luft bekomme.

»Alles ist gut. Nur tief durchatmen, Sage«, dringt Professor Basils Stimme wie aus weiter Ferne zu mir durch.

Ich spüre, wie mir jemand sanft und gleichmäßig über den Rücken streicht. Es ist nur ganz schwach, weil ich mittlerweile zu tief in Millas Emotionen eingetaucht bin. Hinter dem Schleier aus Angst, wird es noch schlimmer. Endlose Qualen erwarten mich dort und lassen mich erschrocken aufstöhnen, als eine Woge Schmerz über mich hinwegschwappt.

»Sage? Was ...?«, fragt eine hohle Stimme, doch gehen die Worte in Millas Wimmern unter. In dem Strudel aus Angst, Verzweiflung und Leid, der mich tiefer mit sich reißt, bis ich das Gefühl habe, bei lebendigem Leib verbrennen zu müssen, wieder und wieder und wieder.

»Weg da!«, ruft jemand und plötzlich werde ich so brutal zurückgestoßen, dass ich keuchend auf dem Steinboden aufschlage. Eisige Kälte umfängt mich, nun da der Feuersturm plötzlich versiegt ist. Stöhnend richte ich mich auf, brauche aber einen Moment, um mich in meinem Körper einzufinden.

»Sage! Duck dich!«, ruft jemand, der sich nach Tamsin anhört. Flirrend schießt eine Ladung Magie über mir hinweg und verfehlt mich nur haarscharf, bevor sie krachend im Kamin landet.

»Was ... war das?«, presse ich hervor und richte mich ächzend auf.

»Ganz langsam, okay?«, sagt eine freundliche Stimme und Arme greifen mir unter die Achseln, um mir aufzuhelfen. Lana und Maria knien neben mir und halten mich aufrecht.

»Was ist passiert?«, ruft Lucy erschrocken, als sie kurz darauf durch die Tür hereinkommt und mich auf dem Boden hocken sieht. »Sage? Ist ... Ist alles okay?«

»Mmhmm«, mache ich bloß und reibe mir die Augen. Meine Sicht ist verschwommen, klärt sich aber, je mehr ich mich auf mich und meine eigenen Gefühle besinne. Das Amulett mit beiden Händen zu umfassen, hilft dabei. Callys Magie lässt meine

Fingerspitzen kribbeln und gibt mir so etwas, auf das ich meinen Fokus richten kann.

»Was macht sie da auf dem Boden? Ist sie zusammengebrochen, oder was?«, fragt Lucy nun die anderen.

Kopfschüttelnd versuche ich, wieder auf die Füße zu kommen, doch fühlt sich mein Körper dafür zu schwer an, meine Muskeln zu schwach. Als wäre ich ein Stein, der in einem endlosen Ozean tiefer und tiefer hinab sinkt.

»Ich wollte sehen, wie es für sie ist«, presse ich hervor.

»Für Milla?«, fragt Lucy atemlos und geht nun ebenfalls neben mir in die Hocke.

Ich nicke und nehme dankbar das Glas Wasser entgegen, das Cally mir reicht. »Das war ... Sie ...«

So sehr ich auch zu beschreiben versuche, was ich gespürt habe, wollen mir doch keine Worte dafür einfallen.

»Furchtbar«, ist alles, was ich herausbekomme. Danach versagt mir die Stimme, weil ich langsam realisiere, wie ernst es um Millas Überleben steht.

»Wie geht's deiner Mutter?«, frage ich nach ein paar Schlucken Wasser, auch um mich von dem abzulenken, was ich eben noch gespürt habe. Das, was Milla seit Stunden, nein, seit Tagen durchmacht.

»Mum schläft jetzt«, sagt Lucy, bevor sie sich Professor Basil zuwendet: »Wie lange hält dieser Schlaftrank?«

Unsere Professorin zuckt mit ihren knochigen Schultern. »Schwer zu sagen. Das kommt immer darauf an, wie erschöpft der Patient ist. Ich denke, bei deiner Mutter wird es ein paar Stunden dauern,

Agent Finchley dagegen ... Ich fürchte, ihn werden wir morgen nicht vor dem Mittagessen sehen.«

»Agent Finchley?«, frage ich und schaffe es, aufzustehen. Gestützt von Lana und Maria gehe ich zu meinem Stuhl und lasse mich darauf nieder. »Sie meinen Isas Vater, oder? Wie geht es ihm?«

Professor Basil seufzt. »Nicht gut. Er verkraftet ihr Verschwinden nicht.«

»Wundert Sie das?«, murrt Lucy und ballt die Hände zu Fäusten. »Es ist einfach nur ungerecht, dass wir absolut nichts tun können, verdammt!«

»Sehe ich auch so«, knurrt Cally und verschränkt die Arme vor der Brust.

»Du konntest wenigstens Sage helfen«, murmelt Lucy und beißt sich mit schuldbewusster Miene auf die Lippe. »Sorry.«

»Wofür entschuldigst du dich denn?«, fragt Cally und schüttelt den Kopf.

»Na, ich dachte halt, dass du dich einfach aus dem Staub gemacht hast«, gibt Lucy zu und fährt sich aufgebracht übers Gesicht. »Weil du ja sonst auch ständig verschwindest.«

»Oh«, macht Cally und lacht verlegen.

»Du hättest uns wenigstens sagen können, dass du Sage hilfst«, sagt Maria und stupst Cally freundschaftlich in die Seite. »Sonst hätten wir auch noch geglaubt, dass du verschwunden bist, wenn du dich so lange nicht blicken lässt.«

»Ich versuch', das nächste Mal dran zu denken«, verspricht Cally und kratzt sich verlegen am Kopf. »Aber wenn ich eine Idee bekomme ...«

Sie zuckt die Schultern und blickt mich fragend an. »Wie sieht's aus, Sage? Spürst du schon, dass der Zauber nachlässt, oder geht es noch?«

»Der Zauber kann nachlassen?«, fragt Lucy und betrachtet das Amulett, das Cally eigens für mich angefertigt hat. Es ist sehr schlicht, ein großer ungeschliffener Amethyst umgeben von einer silbernen Fassung. Wie ein wirres Spinnennetz windet sie sich um den Kristall. Hätte ich es in Selenas Laden in Codwyll gesehen, hätte ich es links liegen gelassen.

Aber es hilft und das ist die Hauptsache.

»Ich bin mir nicht sicher, wie lange er anhalten wird«, gibt Cally mit einem Schulterzucken zu. »Er basiert auf Tante Bris Erfindungen, war aber für eine andere Gabe gedacht. Sie wollte damit wohl irgendwelche Visionen unterdrücken oder so.«

»Tante Bri?«, frage ich und auch Lucy wird hellhörig: »Brianna Gowdie?«

»Ja«, sagt Cally und lässt sich mit einem Seufzen neben mir auf einem der Tische nieder. Traurigkeit schlägt mir von ihr entgegen, sicher weil sie ihre Tante vermisst.

»Und Sie konnten den Zauber abwandeln, Miss Wynchester?«, fragt Professor Basil erstaunt.

Wieder zuckt Cally mit den Schultern und blickt plötzlich auf den Boden. Durch meine Gabe spüre ich, dass ihr all die Aufmerksamkeit unangenehm ist. »Ich hab' es versucht, aber ich weiß eben nicht, wie lange das so bleibt. Das ist erstmal ein Prototyp, den ich mit Sages Hilfe weiterentwickeln kann.«

»Echt krass!«, sagt Lucy und klopft Cally anerkennend auf die Schulter. »Ich versteh' zwar kein Wort, aber ... Danke, Cally.«

»Ach, was«, sagt sie und zuckt die Schultern. »Ist nur ein interessantes Rechercheprojekt.«

»Wie du meinst«, sagt Lucy mit einem Augenrollen, doch die Dankbarkeit, die noch immer von ihr ausgeht, zeigt, wie froh sie ist, mich wieder bei sich zu haben. Ich spüre deutlich, wie sehr die letzten achtundvierzig Stunden an Lucy gezehrt haben. Wie hilflos und allein sie sich gefühlt haben muss.

Es tut mir so leid, will ich zu ihr sagen, aber die Worte kommen mir einfach nicht über die Lippen. Ein dicker Kloß aus meiner eigenen Verzweiflung und Angst blockiert meinen Hals. Alles, was ich tun kann, ist meine Arme nach Lucy auszustrecken und sie an mich zu ziehen. Ihr zu zeigen, dass sie jetzt nicht mehr allein ist mit ihren Sorgen und ihrer Angst.

»Immerhin habe ich dich jetzt wieder«, murmelt sie, als ich sie in eine Umarmung schließe.

Ich nicke und drücke sie fester an mich. Tränen rinnen uns über die Wangen und durchtränken den Stoff unserer T-Shirts. Aber in all der Sorge um Milla findet sich auch ein Quäntchen Hoffnung. Ich bin nicht mehr an mein Bett gefesselt, brauche dank Callys Anhänger keine Angst mehr vor den Emotionen der anderen zu haben.

Unglaublich, wie sich das zum Guten gewendet hat, nachdem ich es nur wenige Stunden zuvor kaum in Lucys Nähe ausgehalten habe.

»Fehlen noch Isa und Joana«, sage ich und blicke mich in der Runde um. »Gibt es wenigstens da irgendetwas Neues?«

»Nein, seit sie Evan gefangen genommen haben, haben wir nichts mehr gehört«, sagt Lana seufzend.

»Evan?«, frage ich überrascht. »Was hat er denn damit zu tun? Und warum haben sie ihn gefangen genommen?«

»Ach, stimmt. Das hast du ja gar nicht mitbekommen ...«, sagt Lucy und schüttelt den Kopf. Unglauben schlägt mir von ihr entgegen. Ihre Stimme zittert heftig, als sie es mir erklärt: »Evan ist der ... Mörder. Crumple und die anderen ... Evan hat sie getötet.«

»Was? Aber ... Das ... *Was*?«, stammele ich und lasse mich auf meinen Stuhl fallen. »Und ist er ...?«

»Keine Sorge, sie haben ihn vorhin geschnappt«, sagt Lucy, was nicht nur mich erleichtert ausatmen lässt.

»Du wusstest auch nichts davon?«, frage ich Cally. Sie wirkt genauso betroffen wie ich.

»Dass er festgenommen wurde, nicht«, sagt sie und deutet mit einem schwachen Lächeln auf den Anhänger um meinen Hals. »Ich hatte ja zu tun.«

»Was ist mit Isas Bruder? Der war doch gerade noch hier, oder?«, frage ich. Er hat Lucy und die anderen vorhin doch begleitet.

»Lucas ist raus in den Wald gefahren. Irgendwo haben sie Spuren gefunden ganz in der Nähe von Isas letztem Aufenthaltsort«, sagt Lucy mit einem Schulterzucken. Für die anderen sind das offenbar Neuigkeiten, so überrascht wie sie plötzlich zu ihr aufschauen.

»Dann hoffen wir mal, dass er sie findet«, sagt Lana mit einem entschlossenen Nicken.

»Wenn einer es schafft, dann Lucas«, murmelt Lucy. Ich brauche mich gar nicht auf ihre Gefühle zu konzentrieren, um zu spüren, dass sie Isas Bruder sehr gern hat. Das ist mir zwar schon vor Samhain aufgefallen, aber durch meine Gabe ist es jetzt kaum noch zu übersehen.

»Also müssen wir uns jetzt erstmal nur um Milla kümmern«, sage ich nach kurzem Schweigen und wir alle drehen uns wieder zu ihrem Bett um. In den letzten Minuten war Milla ziemlich ruhig, aber ich kann mir vorstellen, dass sie noch immer Höllenqualen durchleidet.

»Wir können nicht alle hier herumstehen und warten, dass sich was ändert«, sagt Lana und blickt erst Cally, dann Maria an. »Lasst uns in der Bibliothek weiter nach Informationen suchen.«

»Meinst du nicht, dass das sinnl...?«, setzt Cally an, doch ein harter Stoß von Lana genügt, um sie zum Schweigen zu bringen.

»Also gut ...« Mit einem Seufzen gibt sie sich geschlagen und folgt den beiden. »Sag mir Bescheid, wenn der Zauber nachlässt oder du Schwierigkeiten hast, okay?«

»Mach ich, danke«, sage ich und würde Cally am liebsten drücken, weil sie mir aus heiterem Himmel geholfen hat. Aber so, wie sie mich anguckt, weiß ich, dass das für Callys Geschmack dann doch zu viel des Guten wäre.

»Ihr solltet bei Milla bleiben. Wir können euch später ablösen, wenn ihr eine Pause braucht«, rät uns Lana und nickt in Richtung Krankenbett, ehe sie mit den anderen beiden den Saal verlässt.

»Und was machen wir jetzt?«, fragt mich Lucy leise, als Milla wieder zu wimmern beginnt.

»Ich weiß es nicht«, wispere ich und versuche, mich nicht zu sehr in meine eigene Verzweiflung hineinzusteigern.

Leichter gesagt, als getan.

»Warten wir auf Professor Paoli«, mischt sich Professor Basil ein und klopft uns aufmunternd auf den Rücken. »Sie wird wissen, was sie tut ...«

Wenn sie zurückkommt, denke ich, denn ich brauche nicht Professor Basils Gefühle zu erspüren, um zu wissen, was unsere Schulleiterin getan hat. Es ist der einzige Ausweg, der uns noch bleibt.

Sie ist bei den Fae, denke ich und schlucke, weil ich durch das wenige bisschen Unterricht bei Flint weiß, wie gefährlich dieses Volk ist. Millas Rune hat das mehr als deutlich bewiesen.

Aber ob sie Paoli auch wieder gehen lassen?

KAPITEL 15

Morgaine

Für den Rückweg zur White Oak Akademie brauche ich mindestens dreimal so lange. Einerseits, weil Tränen immer wieder meine Sicht verschleiern und ich bei der Dunkelheit im Wald rings um Loch Codwyll kaum etwas sehe. Andererseits, weil ich mich davor fürchte, den Mädchen gegenüberzutreten.

Ich fürchte mich davor, ihnen sagen zu müssen, dass es für ihre Freundin keine Hoffnung mehr gibt.

Dass Milla sterben wird.

Ein erstickter Schrei dringt über meine Lippen und ich sacke mitten auf dem Waldweg zusammen, zu schwer lastet diese furchtbare Gewissheit und meine Hilflosigkeit auf meinen Schultern. Spitze Kieselsteine graben sich in meine Knie und Handflächen, doch spüre ich es kaum. Der Schmerz in meinem Herzen ist viel zu groß.

»Und was sage ich ... ihrer Großmutter?«, presse ich zwischen Schluchzern hervor und verberge mein verheultes Gesicht in den Händen.

Sie wird mich umbringen.

Lady Newton hat vor Jahren ihre Tochter an die Fae verloren. Monica ist eines Tages von einer Reise zur Sartora-Sippe nicht mehr zurückgekehrt. Deswegen hat Lady Newton Milla kaum aus dem Haus gelassen.

Und ich hatte ihr fest versprochen, dass Milla nichts passieren wird, erinnere ich mich und sehe noch heute Helena Newtons finsteren Gesichtsausdruck vor mir, als ich Newton-Manor vor einigen Monaten besucht habe.

Hätte ich sie doch nicht umgestimmt!

Damals wollte Millas Großmutter nicht, dass ich sie zur White Oak Akademie mitnehme, obwohl sie längst mit Millas magischer Ausbildung überfordert gewesen ist. Hätte ihre Haushälterin, eine Freundin von Martha, nicht an uns geschrieben, hätte das böse für die Newtons ausgehen können. Mit unkontrollierter Magie ist nicht zu spaßen.

Aber ich muss es ihr sagen. Sie würde es mir nie verzeihen, wenn sie nicht ... Der Kloß in meinem Hals schnürt mir die Luft ab, bis ich schluchzend um Atem ringe. Unablässig laufen mir Tränen über meine Wangen, egal wie sehr ich mir vornehme, für meine Schülerinnen stark zu sein. Wenn ich ihnen als Schulleiterin keine Schulter zum Anlehnen oder ein Schutzschild gegen solche Machenschaften sein kann ...

Dann hatte Gideon doch recht. Ich bin eine Versagerin. Ich hätte die Stelle an der Akademie nie annehmen dürfen und ...

Bevor ich in dem Strudel aus Trauer und Selbstmitleid versinken kann, packt mich jemand grob an der Schulter und reißt mich auf die Füße.

Ich bin so erschrocken, dass ich schreie. Meine Stimme dringt aber nur gedämpft hervor. Wer auch immer mich da gepackt hat, hat mir auch eine Hand auf den Mund gepresst.

Fae! Es ist der Fae von vorhin, denke ich und spüre noch ein Echo der kalten Klinge an meinem Hals. Sein Prinz hat sich zwar damit begnügt, mich gewaltsam aus seinem Lager zu stoßen. Dass seine Untertanen wegen der getöteten Fae-Frau wütend sind, war jedoch mehr als offensichtlich.

Und ich bin das perfekte Opfer, erkenne ich und winde mich panisch in den starken Armen meines Angreifers. Ich bin ganz allein und emotional angeschlagen, unvorsichtig. Durcheinander.

Und wer weiß, zu was sie mit ihren Runen noch fähig sind?

»Beruhig dich, Hexe«, zischt mir jemand zu.

Ich denke nicht daran. Auch wenn Prinz Barrysthiels Entscheidung meine Welt in Trümmer gelegt hat, ist der Überlebenswillen in mir stark, war er schon immer. Und meine Magie antwortet mit einer heftigen Druckwelle, die jeden anderen von mir geschleudert hätte. Dadurch hätte ich mir etwas Zeit erkauft, um zu fliehen oder zumindest über eine gezielte Attacke nachzudenken.

Aber der Fae bleibt bei mir stehen, als mache ihm meine Magie kein bisschen etwas aus. Als wäre es nur ein leichter Windhauch, mehr nicht.

»Ich lass' dich jetzt los. Wehe du schreist wieder, verstanden? Das war mehr als genug Aufruhr«, sagt die Stimme, die mir irgendwie bekannt vorkommt. Vor Aufregung rauscht das Blut so laut in meinen Ohren, dass ich sie nicht zuordnen kann.

»Verstanden?«, fragt der Fremde und krallt die Finger grob in meine Wange.

Ich stoße einen zustimmenden Laut aus, obwohl ich den Teufel tun und ihm gehorchen werde.

»Gut.« Der Arm, den er mir um meinen Brustkorb geschlungen hat, verschwindet. Auch die Hand auf meinem Mund ist plötzlich fort.

Zischend sauge ich die Luft ein und mache einen Satz rückwärts. Magie kribbelt in meinen Fingerspitzen, als ich zu meinem Angreifer herumwirbele, bereit, ihn damit niederzustrecken. Das Leuchten meiner Zauberkraft verpufft jedoch sofort, als ich das Gesicht des Fae wiedererkenne.

Saphirblaue Augen, blasse Haut und Gewänder, die mit der Nacht zu verschmelzen scheinen.

»Prinz Barrysthiel?«, frage ich keuchend und weiche im nächsten Moment noch weiter zurück.

Ist er mir gefolgt, um mich doch zu töten? Weil ich es gewagt habe, ihn um Hilfe zu bitten? Weil ich ihn mit meinen Worten verärgert habe?

»Bleib, wo du bist, Hexe«, sagt der Prinz, nicht drohend, sondern in neutralem Ton.

Sofort erstarre ich und beobachte ihn dabei, wie er einen kleinen Gegenstand zwischen uns auf den Boden platziert und dann ein Messer aus den Falten seiner dunklen Roben hervorzieht.

Panisch will ich vor ihm zurückweichen. Als er es merkt, packt mich Prinz Barrysthiel grob am Arm und hält mich an Ort und Stelle fest. »Was hab' ich gesagt?«

Seine Stimme gleicht einem dunklen Knurren, doch richtet er die Klinge nicht gegen mich, als er mich loslässt. Prinz Barrysthiel verzieht nicht mal das Gesicht, als er sich damit in den Finger sticht und Blutstropfen auf den Gegenstand zwischen uns fallen lässt.

Linien glimmen darauf auf, verschlungen und kompliziert, fast so wie die Rune in Millas Nacken. Prinz Barrysthiel hat mich wieder gepackt, als plötzlich eine Welle fremder Magie von dem Gegenstand ausgeht und uns einhüllt. Ein merkwürdiger Druck herrscht zwischen uns und dämpft die Geräusche des Waldes. Keine heulende Eule, kein Rascheln im Gebüsch oder das Rauschen des Windes. Die Luft fühlt sich schwerer an, träger, sodass mir sogar das Atmen schwerfällt.

Reflexartig bewege ich meinen Kiefer hin und her und atme auf, als der Druck auf meinen Ohren nachlässt. »Was zum ...?«

»Das war nötig, damit man uns nicht hört«, sagt der Prinz und macht eine ausladende Geste.

»Uns nicht hört?«, frage ich leise und schlucke. Will er mich also doch umbringen und mit diesem Ding dafür sorgen, dass niemand meine Schreie mitbekommt?

Nicht mit mir, denke ich und lasse Funken über meine Fingerspitzen tanzen. Dass ich den Fae damit verärgern könnte, ist mir egal. Wahrscheinlich hasst er mich längst aus tiefster Seele, warum sonst würde er ...

»Beruhige dich, Hexe. Ich bin dir gefolgt, um mich bei dir zu entschuldigen«, sagt er und hebt beschwichtigend seine Hände. »Wollte ich dich töten, wäre ich längst damit fertig.«

Sich ... entschuldigen?

Ich schnaube und schüttle den Kopf. Bin ich auf dem Rückweg gestürzt und habe mir den Kopf angeschlagen, oder was?

Ein Fae würde sich doch niemals bei einer Hexe entschuldigen, erst recht nicht Prinz Barrysthiel. In den letzten Tagen habe ich ihn oft genug erlebt, um seinen Charakter einschätzen zu können. Mit einer einzigen Rune hat er zwei voll ausgebildete Wachmänner zu lebenden Statuen verwandelt. Und jetzt ist er gekommen, um sich zu entschuldigen?

»Niemals«, wispere ich und reibe mir über die Augen. Ich muss mir das einbilden, anders kann ich es mir nicht …

»Hier, lass mich«, sagt der Fae-Prinz mit sanfter Stimme und greift nach meinen Händen.

Ich will vor ihm zurückweichen, aber sein Griff ist zu stark, allerdings nicht mehr ganz so grob wie eben noch. »Für die Verletzungen.«

Mit weit aufgerissenen Augen sehe ich ihm dabei zu, wie er eine kleine Metalldose aus den Falten seiner Gewänder zieht und ihren cremigen Inhalt auf meinen zerkratzten Handinnenflächen verteilt. Das Brennen versiegt und eine angenehme Wärme breitet sich von dort aus in meinen Händen aus.

»Ich hätte dich nicht so grob behandeln sollen, aber wir alle haben unsere Fassaden aufrechtzuerhalten, nicht wahr?«, sagt der Fae-Prinz und schiebt die kleine Metalldose dann in die Tasche meines schmutzigen Cardigans. »Als Wiedergutmachung.«

»Wiedergutmachung?«, frage ich und ein Teil von mir glaubt noch immer, das dass hier ein Traum sein muss. Das ist nicht der skrupellose Fae-Prinz, den ich kennengelernt habe, vor dem man uns gewarnt hat.

Aber warum fühlt sich das dann so real an?

»Dein Mut hat mir imponiert, Hexe«, sagt der Prinz und tritt ein Stück zurück. In der Dunkelheit erkenne ich ihn kaum noch, aber es kommt mir so vor, als würden seine Haare im schwachen Sternenlicht bläulich schimmern.

»Und wenn schon, das hilft Milla nicht weiter. Und eine Entschuldigung auch nicht«, sage ich, als ich endlich meine Stimme wiederfinde. Die Trauer, die ich bis eben noch empfunden habe, wandelt sich mehr und mehr in Wut.

Wie kann dieser Mann es wagen, mich zu verarzten und von Wiedergutmachung zu sprechen, wenn Milla noch ...?

»Und Monica Newton hatte tatsächlich immer einen besonderen Platz unter den Fae, auch wenn viele es nach all den Jahren vergessen haben«, fügt Prinz Barrysthiel mit einem Seufzen hinzu. Er klingt fast schon traurig, als hätte Monicas Verschwinden ihn tatsächlich berühren können.

»Ich konnte sie damals nicht retten, keinen von beiden«, höre ich ihn leise murmeln und sehe, wie er sich durch das lange schwarze Haar fährt. »Da ist es das Mindeste, ihre Tochter zu retten.«

»Heißt das ...?«, frage ich und kann es doch nicht aussprechen. Zu groß ist meine Angst, dass das alles nur ein Spiel ist. Dass er mich gleich auslachen wird, weil ich auf seine grausame Lüge hereingefallen bin.

»Niemand darf davon wissen, hörst du?«, zischt der Prinz der Fae. Er steht mir plötzlich wieder so nah, dass ich erschrocken zurückweiche. Das will ich zumindest, doch hat er mich mit einer Hand grob im Nacken gepackt und an sich herangezogen. Die langen Finger seiner anderen Hand bohren sich schmerzhaft in meine Schulter.

»Dein kleiner Ausbruch eben könnte schon ihre Aufmerksamkeit erregt haben«, flüstert der Prinz und blickt sich wachsam im Wald um.

»Wessen Aufmerksamkeit? Und warum ist das so wi...?«, setze ich an, bekomme aber gleich wieder die Hand auf den Mund gepresst.

»Weder die Fae noch ihr Hexen dürft davon erfahren. Zu ihrem Schutz«, knurrt der Prinz und lässt endlich von mir ab. »Verstanden?«

»Ihrem Schutz? Aber wieso? Was ist so ...?«

»Hast du mich verstanden?«, wiederholt er mit forscher Stimme, dass ich schnell nicke. Wenn das alles ist, um Millas Leben zu retten, werde ich dieses Geheimnis bis in mein Grab nehmen und auch über meinen Tod hinaus bewahren.

Aber die Fae haben noch nie etwas aus reiner Selbstlosigkeit oder Nächstenliebe getan, jedenfalls nicht für uns Hexen. Deswegen überrascht mich seine zweite Forderung nicht: »Und zur Bezahlung schuldest du mir einen Gefallen, Hexe.«

»Was für einen Gefallen?«, frage ich vorsichtig, schließlich weiß ich um die Listigkeit der Fae. Wenn ich nicht aufpasse, tappe ich ihm noch in eine Falle.

»Das wird sich noch zeigen«, antwortet der Prinz und blickt sich wieder um. »Stimmst du zu, oder lässt du deine Schülerin doch lieber sterben? Viel Zeit wird ihr nicht mehr bleiben, wenn du schon so verzweifelt bist, dass du zu mir kommst.«

Fest presse ich die Lippen aufeinander, weil er recht hat. Ich weiß nicht, wie es um Milla bestellt ist, ob sich ihr Zustand während meiner Abwesenheit verschlechtert hat. Ob sie vielleicht schon ...

Nein, uns bleibt noch Zeit. Vielleicht nicht mehr viel, aber ich kann sie retten, denke ich und halte mich an diesem Glauben fest. Er gibt mir Kraft, als ich zu Prinz Barrysthiel aufblicke.

»Also gut, aber nur, wenn Milla auch tatsächlich überlebt«, sage ich und halte ihm die Hand hin.

Ich höre den Fae-Prinzen seufzen, doch schlägt er ein und zerrt mich ruckartig wieder an sich, dass ich gegen seine muskulöse Brust pralle. Mit seiner großen, bleichen Hand umfasst er mein Kinn und zwingt mich, ihn anzusehen. »Schick alle anderen weg und warte bei ihr auf mich. Hast du gehört?«

Ich nicke schnell und atme erleichtert aus, als er mich loslässt und von sich stößt. Ihm so nahe zu sein, bringt die Magie in mir ganz durcheinander. Diese Aura der Macht, die Prinz Barrysthiel ausstrahlt bereitet mir auch jetzt noch Gänsehaut und viel zu schnelles Herzklopfen.

»Vergiss nicht: Niemand darf davon erfahren.«

Bevor ich antworten kann, verschwindet er in der Dunkelheit. Er verschmilzt regelrecht mit den Schatten, ohne auch nur das leiseste Geräusch zu verursachen.

Habe ich mir das gerade wirklich nicht eingebildet?, denke ich und suche den Boden nach dem merkwürdigen Gegenstand ab, der alle Geräusche ausgelöscht hat. Er ist verschwunden, genau wie der Druck, den ich eben noch verspürt habe. Der Wald ist wieder erfüllt von Rascheln und den Lauten seiner Bewohner, als wären sie nie verstummt.

Werde ich jetzt auch noch verrückt?

Stirnrunzelnd schiebe ich die Hände in meine Taschen. Als meine Finger die kleine Metalldose ertasten, die der Prinz mir übergeben hat, erwacht endlich neue Hoffnung in mir.

»Er war hier«, wispere ich und klammere mich an der kalten Dose fest, als wäre sie mein Rettungsring. *Und er wird Milla helfen.*

Ich ziehe die Nase hoch und wische mir schnell die Tränen weg. Dann beschwöre ich mit meiner Magie ein Leuchten herauf, um zur White Oak Akademie zurückzueilen. Je schneller ich den Mitternachtssaal räume und die anderen ins Bett schicke, umso eher kann sich der Prinz um Milla kümmern.

Hoffentlich weiß er mehr mit ihrer Rune anzufangen als wir oder Direktorin Finchleys Experten.

KAPITEL 16

Graham

Lucas blickt sich angestrengt im Wald um, geht mal hier, mal dort in die Hocke, um mit einem Stift durch den laubbedeckten Boden zu wühlen. Hinter uns brummt der Generator und ich meine, Deputy Smith leise reden zu hören. Vielleicht ein Anruf von Direktorin Finchley? Sicher wird ihr dieser Agent Jones gesteckt haben, dass Lucas und ich uns auf den Weg zu den Spuren gemacht haben.

Weiter von uns entfernt höre ich ein Plätschern wie von reißendem Wasser.

»Der Bach ist hier ganz in der Nähe«, erklärt Felix, als ich ihn frage, wo genau wir uns befinden. In der Dunkelheit ist es mir unmöglich, das abzuschätzen, auch wenn ich seit Samhain viel Zeit im Wald von Codwyll verbracht habe.

»Der, hinter dem sich Isas Spur verliert?«

Felix nickt. »Ich glaube schon.«

»Können Sie sagen, von wem der Handabdruck stammt, Finchley?«, unterbricht die Stimme eines Agents unser Gespräch.

Neugierig blicke ich auf. Die Agenten stehen mit Lucas vor einem Baumstamm. Zu gerne würde ich sehen, was sie betrachten, halte mich aber zurück. Wenn wegen mir und meiner Magie Isas Spuren verfälscht werden würden, könnte ich mir das nicht verzeihen.

»Kann er das echt?«, fragt Felix, klingt jedoch zweifelnd.

Ich zucke die Schultern und beobachte Lucas dabei, wie er die Hand hebt und vor sich streckt, bis er fast die Rinde des Baums berührt. Er legt den Kopf schief, tritt einen Schritt zurück, ehe er zu uns herumwirbelt, die Augen weit aufgerissen. »Isa.«

»Was? Wirklich?«, frage ich und bin drauf und dran, zu ihm zu gehen, drücke dann aber die Fersen in den Boden. Durch den Fund gerät meine Magie zu sehr in Aufruhr und wäre am Ende noch aus mir hervorgebrochen.

»Ja, hier ist noch mehr, alles verbrannt ...«, sagt Lucas nachdenklich und deutet auf den Waldboden.

»Als ich Isa gesucht habe, bin ich auch ihrem Feuer gefolgt«, sage ich. Ich erinnere mich noch zu gut an die kleinen Brandherde, die Isa während der Samhain-Nacht bei ihrem Weg durch den Wald hinterlassen hat. »Sie war zu aufgeregt nach dem Ritual und hatte ihre Magie nicht unter Kontrolle.«

»Und das kommt uns jetzt zugute«, sagt Pierce und klopft mir aufmunternd auf die Schulter. »Das wird schon. Wir werden sie finden.«

»Hier drüben sind auch noch welche und dort am Ende vom Licht. Da geht es noch ein ganzes Stück weiter.«

»Noch weiter? Wirklich?«, fragt einer der Agents mit gerunzelter Stirn und blickt in die Richtung, in die Lucas deutet. »Das ist uns bisher entgangen.«

»Ist ja auch ziemlich schwach«, sagt Lucas mit einem Schulterzucken und geht darauf zu.

»Weil diese Spur älter ist als die anderen hier?«, fragt sein Kollege und folgt Lucas mit zusammengekniffenen Augen, als könne er ähnlich wie Lucas die Restmagie in der Luft sehen.

»Nein, ich glaube nicht«, murmelt Isas Bruder und dreht sich wieder zu uns um. »Die da drüben kommen mir älter vor.«

»Würde Sinn machen. In der Richtung liegt auch der Festplatz und die Lichtung am See«, schaltet sich Felix nach einem Blick auf die abfotografierte Karte ein und deutet in die Dunkelheit jenseits der Strahler. »Wenn sie von da gekommen ist, sollten die Spuren dort auch älter sein, oder nicht?«

»Ja, aber warum sind diese dann schwächer?«, frage ich nachdenklich und folge Lucas und seinen Kollegen mit einigem Abstand.

»Vielleicht hat sie sich hier wieder beruhigt?«, mutmaßt Lucas und lässt sich eine Taschenlampe geben, um den Weg durch den dunklen Wald fortzusetzen. Es ist kein leichtes Unterfangen, weil hier immer wieder Bäume querliegen und sich Dornenranken ausgebreitet haben. Isas Bruder geht einige hundert Meter weiter, wir anderen dicht hinter ihm, bis das Rauschen des Bachs lauter wird und wir an dessen Ufer gelangen.

»Ist das nicht ...?«, frage ich und drehe mich zu Felix um.

»Könnte die Stelle sein, die Irving auf der Karte markiert hat, ja«, sagt er mit einem kurzen Blick auf sein Handy. Er hat das Foto, das er vorhin von dem Plan gemacht hat, noch geöffnet und zoomt mit den Fingern auf eine Stelle rein.

»Meint ihr den Ort, an dem sich Isas Spur verliert?«, fragt Pierce und leuchtet mit seiner Lampe umher.

»Nicht ganz ...«, murmelt Lucas und starrt angestrengt in die Dunkelheit.

Ich wünschte, ich hätte eine ähnliche Gabe wie er, um zu sehen, was er nun vor sich sieht. So gern ich ihn auch gedrängt hätte, uns davon zu erzählen, lasse ich es lieber bleiben. Ich will ihn nicht hetzen, und erst recht nicht verärgern. Nur wenn wir zusammenarbeiten, können wir Isa und Joana helfen.

Wer weiß, welche Konsequenzen seine Gabe mit sich bringt?

»Was sehen Sie?«, fragt einer seiner Kollegen Minuten später, als wir die Spannung kaum noch aushalten.

»Ich ... So etwas habe ich noch nie gesehen«, murmelt Isas Bruder und richtet sich auf, nachdem er kriechend den Boden abgesucht hat.

»Das war keine Hexe«, sagt er schließlich und sieht zu mir auf. »Das ist nicht Isas Magie.«

»Also sind wir hier falsch?«, fragt Felix ungeduldig und scheint drauf und dran zu sein, umkehren zu wollen.

»Nicht unbedingt«, murmelt Lucas und geht in die Hocke, diesmal näher bei uns. »Hier ist etwas von ihrer Magie. Und ich glaube, da drüben auch.«

Er deutet auf das andere Ufer des Bachs, der in einigen Metern Tiefe durch eine steinige Schlucht rauscht.

»Sie war auf der anderen Seite?«, frage ich und überlege, wie Isa das angestellt haben könnte. Die Schlucht ist mehr als fünf Meter breit und zu tief, der Bach zu wild, als dass sie es zu Fuß geschafft haben könnte. Brücken gibt es in dieser Gegend keine, wenn ich mich richtig an die Karte erinnere.

Vielleicht mit ihrer Magie …?

»Nein, ich glaube eher, dass ihre Magie dort gelandet ist und nicht sie selbst«, sagt Lucas und reckt seinen Kopf, um besser sehen zu können.

»Wie bei einem Angriff?«, fragt Felix und klingt nun doch wieder neugierig.

Lucas zuckt mit den Schultern. »Ich bin mir nicht sicher, aber …«

»Mann, jetzt spuck's schon aus!«, knurrt Felix ungehalten, als Lucas wieder in die Hocke geht und über den Boden streicht, statt weiterzureden. Normalerweise würde ich ihm diesen Ton bereden, aber im Moment will ich einfach nur wissen, was mit Isa hier draußen passiert ist.

»Hier war definitiv noch jemand. Es sieht auch aus wie Magie, aber … anders?« Zweifelnd erhebt sich Lucas und deutet dann weiter in den Wald hinein. »Dort vorn ist es am stärksten. Eine breite Linie, als hätte jemand eine Grenze gezogen. Vielleicht um ihr den Weg abzuschneiden?«

»Wirklich?«, fragen die Agents und eilen mit den Messgeräten und Taschenlampen darauf zu.

»Verbrannt ist hier aber nichts«, höre ich einen von ihnen sagen.

»Und auch sonst keine äußerlichen Veränderungen zu sehen«, fügt sein Kollege hinzu, ehe auch sie sich auf den Boden knien. »Kann aber auch an den Unwettern seit Samhain liegen.«

»Was bedeutet *anders*? Etwa eine andere Hexe, oder ...?«, frage ich Lucas, werde aber von seinem energischen Kopfschütteln unterbrochen: »Die sind violett. Aber das hier ... Das ist orange, und ziemlich gleißend. Wer auch immer das war, ist sehr stark.«

»Und das bedeutet jetzt was?«, fragt Felix und nimmt nicht nur mir damit die Worte aus dem Mund. Pierce ist näher gekommen, um ja nichts zu verpassen.

»Keine Ahnung«, gibt Lucas mit einem frustrierten Seufzen zu. »Sowas habe ich noch nie gesehen. Nur Grün bei Milla und Rot bei Evan, aber definitiv kein Orange.«

»Bei Milla?«, frage ich und erst jetzt fällt mir ein, wie kritisch der Zustand von Isas Mitschülerin ist.

»Ich glaube, das Grün war die Fae-Magie ihrer Rune«, sagt Lucas und zuckt mit den Schultern. »So gut kenne ich mich noch nicht mit den Farben und ihrer Bedeutung aus. Das ist alles noch sehr neu, aber ... Ich glaube wirklich nicht, dass es eine Hexe war, der Isa hier begegnet ist.«

»Fuck, und jetzt?«, fragt Felix, doch können wir alle nur mit den Schultern zucken.

»Keine Hexe ... Keine Hexe ...«, murmele ich und überlege, wer das sonst gewesen sein könnte. *Wer kann sonst Magie wirken und Isa aufgelauert haben?*

»Shit!«, presse ich hervor, als es mir praktisch wie Schuppen von den Augen fällt. »Irving.«

»Hm?« Felix, der eben noch die Mitarbeiter des Instituts bei ihren Untersuchungen verfolgt hat, eilt wieder zu uns zurück. »Der nervige Gaul?«

»Er wäre jedenfalls ein magisches Wesen, das Magie nutzen kann. Keine Hexe, aber trotzdem sehr mächtig«, sage ich und mir wird flau im Magen. »Man wird nicht ohne Weiteres zum Oberhaupt der Wasserwesen.«

»Und er war derjenige, der Isas Spur bis hierher verfolgt hat?«, fragt Pierce mit gerunzelter Stirn, als er begreift, worauf ich hinauswill.

Ich nicke und muss mich wirklich zusammenreißen, um meine Magie unter Kontrolle zu halten. »Was ist, wenn ...?«

Bevor ich meine Theorie ausformulieren kann, dringt das Dröhnen von Motoren zu uns herüber. Scheinwerfer tauchen hinter den Bäumen auf und zerteilen die Dunkelheit. Kurz darauf werden sie ausgestellt und Türen zugeknallt.

»Graham? Felix? Wo steckt ihr, verdammt?«, brüllt eine verärgerte Stimme durch den Wald.

Onkel Jasper.

»Fuck! Was macht denn der Alte hier?«, knurrt Felix und fährt in Richtung der Stimme herum. »Ich dachte er und Onkel Rich pennen.«

»Das dachte ich auch«, presse ich hervor. Ich schlucke. Nun gesellt sich zum Entsetzen über Irvings mögliche Involvierung in Isas Verschwinden auch noch die Unmut über die Anwesenheit meines Onkels hinzu.

»Bleib du hier und schau dich weiter um. Ich kümmere mich um ihn«, weise ich Isas Bruder an, ehe ich Felix in Richtung der Autos und damit auch zu Onkel Jasper folge.

»Seid ihr beide nicht mehr ganz bei Trost, oder was? Was zum Teufel tut ihr hier?«, fährt uns Jasper an, noch bevor wir ihn erreicht haben. Mit bebenden Schultern und mehreren Wachen tritt er in den

Lichtkegel der Scheinwerfer. Seine goldenen Augen funkeln vor Wut.

Unter anderen Umständen hätte ich sicher klein beigegeben, aber hier geht es um Isa, Joana und die Vermissten. Angespannt balle ich meine Hände zu Fäusten.

Wenn auch nur die leiseste Chance besteht, sie mit Lucas' Gabe zu finden, müssen wir das nutzen.

»Richard hatte dir befohlen, dich auszuruhen, Graham«, knurrt Jasper und positioniert sich breitbeinig vor uns.

»Und dir ebenfalls, Onkel«, erinnere ich ihn und verschränke die Arme vor der Brust. »Ich könnte dir die gleiche Frage stellen: Was machst du hier?«

Jasper schnaubt. »Werde nicht frech, Sohn.«

»Also, ich finde, das ist eine sehr gerechtfertigte Frage, *Vater*«, kommt Felix mir zur Hilfe. Er mustert Jasper mit dem gleichen Blick, den dieser uns zuwirft: eine Augenbraue weit nach oben gezogen und die Lippen geschürzt. Felix ist zwar schlanker als sein Vater, nicht so muskelbepackt, aber die Ähnlichkeit ist dennoch unverkennbar.

»Halt du dich da raus, Felix«, knurrt Jasper. Er tritt so eng an mich heran, dass ich die Magie spüren kann, die sich in winzigen blauen Blitzen um ihn herum entlädt.

»Du solltest nicht so nah an die Spuren ran«, warne ich Jasper und packe ihn am Arm, um ihn wegzuzerren.

Wütend reißt er sich von mir los.

»Sag du mir nicht, was ich zu tun habe«, faucht er und für einen kurzen Moment fürchte ich, er könnte mir für meinen Ungehorsam eine Ohrfeige verpassen.

Wäre nicht das erste Mal, denke ich, auch wenn er es bisher nur getan hat, wenn wir allein waren. Hätte Mutter davon erfahren, hätte sie ihm vermutlich den Kopf abgerissen.

»Die Anweisung kommt von den Spezialisten. Zu viel fremde Magie könnte die Spuren unkenntlich machen«, erkläre ich und bin um einen ruhigen Ton bemüht. Dabei deute ich in die Richtung, in der die Agenten und Lucas die Spuren untersuchen.

Pierce steht auf halbem Weg zwischen uns und scheint sich nicht recht in Jaspers Nähe zu trauen. *Kann man ihm nicht verübeln.*

»Spezialisten?« Jasper schnaubt und schüttelt den Kopf. »Diesen Typen vom Institut kann man doch keine fünf Meter weit trauen.«

»Bist du deswegen mit deinem Schlägertrupp da, oder was?«, wirft Felix ein und deutet auf die fünf Wachmänner, die vor ihren Jeeps auf Jaspers Rückkehr warten. Deputy Smith steht einige Meter weit entfernt und fährt sich immer wieder durchs blonde Haar. Er sieht aus, als würde er wegrennen wollen.

»Nur, wenn ich den Job selbst übernehme, kann ich sicher sein, dass nichts vermasselt wird«, sagt Onkel Jasper und zuckt mit den Schultern. »So war es mit dem Menschenjungen und ist es jetzt mit diesen verdammten Spuren.«

»Tu, was du nicht lassen kannst, wir bleiben«, entgegne ich standhaft. »Lord Blight hat unsere Anwesenheit hier genehmigt, also ...«

»Blight ist ein ahnungsloser Waschlappen«, unterbricht mich Onkel Jasper und spuckt angewidert auf den Boden. »Wüsste Richard davon, hätte er dich eigenhändig zurück zur Akademie gezerrt.«

»Aber er ist nicht hier und Lord Blight hat ...«, setze ich zu einer Erwiderung an, doch ist Onkel Jasper nicht von seiner Einstellung abzubringen: »Überlasst das den Profis. Ihr habt doch noch nicht einmal die Ausbildung abgeschlossen und seid noch grün hinter den Ohren. Was wisst ihr denn schon?«

Gerade will ich uns verteidigen, will Jasper von Lucas' Gabe erzählen, doch tritt mein Onkel plötzlich dicht an mich heran. Ich kann seinen warmen, kaffeesauren Atem an meinem Ohr spüren, als er sich zu mir vorbeugt. »Und wenn du hier was versaust, könnte das Richards Position nur noch mehr gefährden.«

Grob packt er mich an der Schulter und schüttelt mich durch. »Und bei deiner Vorgeschichte ... Wäre nicht das erste Mal, dass du deinen lieben Vater enttäuschst, nicht wahr?«

Jasper braucht es nicht auszusprechen. Ich weiß auch so, was er meint. Die Sache mit Emilia, die ich seit zwei Jahren zu vergessen versuche. Erst mit allem möglichen Zeug, das Felix unter den Schülern der Darkwood vertickt, später durch eisernes Verdrängen. Eine Weile lang ist es mir auch gelungen, meine größte Schande zu vergessen. Isa zu treffen, hat mir damit geholfen, aber jetzt ...

»Wie du willst«, stoße ich hinter zusammengepressten Zähnen hervor und stapfe in Richtung des Geländewagens davon.

»Scheiße, Gray, das kannst du doch nicht ernst meinen!«, zischt Felix, als er mich einholt und an der Schulter zurückreißt. »Wir waren so verdammt nah dran.«

»Hol Lucas und Pierce, wir fahren«, sage ich und löse Felix' Finger von mir.

Seine Augen weiten sich, als er begreift, dass es noch nicht vorbei ist. Dass ich nicht so einfach aufgeben werde. »Fuck! Mann, du gerissener Scheißer! Ich dachte, das wär's.«

»Leise! Es reicht, wenn dein Vater das glaubt«, entgegne ich mit einem schwachen Lächeln und nicke in Richtung der anderen. »Das Wichtigste haben wir dank Lucas doch schon erfahren. Keine Hexe, aber trotzdem mächtig.«

Wütend balle ich die Hände zu Fäusten. *Glen Irving, wenn ich dich in die Finger bekomme …*

KAPITEL 17

Lucy

»Isadora, wie geht es ...? Was macht ihr denn alle hier?«, fragt Paoli, als sie nach drei weiteren Ausbrüchen von Millas Zauberkräften endlich im Saal auftaucht. »Sage, geht es dir wieder besser?«

»Professor? Wir haben uns ... Wir dachten, ...«, rufe ich und springe von meinem Schemel neben Millas Bett auf.

»Oh, den Mächten sei Dank!«, unterbricht mich Professor Basil mit einem erleichterten Ausruf und rappelt sich von ihrem Stuhl auf. Seit Lana mit Cally und Maria in die Bibliothek zurückgekehrt ist, ist unsere Professorin immer wieder vor Erschöpfung eingeschlafen, aber sie will uns nicht mit Milla allein lassen. Und dafür bin ich Basil sehr dankbar. Ich habe nämlich keinen Plan, wie ich unserer Freundin helfen kann.

Ob das überhaupt möglich ist?

Sage und ich haben nur herumgesessen, höchstens mal frisches Wasser für Millas Wadenwickel geholt. Zu mehr sind wir gerade sowieso nicht zu gebrauchen. Aber dass unsere Schulleiterin endlich zurück ist, ändert einiges an unserer miesen Laune. Ich brauche weder Sage anzugucken, noch über ihre neue Gabe zu verfügen, um zu wissen, dass auch in ihr die Hoffnung erwacht.

Sage muss auch klar gewesen sein, wohin unsere Schulleiterin so plötzlich verschwunden ist. Zu den Fae. Es gibt keine andere Erklärung. Wie ich wirkt meine beste Freundin überrascht, dass Professor Paoli in einem Stück zurückgekehrt ist.

»Haben Sie einen Weg gefunden, um Milla ...?«, frage ich, als sich Professor Paoli von ihrer Kollegin losmacht, die sie spontan in die Arme geschlossen hat. So erleichtert, wie Basil, aber auch Sage aussehen, könnte man fast meinen, sie hätten längst ein Heilmittel für Milla gefunden.

»Was macht ihr drei hier?«, fragt Professor Paoli erneut und verschränkt die Arme vor der Brust. »Ich dachte, ihr würdet in der Bibliothek nach Informationen suchen.«

»Haben wir auch, aber ...«, setze ich an und erhalte glücklicherweise Unterstützung von Basil.

»Mara hat sich verausgabt und sie wollten Milla helfen, also ...«, sagt sie und zuckt mit den schmalen Schultern. »Du kennst doch unsere Mädchen.«

Mit einem müden Lächeln dreht sich die alte Kräuterhexe zu uns um und tätschelt mir den Arm. »Gehen durch Dick und Dünn. Die anderen suchen noch nach Informationen über die Rune.«

»Das hätte ich mir denken können«, murmelt Paoli und seufzt leise. »Geht es Milla besser?«

»Besser?«, fragen Basil, Sage und ich gleichzeitig, ehe wir den Kopf schütteln.

»Die Ausbrüche ihrer Magie häufen sich und werden stärker, wie es scheint«, informiert Basil sie und hockt sich wieder auf ihren Platz neben Millas Bett. »Oder wie schätzen Sie das ein, Miss Blight?«

Tamsin, die als Einzige von uns einigermaßen zu gebrauchen ist, hat die letzten Ausbrüche abgeleitet, damit Milla nicht auch noch die Schule in die Luft jagt.

Sie zuckt mit den Schultern. »Ich glaube schon.«

»Okay ...«, wispert Professor Paoli und reibt sich übers Gesicht. Sie denkt einen Moment nach, ehe sie sich wieder zu uns umdreht.

»Haben Sie denn noch etwas rausfinden können, Professor?«, fragt Sage besorgt. »Sie waren doch bei den F...«

»Nein, gar nichts«, unterbricht Paoli sie forsch und viel zu schnell.

Stirnrunzelnd mustere ich sie, doch weicht Paoli meinem Blick aus. *Merkwürdig ...*

»Lana und die anderen suchen noch nach Informationen habt ihr gesagt?«, fragt sie niemanden bestimmten, was wir nickend bestätigen. »Gut, das ist gut. Dann können sie schon mal nicht ...«

»Wie war das?«, frage ich und trete näher an unsere Schulleiterin heran. »Was können sie nicht? Und wo waren sie überhaupt? Im Wald, oder was?«

»Hm? Wie kommst du denn darauf?«, fragt Paoli mit weit aufgerissenen Augen. Ihre Stimme ist ein Tick zu hoch, als hätte ich sie auf frischer Tat ertappt.

»Na, ihr Kleid ist ganz dreckig. Und da ... Sind sie hingefallen? Haben Sie sich wehgetan?«, frage ich, als ich auf dem fliederfarbenen Stoff ihres Kleids einige Löcher und Schlammspuren entdecke.

»Nein, nein, alles in Ordnung«, wimmelt mich Professor Paoli ab, aber ein kurzer Blick auf Sage reicht, um zu wissen, dass wir ihr beide kein Wort glauben.

Professor Basil ist leider keine große Hilfe. Sie schnarcht schon wieder, den Kopf auf den Rand des Krankenbetts gelegt.

»War sie die ganze Zeit auf den Beinen?«, fragt Professor Paoli und deutet auf ihre Kollegin.

Sage und ich zucken mit den Schultern. »Ich glaube schon. Sie und Mum sahen vorhin schon ziemlich fertig aus.«

»Und Mara schläft jetzt?«

»Ja, Basil hat ihr einen Schlaftrank gegeben«, sage ich und zucke zusammen, als Milla einen spitzen Schrei ausstößt.

Basil schreckt aus ihrem Schlaf hoch und kann gerade noch ausweichen, als Milla eine Welle ihrer Magie freilässt. Tamsin fängt sie mehr schlecht als recht ein. Paolis Fingerspitzen leuchten auf, als sie ihr zur Hilfe kommt. Ihre blonden Locken kringeln sich stärker als zuvor, kaum dass sie ihre Magie mit der von Milla und Tamsin verwebt, ehe sie die bunte Wolke aus Licht in den Kamin leitet.

Bei ihr sieht das viel eleganter aus als bei Tamsin oder Mum, denke ich und kann ein Gähnen nicht mehr unterdrücken.

Von mir angesteckt gähnen auch Professor Basil und Sage laut, was uns zumindest einen Moment lang lachen lässt, bis Millas Wimmern wieder durch den Saal brandet.

»Isadora, geh und ruh dich aus, ich übernehme. Sie braucht dich morgen wieder«, weist Paoli ihre Kollegin an.

Anders als Mum protestiert Basil nicht, sondern schleppt sich die knarzenden Stufen über Millas

Bett hinauf in den ersten Stock. Dort befindet sich einerseits die Kräuterkammer direkt über dem Saal, aber auch der Zugang zu Professor Basils privatem Zimmer.

»Und ihr legt euch auch besser eine Weile lang hin«, wendet sich unsere Schulleiterin nun an uns, ein schwaches Lächeln auf den Lippen. »Ich hätte nicht gedacht, dich so früh wieder auf den Beinen zu sehen, Sage. Das freut mich wirklich.«

»Cally sei Dank«, sagt Sage mit einem Seufzen und umfasst den Anhänger, der an einer silbernen Kette um ihren Hals hängt.

Überrascht blickt Professor Paoli auf. »Cally?«

»Ist doch egal, Hauptsache Sage ist wieder da und wir können auf Milla aufpassen«, unterbreche ich sie, weil Milla begonnen hat, leise zu wimmern.

»Keine Sorge, Mädchen, ich übernehme jetzt«, verspricht Paoli und nimmt mir den Lappen aus der Hand, um Milla damit die Stirn abzutupfen. »Geht jetzt schlafen. Wenn Milla morgen aufwacht, wird sie eure Unterstützung brauchen, um schnell wieder zu Kräften zu kommen.«

»Wenn Milla aufwacht?«, frage ich verwirrt und drehe mich zu Sage um.

Habe ich vorhin was verpasst?

Sage zuckt mit den Schultern. »Heißt das, sie haben doch einen Weg gefunden, Milla zu helfen. Bei den F...«

»Den Fae«, spreche ich es endlich aus.

Professor Paoli zuckt zusammen, antwortet aber nicht. In ihr arbeitet es, als müsste sie überlegen, was sie sagen soll, aber so, wie sie aussieht, mit den dreckigen Klamotten ...

Bei Isobels Strick! Die hat wirklich Mut, denke ich. Um Milla zu retten, war ich zwar auch bereit, die Fae aufzusuchen, aber dass Paoli es tatsächlich getan und überlebt hat ...

»Nein, nein. Ich habe es einfach im Gefühl, dass es ihr bald besser gehen wird«, entgegnet die Schulleiterin und wendet uns abrupt den Rücken zu.

»Im Gefühl?«, frage ich zweifelnd. Zwar weiß ich von ihrer Gabe, die Zukunft sehen zu können, aber das kommt mir dann doch etwas weit hergeholt vor. Vor allem, als Milla wieder so kläglich aufstöhnt und sich in ihrem Bett hin und her wirft. Tamsin und Paoli müssen sie festhalten, damit sie sich nicht dabei verletzt.

»Ja, im Gefühl, und jetzt geht. Ich habe hier alles unter Kontrolle«, entgegnet Paoli. Ihre Stimme ist scharf und lässt nicht nur mich zusammenzucken. Von Mrs. Crumple sind wir einen solchen Tonfall zwar gewohnt, ab und an auch von Professor Flint, nicht aber von unserer sonst so freundlichen Schulleiterin.

»Aber ...«, protestiere ich und werfe Tamsin und Sage einen misstrauischen Blick zu.

Tamsin zuckt bloß mit den Schultern und steht von ihrem Platz neben Millas Bett auf. Sage hat die Augen zu Schlitzen verengt und mustert Paoli mit schräggelegtem Kopf.

Spürt sie etwas bei ihr?

Mit einem Seufzen gibt es Sage auf und schiebt mich dann auf die Tür zu. »Lass uns gehen.«

»Was? Ja, aber ...«, stammele ich, doch da hat sie mich schon mit bedeutungsvollem Blick gepackt und hinter sich hergezerrt.

»Mann, was soll das denn?«, frage ich, als wir die Eingangshalle erreichen und Tamsin die Tür zum Saal hinter uns schließt. »Wir können sie doch nicht einfach so allein lassen, Sage! Was ist, wenn sie einschläft wie Basil die ganze Zeit?«

»Ich weiß, aber ...«, murmelt meine beste Freundin und reibt sich die Schläfen. »Wir sollten tun, was sie sagt.«

»Sag du mir nicht auch noch, dass du so ein blödes Gefühl hast«, murre ich und rolle mit den Augen. »Das war doch klar gelogen, oder nicht?«

»'Türlich war das gelogen«, sagt Sage mit einem frustrierten Schnauben.

»Aber Paoli wird ihre Gründe haben, stimmt's? Sonst würde sie euch nicht wegschicken«, mischt sich Tamsin ein und stellt sich zu uns.

»Ja, aber wir wissen doch alle, dass es diesmal mit ein bisschen Schlaf und ekeligen Kräutertees nicht getan ist«, entgegne ich so laut, dass mich Paoli vermutlich noch hören kann.

Sage wirft mir einen mahnenden Blick zu und zieht mich von der Tür weg, bis wir vor dem Zugang zum Treppenhaus stehen. »Schon, aber sie will genauso sehr wie wir, dass es Milla wieder besser geht. Und wenn wir dafür verschwinden müssen ...«

Erstaunt reiße ich die Augen auf. »Verschwinden? Was meinst du denn damit? Hast du was bei ihr gespürt?«

Sage saugt tief die Luft ein und zuckt mit den Schultern. »Eine ganze Menge sogar, nur habe ich keine Ahnung was es bedeuten soll. Ärger, aber auch Angst und ... es kam mir vor wie Verwunderung.«

Tamsin und ich tauschen einen verwirrten Blick. »Verwunderung?«

Sage nickt. »Eine Menge davon. Als könnte sie irgendwas nicht glauben.«

»Dass Milla ... Dass sie sterben könnte?«, presse ich hervor. Ich will es ja selbst nicht wahrhaben, dass es darauf hinausläuft, wenn wir nicht schleunigst etwas finden, um diese verdammte Rune zu brechen.

»Nein, nicht das. Das wäre eher wie Entsetzen«, sagt Sage und massiert sich wieder die Schläfen. Das Gesicht hat sie verzogen, als hätte sie Schmerzen. Trotz Callys magischem Amulett ist das alles noch Neuland für Sage. Plötzlich komme ich mir dumm vor, sie so zu bedrängen.

»Was ich bei ihr spüre ... Das ist eher positiv?«

»Positiv?«, murmele ich und sauge scharf die Luft ein. »Also hat sie doch einen Weg gefunden, ihr zu helfen.«

»Aber doch nicht bei den Fae, oder?«, fragt Tamsin mit erstickter Stimme und schluckt hörbar. Sie ist ein ganzes Stück blasser geworden, sodass ihre Sommersprossen noch deutlicher hervorstechen.

Sage zuckt mit den Schultern. »Ich weiß es nicht, aber ich mach' mir Sorgen. Was ist, wenn sie 'nen Handel eingehen musste oder so?«

»Wenn die Fae Milla helfen, dann ist das sehr wahrscheinlich«, sage ich und denke an die vielen Bücher über dieses rätselhafte Volk, die wir überflogen haben. »Umsonst gibt es bei denen nichts, vor allem für uns Hexen nicht.«

»Was meint ihr, dass sie ...?«, flüstert Tamsin mit stockender Stimme, zuckt dann erschrocken zusammen, als die Eingangstür aufgestoßen wird.

»Ähm? Hallo? Kann mir mal jemand helfen?«, ruft eine Männerstimme und zwei in dunkle Mäntel gekleidete Agents stolpern in die Eingangshalle.

»Mann, Finchley, jetzt beweg dich doch mal, verdammt!«, knurrt der Agent. Von seinem Begleiter kommt nur ein Stöhnen.

»Lucas?«, frage ich, als ich ihn erkenne. Isas Bruder ist käsebleich und scheint Schwierigkeiten zu haben, die Augen offen zu halten. Die Sonnenbrille sitzt krumm auf seiner Nasenspitze. Wüsste ich nicht, dass er vorhin aufgebrochen ist, um nach Isa zu suchen, hätte ich geglaubt, er wäre sturzbetrunken.

»Was ist mit ihm?«, frage ich und komme dem anderen Agent zur Hilfe. Es ist der gleiche, der uns vorhin von Evans Gefangennahme berichtet hat.

»Keine Ahnung. Sind wohl Nebenwirkungen seiner Begabung«, sagt er und schleift Lucas aufs Treppenhaus zu. »Als wir in den Wagen gestiegen sind, ging's ihm noch einigermaßen gut, aber kaum war Lucas angeschnallt ...«

»Also hat er im Wald wirklich was gefunden?«, frage ich und tausche einen Blick mit Tamsin und Sage, die über diese Neuigkeiten mindestens genauso aufgeregt sind.

»Ja, aber dann kam die rechte Hand des Königs und ...«, ächzt der Agent und bleibt mitten auf der Treppe stehen. »Helfen Sie mir doch mal, Mensch!«

»Was glauben Sie denn, dass ich tue, hm?«, frage ich und will ihm einen wütenden Blick zuwerfen, doch sackt Lucas da mit voller Wucht nach vorn.

»Nich' streiten ...«, keucht er und macht sich so schwer, dass wir zusammenbrechen.

»Ist sein Vater hier? Agent Finchley kann sicher mehr für ihn tun als wir«, sagt Lucas' Kollege und gibt es auf, ihn die Treppen hinaufzubugsieren.

»Der schläft, wahrscheinlich noch eine Weile«, sage ich und hocke mich seufzend neben ihn und Lucas auf die mit Teppich ausgekleideten Stufen. Nach dem ganzen Chaos mit Milla bin ich komplett am Ende. Und das Samhain-Ritual steckt mir auch noch in den Knochen.

»Na super, und Agent Rowlands geht nicht an ihr verdammtes Handy«, murrt der Agent, nachdem er erneut versucht hat, jemanden anzurufen.

»Wer ist denn Agent Rowlands?«, fragt Sage und kommt zusammen mit Tamsin zu uns.

»Heißt sie zufällig Elin?«, frage ich.

»Ja, genau.« Lucas' Kollege nickt.

Ich schlucke, weil mir plötzlich flau im Magen wird. »Und was hat sie mit Lucas zu schaffen?«

Sage wirft mir einen irritierten Blick zu.

Verlegen kratze ich mich am Kopf und spüre, wie mir die Hitze in die Wangen steigt. »Ähm ... Na, ich meine, woher soll sie wissen, was wir mit ihm tun sollen?«

»Rowlands war vor Lucas Deputy bei seinem Vater. Die beiden sind sehr gut befreundet«, sagt der Agent und grinst plötzlich verschmitzt. »Es geht sogar das Gerücht rum, dass Lucas ab und an was mit ihr hat.«

So, wie der Agent mit den Brauen wackelt, kann ich mir schon vorstellen, was er meint. Augenblicklich zieht sich mir mein Herz zusammen und lässt mich von Lucas zurückweichen. War er deswegen so mit seinem Handy verwachsen, als wir in der Bibliothek nach Informationen gesucht haben? Weil er auf eine Nachricht von dieser Elin gewartet hat?

»Können wir ... ähm ... Ich würde ihn echt gern in sein Zimmer bringen«, sagt der Agent. Er zerrt an Lucas' Arm herum, schafft es aber nicht, ihn zum Aufstehen zu bewegen. »Können Sie mir wenigstens sagen, wo es ist?«

Jetzt bloß nicht heulen, Lucy. Bloß nicht heulen, denke ich und wende schniefend den Blick ab.

Ist das schon dieser verdammte Familienfluch? Will er mich direkt ins Unglück stürzen, bevor ich überhaupt auch nur in den Genuss gekommen bin von ...?

»Ich bringe Sie hin, Sir«, bietet Tamsin glücklicherweise an und schiebt sich zwischen Lucas und mir, um seinem Kollegen zu helfen.

»Sir? Ich? Ähm ... Smitty ist mir lieber«, höre ich den Agenten sagen, bevor er ächzend und fluchend Lucas vom Boden hochstemmt und Tamsin durch die Akademie folgt.

»Alles okay?«, fragt Sage, als die Schritte der drei verklungen sind. Sie hält mir die Hand hin, doch ziehe ich mich alleine am Treppengeländer hoch. Nicht, dass sie auch noch spürt, was in mir vorgeht. Wobei, so wie ich das vorhin verstanden habe, kann sie das auch ganz ohne Berührung.

»Klar. Was soll denn sein?«, murmele ich und stapfe weiter die Treppen hoch.

»Ja, aber das mit Lucas ...«, setzt Sage an und bekommt mich am Shirt zu fassen.

»Ich weiß echt nicht, was du meinst«, presse ich hervor. So wie meine Stimme zittert und meine Unterlippe bebt hätte mir Sage die Lüge auch ohne ihre Gabe angesehen.

Zweifelnd zieht sie eine Augenbraue nach oben. »Sicher?«

»Todsicher«, presse ich hervor und eile davon, damit sie nicht noch weiter nachbohren kann. Wir haben bei Weitem schlimmere Sorgen als meinen Herzschmerz.

Ist wahrscheinlich auch besser so, rede ich mir auf dem Weg zu Tamsins Zimmer ein. *Dann wird Lucas wenigstens nicht vom Fluch getroffen.*

Was ich so von Mum und meiner Großmutter über die Auswirkungen des Fluchs gehört habe, geht es für beide Seiten nicht gut aus. Mein Grandpa ist zum Beispiel tödlich verunglückt, während meine Großmutter zugucken musste und ihm doch nicht helfen konnte.

Was mit meinem Dad ist …

Mum redet nie über ihn, aber so traurig wie sie dann immer aussieht, wenn ich sie doch mal nach ihm gefragt habe, ist das auch alles andere als gut ausgegangen.

Da hast du noch einmal Glück gehabt, Finchley, denke ich und werfe mich auf eines der Betten in Tamsins Zimmer.

»Ich finde, du solltest ihn noch nicht aufgeben«, höre ich Sage sagen, als sie die Decke über mir ausbreitet und mir tröstend über den Rücken streicht. »Das sind sicher nur Gerüchte.«

»Lass uns einfach nie mehr darüber reden, ja?«, murre ich und wickele mich fest in die Decke ein. Ich will jetzt einfach für mich sein.

Und obwohl Sage sicher noch einiges zu sagen gehabt hätte, lässt sie mich in Ruhe.

KAPITEL 18

Milla

Seit Ewigkeiten bin ich in endlosem Feuer gefangen. Wäre es echt, hätte mein Körper längst verbrannt sein müssen, aber es will einfach nicht aufhören. Eigentlich hätte nichts mehr von mir übrig sein sollen, doch das Feuer brennt sich eisern weiter durch mich hindurch, bis ich mir wünsche, es wäre endlich alles vorbei.

Das ist bestimmt das Fegefeuer der Christians, von denen Dottie mir erzählt hat, denke ich, auch wenn ich keine Ahnung habe, wie ich dort gelandet sein soll. *Der böse Mann mit dem Messer ... Hat er mich auch ...?*

Bevor ich darüber nachdenken kann, überrollt mich eine neue Welle des Schmerzes und entreißt mir einen Teil meiner Magie. Seit Stunden, vielleicht sogar Tagen geht das nun schon so. In meinen klaren Momenten gehen mir immer die gleichen Fragen durch den Kopf.

Wie lange werde ich noch durchhalten?
Warum passiert das überhaupt mit mir?
Was habe ich getan, dass ich ... dass ich ...?

Ich schreie auf, als das Feuer an Intensität zulegt, entkommen kann ich ihm jedoch nicht.

Wenigstens bin ich nicht allein, denke ich und blicke mich in der Feuersbrunst um. Hin und wieder sehe ich sie zwischen den Flammen auftauchen, meine Eltern, die selbst hier über mich wachen, mir aber auch nicht helfen können. Dass sie dennoch bei mir sind, wo ich doch so lange von ihnen getrennt gewesen bin, spendet mir Trost und macht diese Tortur zumindest etwas erträglicher.

Ab und an höre ich Stimmen oder habe das Gefühl, jemand würde mich berühren, doch gibt es bis auf die Flammen nichts mehr. Das gesamte falsche Newton-Manor haben sie verschlungen, mich aber aus irgendeinem Grund nicht zerstören können.

Noch nicht, aber irgendwann ...

Ich stöhne, weil ich mich davor fürchte, auf Ewig hier gefangen zu sein. Ständig diese furchtbaren Schmerzen zu spüren ...

Womit habe ich das verdient?

Wieder höre ich Stimmen, diesmal sehr laut und ganz nah bei mir. Suchend blicke ich mich in den Flammen um, kann aber nichts erkennen. Natürlich nicht.

Kann es nicht einfach aufhören?, denke ich und zucke zusammen, als ich plötzlich etwas Kaltes in meiner Hand spüre. Prüfend halte ich sie mir vor die Augen. Sie ist leer, von Brandblasen und gerötetem Fleisch überzogen. Doch das Gefühl verschwindet nicht, wie all die anderen Berührungen zuvor.

Wenn überhaupt weitet es sich aus. In meinem Nacken spüre ich es noch deutlicher, seufze wohlig auf, als es sich sanft erst in mir, dann auch in meiner gesamten Umgebung ausbreitet.

Wütend zischen die Flammen und werden mehr und mehr von der Kälte zurückgedrängt, bis sie ganz erloschen sind, ebenso die furchtbaren Schmerzen, die sie mir bereitet haben.

Blinzelnd blicke ich mich um. Jetzt da das Feuer verschwunden ist, ist es hier düster. Die strahlende Sonne und die unbeweglichen Wolken, die ich vor dem Ausbruch des Feuers noch am Himmel gesehen habe, sind einem vollen Mond und leuchtenden Sternen gewichen.

»Asalya«, wispert jemand hinter mir.

Erschrocken wirbele ich herum und ducke mich im nächsten Moment hinter ein Trümmerteil. Einst muss es eine Wand im falschen Newton-Manor gewesen sein. Ein fremder Mann steht ein paar Meter von mir entfernt in der Ruine meines Zuhauses. Er trägt dunkle Roben und hat die Hand fordernd nach mir ausgestreckt.

»Keine Angst, Kleine. Ich tue dir nichts«, sagt er sanft, als er mich hinter den Trümmern entdeckt. Ganz langsam kommt er auf mich zu, wie um mich nicht zu erschrecken.

Ich weiß nicht wieso, aber ich habe das Gefühl, dass ich ihm vertrauen kann. Er kommt mir bekannt vor, nur kann ich mich nicht erinnern, woher.

Hat er die Flammen vertrieben?

»Komm, wir haben viel zu besprechen«, sagt der Mann, als er mich fast erreicht hat und streckt mir wieder die Hand hin. Seine Haut ist blass im fahlen Mondschein und seine Haare schimmern bläulich im Sternenlicht.

»Was denn?«, wispere ich. Ich traue mich aber nicht, seine Hand zu ergreifen. Ich kenne den Mann nicht und Großmutter hat gesagt, dass ich nicht mit

Fremden mitgehen darf, erst recht nicht mit fremden Männern. Und gegen seine leuchtenden Haare hätte sie sicher auch etwas auszusetzen gehabt.

»Setz dich, Asalya«, sagt er mit einem Lächeln und deutet auf einen Berg aus Schutt.

»Wer ist Asalya?«, frage ich, weil ich den Namen noch nie gehört habe.

Der fremde Mann lächelt schwach und lässt sich auf einem großen Trümmerteil nieder. »Na, du.«

Hä? Ich heiße doch Camilla und nicht Adingsda, denke ich und schüttle den Kopf. Der tut mir noch immer ein bisschen weh. Wahrscheinlich ist durch das Feuer einfach etwas in meinem Hirn durcheinandergeraten. *Deswegen der komische Name.*

»Darf ich jetzt in mein richtiges Zuhause?«, frage ich hoffnungsvoll. Ich bin zwar froh, dass das Feuer erloschen ist. Mit ihm sind aber auch meine Eltern verschwunden, wie es scheint. Ohne sie ist es hier nur trostlos und einsam, selbst mit diesem Fremden mir gegenüber.

»Bald, aber erst müssen wir reden«, sagt dieser und schenkt mir ein trauriges Lächeln. »Es tut mir leid, dass du so lange leiden musstest. Ich wusste nicht, dass die Rune dir das antun würde.«

Verwundert runzele ich die Stirn. *Rune? Wovon redet er?*

»Aber ich hätte es wissen müssen, dass sie nicht ohne Nebenwirkungen bleiben wird. Dein Vater hat sie schließlich eigens für dich konstruiert. Sie war völlig unerprobt und ...«, murmelt der Fremde. Er scheint plötzlich ganz verzweifelt zu sein, so wie er sich die schimmernden Haare rauft und den Kopf schüttelt. »Es tut mir wirklich leid, Kleine. Kannst du mir verzeihen?«

»Wieso denn? Du hast mir doch nicht wehgetan, oder?«, frage ich und lege den Kopf schief. »Du hast doch gemacht, dass es aufhört, stimmt's?«

Der Fremde lächelt schwach und nickt. »Stimmt. Aber ich wünschte, ich hätte dir früher geholfen ...«

»Hast du gesagt, dass mein Papa das ...? Hat er das gemacht?«, frage ich und reibe mir den Nacken, wo ich noch einen Hauch der Kälte spüre, die die Flammen vertrieben hat. »Ist er ein böser Mann?«

»Dein Vater?«, fragt der Fremde und schüttelt eilig den Kopf. »Nein, er ist kein böser Mann, alles andere als das.«

»Echt?«, frage ich überrascht. So wie der Fremde spricht und sich seine Augen mit Tränen füllen ... »Kennst du meinen Papa?«

Er schnieft und nickt. »Er wollte dir damit nicht wehtun, Asalya, das musst du mir glauben. Er wollte dich damit beschützen.«

»Beschützen? Aber wovor?« Neugierig beuge ich mich vor. Obwohl das alles in meinem Kopf stattfindet und wahrscheinlich nur Einbildung ist, will ich doch hören, was dieser Mann zu erzählen hat. So viel hat noch nie jemand in meiner Gegenwart von meinen Eltern geredet. Und vielleicht stimmt das ja sogar?

»Vor ... den bösen Leuten«, sagt der Mann zögerlich und ballt die Hände zu Fäusten. »Wüssten sie, dass du existierst ...«

»Würden sie mir wehtun?«, frage ich ganz leise, weil er nicht mehr weiterspricht.

Der Fremde nickt, schaut mich aber nicht an.

»Ja, aber warum denn? Hab' ich was falsch gemacht?«

Schnell schüttelt er den Kopf und geht vor mir in die Knie. Ich bin zu langsam und kann ihm nicht ausweichen, als er nach meinen Händen greift. Aber er tut mir nicht weh, hält sie einfach nur fest, ganz vorsichtig. »Du hast nichts falsch gemacht, Kleine. Nichts davon ist deine Schuld oder die deiner Eltern.«

»Sondern die von den bösen Leuten?«, frage ich und bin mittlerweile überzeugt, dass das alles nur in meinem Kopf stattfindet. Kein Erwachsener würde so mit mir reden, oder?

Ich zucke mit den Schultern. *Es ist immer noch besser, als von diesem furchtbaren Feuer gequält zu werden.*

Wieder nickt der Fremde und streicht mir sanft über die Wange. »Du bist etwas ganz Besondcres, Asalya. Um dich zu beschützen, musste dein Vater genau das verbergen.«

Der Fremde seufzt und senkt den Blick, hält aber noch immer meine Hände fest. Seine Finger sind ganz lang und erst jetzt fällt mir auf, wie groß der Mann ist. Viel größer als alle Hexen in der White Oak Akademie oder der gruselige Onkel von Joana Waterhouse.

»Und deswegen hat er das mit mir gemacht?«, frage ich, weil ich das Schweigen des Fremden nicht mehr aushalte. Ich nicke in Richtung der Trümmerteile rings um uns herum.

»Ja, aber er wollte dir damit nicht wehtun. Das schwöre ich.«

»Okay. Ich glaube dir«, wispere ich und nicke. »Aber was ist dann passiert? Woher ist das Feuer gekommen? Was ist das hier überhaupt?«

»Es ist schwer zu erklären, ehrlich gesagt, weiß ich es selbst nicht genau. Aber ich denke, dass deine beiden Kräfte durch das Ritual an Samhain in Ungleichgewicht gekommen sind«, sagt er und blickt sich nun selbst in den Ruinen um.

»Beide Kräfte?«, frage ich verwirrt.

Der Fremde lacht leise und hockt sich wieder auf seinen Stein. »Dir entgeht aber auch nichts, was?«

»Nicht viel«, sage ich und bringe nach all diesen endlosen Qualen selbst ein Lächeln zustande.

»Du bist ein Kind zweier Welten, Asalya. Einzigartig und stark. Vergiss das nie«, sagt er, was mich den Kopf schütteln lässt.

»Ich bin gar nicht stark. Nur ängstlich. Alles ist so ... viel«, murmele ich und massiere mir die Stirn. »Die meisten sehen nicht mal die Hälfte von dem, was ich sehe ...«

»Es ist bestimmt nicht leicht«, sagt der Fremde und mustert mich wieder mit diesem traurigen Lächeln. »Aber du musst mir versprechen, dass du weiterkämpfst und stärker wirst, hörst du?«

»Aber ich weiß nicht ...«, setze ich an, aber da hat er plötzlich mein Kinn umfasst und bringt mich dazu, ihn anzusehen. Seine großen Augen sind so blau wie der Nachthimmel über uns und genauso endlos.

»Du musst aber, Asalya. Wenn du deine Eltern wiedersehen willst, musst du stärker werden«, sagt er in einem so eindringlichem Tonfall, dass ich augenblicklich nicke.

»Das heißt, sie ... sie leben noch?«, frage ich, weil Großmutter immer so getan hat, als wären sie tot.

»Ganz bestimmt«, sagt der Fremde, aber etwas an seiner Stimme klingt zweifelnd. »Bitte, versprich es mir. Versprich mir, dass du stärker wirst.«

Ich schlucke, als ich die Trauer in seinem Blick sehe und nicke schließlich: »Ich versprech's.«

Ein erleichtertes Lächeln erscheint auf dem Gesicht des Fremden und kurz streicht er durch meine Haare. »Dann mach die Augen auf, Kleine.«

»Aber sie sind doch schon …«, setze ich an, sauge dann aber überrascht die Luft ein, als die Trümmer meines falschen Zuhauses verschwinden und ich stattdessen an eine gezackte Holzdecke mit ganz vielen Spinnweben blicke.

Auch meine Position hat sich verändert. Ich sitze nicht mehr auf dem Geröllhaufen. Ich liege auf einer Matratze eingehüllt von mehreren Decken. Der Geruch nach Kräutern und Staub steigt mir in die Nase, so vertraut, dass ich sofort weiß, wo ich bin: im Mitternachtssaal der White Oak Akademie.

»Willkommen zurück«, flüstert eine Männerstimme neben mir.

Erschrocken fahre ich herum und entdecke den Fremden, der mir in meinem Traum erschienen ist. Er sitzt auf einem Stuhl neben dem Bett.

»Du bist ja doch echt«, wispere ich, was ihm ein leises Lachen entlockt.

»Ja, das bin ich wohl«, sagt er und streicht mir liebevoll das Haar aus dem Gesicht. Sein eigenes schimmert auch jetzt noch bläulich im Licht, das durch die Schlitze in den Vorhängen hereindringt.

»Du bist keine Hexe, oder?«, frage ich den Mann und mustere ihn genauer, jetzt da ich weiß, dass er real ist und keine Kreation meiner Fantasie.

Die Luft um ihn herum fühlt sich auch nicht so an wie bei Hexen. Nicht so schwer und drückend, sondern eher zugig und wild? Anders eben, besser kann ich es nicht beschreiben. Und trotzdem ist es mir fast so vertraut wie die Aura von Hexen. Als wäre auch das ein Teil von mir.

»Nein, bin ich nicht«, gibt der Fremde zu und streicht sich das Haar zurück. Dabei entblößt er ein spitzes Ohr, das ich schon einmal irgendwo gesehen habe. In einem unserer Schulbücher vielleicht?

»Und ich bin nicht tot, richtig?«, frage ich zur Sicherheit. Man kann ja nie wissen. Vielleicht sieht das Jenseits ja genauso aus wie das Diesseits.

»Nein, zum Glück nicht«, sagt der Mann. Er hantiert mit irgendetwas auf einem Beistelltisch neben meinem Bett herum.

»Gut, dann kann ich meine Eltern noch finden«, murmele ich und spüre, wie sich dieser Wunsch in mir festigt.

Eloisa Finchley hat auch begonnen, nach ihren echten Eltern zu suchen. Vielleicht können wir es zusammen schaffen. Und Lucinda Knight weiß auch nicht, wo ihr Papa ist. Wenn wir drei zusammenarbeiten, wird das schon klappen.

»Hier, Kleine, trink das. Danach geht's dir viel besser«, sagt der Fremde und reicht mir eine Tasse mit Wasser. Es riecht süßlich und fast hätte ich es sofort heruntergestürzt. Süßigkeiten, egal ob flüssig oder fest, gehen immer! Aber dann fällt mir wieder ein, was Großmutter dazu gesagt hat. Dass ich nicht einfach so trinken soll, was andere mir geben.

»Was ist das denn?«, frage ich ihn deshalb und schnuppere daran. Die Flüssigkeit ist ganz klar, aber es riecht wie Honig vermischt mit etwas, das ich nicht ganz zuordnen kann.

»Damit wirst du unser Gespräch vergessen. Zu deinem Schutz ist das das Beste«, sagt der Fremde und klingt plötzlich ganz traurig. »Aber eines Tages werden wir uns wiedersehen, das verspreche ich.«

»Aber ich will das nicht vergessen«, protestiere ich und weiche vor ihm zurück. Das würde ja auch bedeuten, dass ich nicht mehr wüsste, dass mein Vater mich vor den bösen Leuten beschützt hat. Oder dass ich stärker werden muss, um ihn und Mama wiederzusehen.

»Ich weiß. Ich wünschte, du müsstest es nicht«, sagt der Fremde und drückt kurz meine Schulter. »Trotzdem ... Es ist noch zu gefährlich.«

»Aber wir werden uns wiedersehen?«, frage ich und blinzele gegen die Tränen an. Auch wenn ich den Mann nicht kenne, nicht einmal seinen Namen weiß, kommt es mir so vor, als würde ich dadurch jemanden verlieren, der mir viel bedeutet.

»Ganz bestimmt«, sagt er und reicht mir den Becher.

»Wenn's soweit ist, darf ich mich erinnern?«, frage ich und warte, bis er nickt. Erst dann greife ich mit zittrigen Fingern nach der Tasse. Jetzt, da ich wieder wach bin, merke ich, wie sehr mich der Ausflug ins falsche Newton-Manor mitgenommen hat. Als könnten mir jeden Moment die Augen zufallen und ich tagelang schlafen.

»Wenn die Zeit gekommen ist, erzähle ich dir alles über deine Eltern«, sagt der Mann und hilft mir, den Becherrand an meine Lippen zu setzen.

»Versprochen?«, frage ich unsicher, weil ich ihm noch immer nicht ganz traue.

»Königliches Ehrenwort«, sagt er und legt sich lächelnd die freie Hand auf die Brust.

»Wird's lange dauern, bis wir beide uns wiedersehen?«, will ich wissen, weil ich noch nicht ganz loslassen kann. Dieser Mann scheint meine Eltern zu kennen und er ist der Einzige, der bisher so viel von ihnen erzählt hat. Jetzt diesen süßen Trank zu trinken, würde bedeuten, dass ich das aufgebe. Zumindest für eine Weile.

»Nein, nicht mehr lange«, sagt er und instinktiv spüre ich, dass es die Wahrheit ist. »Und wenn du das hier trinkst, wirst du gar nicht merken, wie viel Zeit vergehen muss.«

»Weil ich es vergessen hätte ...«, murmele ich und gebe mich schließlich geschlagen. Der Trunk ist so herrlich süß, dass ich glücklich aufseufze und sich nach der qualvollen Zeit in den Flammen endlich wieder ein Grinsen auf meinen Lippen ausbreitet.

»Der war g...«, setze ich an, aber meine Zunge ist plötzlich ganz pelzig und schwer. Mein ganzer Kopf beginnt zu kribbeln und dann fallen mir einfach so die Augen zu.

»Bis bald, Asalya«, höre ich den fremden Mann noch flüstern, dann bin ich eingeschlafen.

KAPITEL 19

Morgaine

Vorhin habe ich einen furchtbaren Moment lang geglaubt, Prinz Barrysthiel hätte sich unseren Handel doch anders überlegt. Jetzt stehe ich nervös vor der Tür zum Mitternachtssaal, um für ihn Wache zu halten, und wäre doch so gern bei Milla geblieben.

Was ist, wenn er ihr wehtut?, flüstert es panisch in mir und ruft meine Magie auf den Plan. Knisternd schlägt sie Funken und lässt mich erschaudern.

Ich balle die Hände zu Fäusten und schüttle den Kopf, um diesen Gedanken daran zu hindern, sich in mir festzusetzen.

Eben im Wald ...

Meine Intuition sagt mir, dass ich dem Prinzen trauen kann. Dass er Milla nicht wehtun, sondern ihr helfen wird. Und welche andere Option bleibt mir noch?

Das war die richtige Entscheidung, rede ich mir ein und nicke. Tief atme ich durch, um mich zu beruhigen, nicht, dass meine aufgeregte Magie noch jemanden auf mich aufmerksam macht. Eigentlich sollte ich im Saal sein, bei Milla, nicht hier draußen in der Eingangshalle.

Die Mädchen schlafen, sage ich mir und seufze erleichtert. So wie Lucy, Tamsin und Sage ausgesehen haben, wird es sicher eine Weile dauern, bis sie wieder hier auftauchen. Der Schreck um Millas Rune, aber auch die Auswirkungen des Samhain-Rituals haben ihre Spuren auf ihnen hinterlassen. »Ihr Armen ...«

Isadora und Mara werden sich auch eine Weile ausruhen, füge ich in Gedanken hinzu. Isadora hat vorhin ja kaum noch die Augen aufhalten können und bei Mara wird es ähnlich gewesen sein.

Aber was ist mit den anderen Schülerinnen?, denke ich besorgt und linse in den dunklen Gang, der zur Bibliothek und weiter zur Brücke hinüber zum Wassersaal führt. Kein Geräusch ist zu hören. Hoffentlich sind sie mit der Suche noch abgelenkt.

Dass sie in den Büchern aus der Darkwood etwas Hilfreiches finden werden, bezweifle ich. Vor ein paar Stunden hätte mir dieser Umstand Sorgen bereitet. Jetzt macht er mir aber nichts mehr aus. Was ich den Mädchen vorhin gesagt habe, war nicht gelogen: Ich habe wirklich ein gutes Gefühl, was Millas Genesung angeht.

Wenn jemand ihr helfen kann, dann der Prinz, rede ich mir ein, während ich vor dem Saal auf und ab gehe.

Trotz meiner Hoffnungen und meines Vertrauens in den geheimnisvollen Prinzen der Fae steigt meine Nervosität mit jeder verstrichenen Minute, die die Tür zum Saal verschlossen bleibt. Gerade, als ich hineinstürmen und nach dem Rechten sehen will, wird sie geöffnet. Eine stumme Einladung, endlich einzutreten.

Wilde, ungezügelte Magie liegt in der Luft und lässt mich erschaudern, als ich den Saal betrete und die Tür fest hinter mir schließe. Schnell eile ich hinüber zur Treppe, unter der sich Millas Krankenbett befindet. Prinz Barrysthiel sitzt auf dem Schemel daneben und wirkt viel zu groß dafür. Als würde er auf einem Möbelstück für Kinder hocken.

»Milla ...«, wispere ich und greife nach ihrer Hand. Sie liegt noch immer schlafend in ihrem Bett. Ein Teil von mir hat gehofft, sie würde sofort wieder aufspringen und Miss Marthas Cookies stibitzen.

»Hat es denn nicht ...?«, setze ich an, doch versagt mir die Stimme. Darüber nachzudenken, was mit Milla passiert, sollte selbst Prinz Barrysthiel ihr nicht mehr helfen können, treibt mir die Tränen in die Augen.

»Für wen hältst du mich, Hexe? Einen Stümper?«, murrt er und steht von seinem Schemel auf. Er scheint mit den Schatten im Saal zu verwachsen, als er seine langen Glieder ausstreckt und sich dann mit einem schwachen Lächeln zu mir umdreht. »Es geht ihr gut. Siehst du das denn nicht?«

Verwundert wende ich mich wieder Milla zu und unterziehe sie einer genauen Musterung. Sie wirkt friedlicher. Ihr Gesicht ist entspannt, nicht länger schmerzverzerrt und voller Schweiß. Und ihre Hand ist angenehm warm, nicht mehr so heiß wie zuvor.

»Das alles ... Es hat sie nur sehr angestrengt. Deswegen wird sie noch eine Weile schlafen«, fügt Prinz Barrysthiel hinzu, als er meinen zweifelnden Blick bemerkt.

»Und die Rune ...?«, murmele ich und drehe vorsichtig Millas kleinen Kopf zur Seite, um einen Blick auf ihren Nacken werfen zu können. »Sie ist weg.«

»Ganz genau«, sagt Prinz Barrysthiel mit einem Seufzen und stellt sich neben mich.

»Heißt das, Ihr konntet die Rune brechen? Oder auflösen?«, frage ich, in der Hoffnung, etwas mehr über die Magie der Fae zu erfahren. Wenn es Milla getroffen hat, wer sagt denn, dass es nicht auch bei meinen anderen Schülerinnen passieren könnte?

Ich bezweifle, dass der Prinz ihnen dann helfen würde, denke ich verdrossen, bin ihm aber dankbar, dass er sich wenigstens Milla angenommen hat.

»Nein, die Rune ist noch intakt«, entgegnet der Prinz ganz nüchtern.

Erschrocken wirbele ich zu ihm herum.

»Was soll das heißen, die Rune ist noch intakt?«, fahre ich ihn an und kann meine funkenschlagende Magie nicht länger zurückhalten.

»Genau das, was ich gesagt habe«, entgegnet der Fae-Prinz ruhig und verschränkt die Arme vor der Brust.

»Das reicht mir nicht als Antwort. Wir hatten eine Abmachung. Ihr heilt Milla und ich ...«, setze ich an, werde aber von ihm unterbrochen: »Und genau das habe ich getan. Morgen um diese Uhrzeit ist sie wieder putzmunter, wie die Sterblichen sagen.«

»Aber ... Aber was ist mit der Rune?«, stammele ich und schüttle verwirrt den Kopf. »Wird sie ihr nicht Probleme bereiten?«

Der Prinz stößt ein frustriertes Seufzen aus und lässt den Kopf hängen. »Du wirst nicht lockerlassen, was, Hexe?«

»Nicht, bis ich mir absolut sicher sein kann, dass Milla außer Gefahr ist«, entgegne ich und stemme die Hände in die Hüften. »Also?«

»Ich denke, es macht keinen Unterschied, ob du es weißt, oder nicht ...«, murmelt der Prinz, ehe er sich auf einem der Tische niederlässt und auf die freie Fläche neben sich klopft. So ungezwungen mit dem Prinzen einer Fae-Sippe auf einem staubigen Tisch zu hocken, kommt mir vor wie ein verrückter Traum. Mehr noch das, was er mir in den nächsten Minuten über den Ursprung der Rune erzählt.

»Es schützt Milla vor uns Hexen und den Fae gleichermaßen?«, frage ich kopfschüttelnd, als er fertig ist. »Aber ... Wieso?«

»Ist das mittlerweile nicht mehr als offensichtlich?«, fragt Prinz Barrysthiel und deutet erst auf sich, dann auf Milla. Er klingt ungeduldig.

»Offensichtlich?«, murmele ich und runzele die Stirn. Als ich Prinz Barrysthiels eindringlichen Blick bemerke, verstehe ich, worauf er hinauswill.

»Sie ist zur Hälfte Fae«, wispere ich. Es ist keine Frage, sondern eine Feststellung, die mir gar nicht so abwegig erscheint. Schon als ich Milla vor einigen Monaten im Anwesen ihrer Großmutter kennengelernt habe, kam es mir so vor, als wäre sie anders. Aber wie anders ... Das hätte ich nun doch nicht erwartet.

Wirklich nicht?, frage ich mich in Gedanken und schüttle den Kopf. *Wenn man bedenkt, wie viel Zeit Monica Newton mit den Fae verbracht hat, ist das eine logische Schlussfolgerung, oder nicht?*

Aber wer Millas Vater ist ... Darüber hat Monica nie gesprochen, nicht, dass wir uns je sehr nahegestanden hätten.

Brianna hätte es vielleicht gewusst, denke ich und sehe sie mit der kleinen Milla auf dem Arm vor mir. Sie war die einzige, der Monica genug vertraut hat, um ihr Milla zu überlassen. In die Paläste der Fae wollte sie ihre Tochter nie mitnehmen.

Und jetzt weiß ich auch, warum.

»Aber wieso riskiert ausgerechnet Ihr so viel, um sie zu schützen?«, frage ich den Prinzen. Diese eine Sache ergibt für mich einfach keinen Sinn. Müsste der Prinz nicht auf Millas Eltern wütend sein, weil sie kostbares Fae-Blut verschmutzt haben. Wenn die Fae schon ihre Magie so sehr unter Verschluss halten, dass nicht einmal die Experten des Instituts viel darüber wissen, gilt das doch sicher erst recht für solche Fälle.

»Was denkst du denn, Hexe?«, fragt der Prinz mit hochgezogenen Brauen, als läge die Antwort auf der Hand.

Heißt das ...? Heißt das, er ist ihr Vater?, denke ich und suche in ihren Gesichtern nach Ähnlichkeiten. Wenn ich Milla ansehe, sehe ich nur eine jüngere Version ihrer Mutter vor mir, keine Fae.

Warte! Überrascht reiße ich die Augen auf, als mir einfällt, was damals alles rund um Monicas Verschwinden passiert ist. Kurz zuvor ist der Kontakt zu Prinz Kalrael, Barrysthiels älterem Bruder und damaligen Anführer der Asturan-Fae, abgebrochen. Auch er scheint verschwunden zu sein.

Genau wie Millas Mutter.

Scharf sauge ich die Luft ein. *Heißt das etwa?*

»So viele, viele Fragen ...«, seufzt Prinz Barrysthiel, als er mich betrachtet. »Aber mehr kann ich dir nicht erzählen. Nicht, wenn ich Milla weiterhin beschützen soll.«

»Und die Rune? Wieso hat sie das mit Milla ge-macht?«, frage ich, weil er darüber bisher kein Wort verloren hat.

Prinz Barrysthiel zuckt mit den Schultern. »Ich schätze, dass sie auf ihre schwache Magie als Kind ausgelegt war und für Probleme gesorgt hat, weil die Kleine mittlerweile stärker geworden ist.«

»Das stimmt. Milla hat in den letzten Wochen viel durchgemacht, aber jetzt ...«, murmele ich und lasse mich auf ihrem Bett nieder. Milla atmet jetzt ganz ruhig, hat sogar ein schwaches Lächeln auf den Lippen. Sanft streiche ich ihr durch die dunklen Locken. »Jetzt wird alles gut.«

»Sie ist eine Kämpferin wie ihre Mutter«, höre ich Prinz Barrysthiel hinter mir sagen. Er klingt traurig, als würde er Monica tatsächlich vermissen. »Aber sie ist noch lange nicht stark genug, um ihren Platz einzunehmen.«

Ihren Platz? Verwundert drehe ich mich zu ihm um. Heißt das, er will Milla zur Diplomatin machen, um zwischen den Hexen und Fae zu vermitteln, wie Monica es getan hat?

Oder will er etwa ...?

»Ich sagte doch, dass ich keine weiteren Fragen beantworten werde«, murrt der Prinz und hantiert mit einer Tasse herum.

Ich seufze und gebe es auf, mehr herausfinden zu wollen. Es ist sowieso ein Wunder, dass er das alles mit mir geteilt hat. Wessen Kind Milla nun auch ist, durch diese Offenbarung ist mir mehr als bewusst, welche Gefahr ihr droht, sollten die falschen Fae davon erfahren. Königin Hestarya zum Beispiel, die grausame Anführerin der Fae. Millas Mutter ist ver-schwunden, nachdem sie zu ihr gereist ist.

Der Prinz hat recht, denke ich. Neue Entschlossenheit erwacht in mir, nachdem ich Stunden zuvor fast jegliche Hoffnung verloren hatte. Milla ist noch nicht bereit dafür, aber mit etwas Übung ...

»Ich verspreche, dass ich alles in meiner Macht tun werde, um ihr zu helfen und sie vorzubereiten«, sage ich an den Prinzen gewandt.

»Daran habe ich keinen Zweifel«, entgegnet er und hebt seine Tasse. »Was bin ich froh, dass sie ein Mädchen ist. Mit dem Leiter der Darkwood hätte sie keine Chance gehabt, in unserer Welt zu bestehen.«

»War das ein Kompliment, Prinz Barrysthiel?«, frage ich und meine fast, ich hätte mich verhört.

»Ein Kompliment an dich? Vielleicht ...«, sagt er mit einem schwachen Lächeln und zuckt mit den Schultern. »Definitiv eine Beleidigung auf Kosten dieses neunmalklugen Nichtskönners.«

Nun kann ich mir ein Lachen nicht verkneifen. Einen Fae so über Gideon sprechen zu hören, aber nicht über mich ... Das gibt mir etwas Selbstwertgefühl zurück, das ich in den letzten Tagen verloren habe, nicht zuletzt auch durch den neunmalklugen Nichtskönner und seine fiesen Bemerkungen.

»Das reicht jetzt aber wirklich für heute«, reißt mich Prinz Barrysthiels Stimme aus den Gedanken. Plötzlich wirkt er ernst. Mit forderndem Blick reicht er mir eine Tasse. »Trink, Hexe.«

»Was?«, frage ich und weiche zurück. »Das war nicht Teil unserer Abmachung.«

»Dennoch ist es nötig«, sagt er und tritt auf mich zu. »Zu ihrem Schutz.«

»Aber ...«, stammele ich und kann mir denken, was der Trank in der Tasse bewirken wird. Er wird mich all das gleich wieder vergessen lassen.

»Denk daran, was ich gesagt habe, Hexe: Niemand darf davon erfahren«, erinnert mich der Fae-Prinz und funkelt mich finster an.

Kein Wunder, dass er mir so viel über Milla erzählt hat, denke ich und könnte mich ohrfeigen, dass ich da nicht eher darauf gekommen bin. Bei den Fae hat alles seinen Preis, auch die Wahrheit über meine Schülerin.

Zögerlich stehe ich auf. »Aber wie soll ich Milla dann helfen, wenn ich nicht mehr ...?«

»Ich dachte, als Schulleiterin dieser ehrenwerten Akademie ist es deine wichtigste Aufgabe, alle deine Schülerinnen bestmöglich vorzubereiten. Oder irre ich mich da etwa?« Prinz Barrysthiel mustert mich mit hochgezogenen Brauen, die Hand mit der Tasse weiterhin nach mir ausgestreckt. »Notfalls werde ich dich dazu zwingen, Hexe. Mittlerweile hast du sicher verstanden, dass ich sie mit allen Mitteln beschützen werde.«

Seine Stimme nimmt einen drohenden Unterton an, doch sagen Prinz Barrysthiels nachtblaue Augen etwas anderes. Sie blitzen belustigt.

Der Bastard liebt es, mit mir zu spielen, denke ich, greife aber nach der Tasse.

Dass er es ernst meint und Milla helfen will, ist mir natürlich klar. Dabei geht es ihm wirklich um sie, nicht um eine Gelegenheit, einen Vorteil für sich und die Fae herauszuschlagen oder Rache zu üben.

»O Gott, ist das süß!«, presse ich hervor, nachdem ich den Trank in einem Zug heruntergekippt habe.

»Ihr hat es geschmeckt«, sagt der Prinz grinsend und nickt in Millas Richtung.

»Natürlich, sie ist ja auch eine Naschka...«, setze ich an, doch wird meine Zunge immer schwerer.

»Vorsicht«, höre ich Prinz Barrysthiel sagen. Zu meinem Erstaunen führt er mich zurück zu Millas Bett und hilft mir, mich zu setzen. Allein hätte ich es nämlich nicht mehr geschafft. Innerhalb von Sekunden breitet sich die Schwere in meinem Körper aus. Denken wird stetig anstrengender.

Während er mir hilft, flüstert er die ganze Zeit irgendetwas vor sich hin, doch habe ich längst vergessen, wer sich mit Milla und mir im Saal der Akademie befindet. Oder warum ich so besorgt um sie gewesen bin.

Alles ist gut, sind die einzigen Worte, die sich hartnäckig in mir festsetzen, sich ständig in meinem vernebelten Verstand wiederholen.

Alles ist gut.

Alles ist gut.

Und mit diesem Wissen falle ich hinab in einen traumlosen Schlaf, um mich von den Strapazen der letzten Tage zu erholen.

KAPITEL 20

Graham

»Ugh! Daran werde ich mich nie gewöhnen«, grummelt Felix hinter mir, als Pierce unseren Wagen durch das Tor der Darkwood Akademie steuert und uns der Stillezauber ohne Vorwarnung verschluckt.

»Glaubt ihr, Lucas wird wieder?«, frage ich die beiden, weil mich seit der Rückfahrt ein schlechtes Gewissen plagt. Wir haben ihn mit Agent Smith bei der White Oak Akademie abgesetzt, nachdem es Isas Bruder auf dem Rückweg stetig schlechter ging.

»Klar wird er wieder«, sagt Pierce und parkt den Wagen vor den Stufen zum königlichen Flügel. »So ist das eben für uns Begabte.«

»Trotzdem ziemlich beschissen«, höre ich Felix sagen, als wir aussteigen und den Schlüssel an eine der Wachen übergeben.

»Schon, aber wir erholen uns ja wieder von den Nebenwirkungen«, wirft Pierce ein. Von uns weiß er als Einziger, was es heißt, ein Begabter zu sein. Wir Hexen haben zwar auch unsere Grenzen, aber der Preis für unsere Magie ist bei Weitem nicht so hoch.

Zumindest wenn wir sie nicht gänzlich aufbrauchen. Ich erinnere mich noch genau daran, wie schwach Isa gewesen ist, nachdem sie beinahe ihre gesamte Kraft darauf verwendet hat, Evan aus Violets Liebeszauber zu befreien.

»Hat da jemand ein schlechtes Gewissen?«, fragt Pierce, als wir die Stufen zum Eingang hochsteigen. Unser Ziel ist natürlich der Thronsaal, um dort nach Glen Irving Ausschau zu halten.

»Ein bisschen, ja«, gebe ich zu und halte inne. »Ich hätte Lucas nicht so sehr drängen sollen.«

Fest presse ich die Lippen aufeinander, als ich daran zurückdenke, wie schnell sich Lucas' Zustand auf der Rückfahrt verändert hat. Auf dem Weg von der Fundstelle zu unserem Wagen hat er schon über Kopfschmerzen und Flecken in seinem Sichtfeld geklagt. Pierce und ich mussten ihm ab und an helfen, weil er eine Wurzel oder einen Felsen übersehen hat und beinahe hingefallen wäre.

Und gerade war er so verwirrt ..., denke ich und schlucke heftig.

»Brauchst du nicht«, sagt Pierce und klopft mir aufmunternd auf die Schulter.

»Nicht?« Überrascht blicke ich zu ihm auf. Gerade von ihm hatte ich mehr Sympathie für einen anderen Begabten erwartet.

»Nö, sogar aus zwei Gründen«, sagt Pierce und zieht das Eingangsportal zum Flügel des Königs auf. »Erstens will er Isa mindestens genauso sehr finden wie du, vielleicht sogar mehr, er ist schließlich ihr Bruder.«

»Und zweitens?«, fragt Felix, als wir unsere matschigen Stiefel am Teppich abstreifen und in der Eingangshalle stehen bleiben.

»Je mehr wir unsere Gaben nutzen, umso länger lassen die Nebenwirkungen auf sich warten«, entgegnet Pierce mit einem Schulterzucken und dreht sich dann zur Tür zum Thronsaal um.

»Echt jetzt?«, fragt Felix erstaunt.

Auch mir ist das neu.

Pierce zuckt lachend mit den Schultern. »Ein paar Geheimnisse dürfen wir doch auch haben, oder nicht?«

Ich will ihm gerade antworten und mit ihnen beraten, wie wir unser Gespräch mit Glen Irving bestreiten sollen, als sich die Tür zum Saal öffnet.

»Lord Waterhouse!«, schallt mir eine vertraute Stimme entgegen.

»Lord Blight? Ist etwas passiert?«, frage ich, als ich Vaters Berater auf uns zueilen sehe. Sein Gesicht ist hochrot. Schweiß steht auf seiner Stirn. »Haben Sie meine Schw...?«

»Nein, nein, leider nicht«, sagt Lord Blight und lässt bedauernd den Kopf hängen. Die Hände hat er in den Saum seines Jacketts gekrallt und knetet unruhig auf dem Stoff herum. »Es tut mir leid, Lord Waterhouse. Ich ...«

Er stößt ein tiefes Seufzen aus, ehe er meinem Blick begegnet. Furcht liegt in seinen grünen Augen. »Ich konnte Ihren Onkel nicht aufhalten. Er ... Ich habe wirklich alles versucht, aber er wollte nicht auf mich hören. Ihren Vater wollte ich deswegen nicht wecken.«

Erleichtert atme ich auf. »Wenn es nur das ist.«

Lord Blights Augen weiten sich. »Hat er Sie nicht gefunden?«

»O doch, leider«, grummelt Felix neben mir und verschränkt die Arme vor der Brust.

»Aber es ist nicht Ihre Schuld, Lord Blight«, füge ich hinzu und drücke dem Mann kurz die Schulter. So panisch wie er eben noch ausgesehen hatte ... Dachte er, ich würde ihn anschreien, wie es Jasper an meiner Stelle sicher getan hätte?

»Machen Sie sich nichts draus, Sir. Der Alte kann manchmal schnell durchdrehen«, sagt Felix augenrollend. Für den Bruchteil einer Sekunde sehe ich so etwas wie ein Grinsen auf den schmalen Lippen des Lords, bevor er sich räuspert und wieder ernst wird.

»Gab es während unserer Abwesenheit Neuigkeiten?«, frage ich ihn, erwarte aber nicht viel. In der Nacht ist die Suche zu mühsam, als dass die Teams weit vorankommen würden.

Als sich seine Miene aufhellt, schnellt mein Puls sofort in die Höhe. »Es konnten zwei Vermisste gefunden werden. Lebend.«

»Wirklich?«, frage ich erstaunt und trete näher. »Sind sie Evan begegnet? Oder Isa? Joana?«

Schnell schüttelt Lord Blight den Kopf. »Nach aktuellem Kenntnisstand, nicht. Sie haben sich verlaufen und bei dem Regen in einer Höhle versteckt. Beide waren erschöpft, unterkühlt und dehydriert. Sie sind noch nicht bereit für eine Befragung.«

»Ich verstehe«, sage ich und nicke. »Aber immerhin sind nicht alle tot.«

»Den Mächten sei Dank dafür. Die Ärzte des Instituts haben sie nach Inverness bringen lassen und versorgen sie dort«, informiert uns Lord Blight, wobei er äußerst erleichtert klingt. »Ich habe zwar versucht, sie zu heilen, aber ihr Zustand war nicht gut.«

»Sie werden aber durchkommen, richtig?«, frage ich. Auf diese guten Neuigkeiten ertrage ich keine schlechten.

»Ja, aber es wird ein oder zwei Tage dauern, bis sie bei Kräften sind, um vernommen zu werden«, sagt Blight sehr zu meiner Erleichterung.

»Hauptsache, sie werden wieder«, murmele ich und spüre, wie ein Bruchteil der Last von meinen Schultern abfällt.

»Was ist mit Mister Lark?«, will Pierce wissen. Wie ich hat er sicher nicht vergessen, wie schlimm Evan ausgesehen hat, als Jasper ihn aus der Höhle geschleppt hat.

Lord Blight räuspert sich und kneift den Mund zusammen. Diesmal scheinen es keine guten Nachrichten zu sein. »Sein Zustand ist weiterhin kritisch. Was ich gehört habe, spricht er auf eine magische Heilung nicht an.«

»Überhaupt nicht?«, frage ich überrascht. Das ist sehr ungewöhnlich. Normalerweise kann unsere Magie die meisten Verletzungen heilen. Zu Kräften müssen die Patienten aber selbst wieder kommen.

»Nein, nicht einmal die Kratzer und Schnitte«, sagt Lord Blight und klingt genauso besorgt, wie ich mich im Moment fühle. »Spezialisten des Instituts vermuten, dass er durch das Messer eine Toleranz gegenüber jeglicher Magie entwickelt haben könnte. Ihr Zauber konnte ihn schließlich auch nicht lange ruhigstellen.«

»Stimmt«, murmele ich und erinnere mich daran, was uns die Wachen vorhin beim Abendessen erzählt haben. Dass Evan noch auf dem Weg nach Inverness zu sich gekommen und sich gewehrt hat. Einer der Notärzte musste ihm ein starkes Beruhigungsmittel spritzen, sonst hätte er sich am Ende noch mehr verletzt.

»Das letzte Update ist schon eine knappe Stunde her, aber ich glaube nicht, dass sich seitdem etwas getan hat«, sagt Lord Blight und streicht sich durch das rote Haar, das an den Schläfen längst eine graue Farbe angenommen hat.

»Halten Sie mich bitte auf dem Laufenden, Sir«, weise ich ihn an und bete, dass Evan durchkommt. »Das heißt, bei ihm müssen wir auch ein paar Tage auf eine Befragung warten.«

»Ja, mindestens zwei, vielleicht auch mehr«, bestätigt Lord Blight. »Was ihrem Onkel nicht gefallen wird.«

»Da muss er durch. Evans Genesung hat oberste Priorität«, entgegne ich.

»In zwei Tagen kann aber viel passieren, Mann. Können wir nicht früher zu...?«, wirft Felix ein, doch schüttle ich den Kopf.

»Lass uns mindestens bis morgen früh warten. Direktorin Finchley wird uns sicher über Evans Zustand und den der beiden Vermissten informieren«, sage ich und straffe dann die Schultern. »Außerdem haben wir jetzt Wichtigeres zu klären.«

»O stimmt! Hätte ich fast vergessen«, sagt Felix und richtet sich neben mir zur vollen Größe auf. »Pierce und ich stehen hinter dir, Grey. Schnappen wir uns den Gaul!«

»Bitte wen, Sir?«, fragt Lord Blight verwirrt.

»Glen Irving«, erkläre ich und wende mich der Tür zum Thronsaal zu. »Ist er noch hier?«

»Irving?«, fragt Blight überrascht und schüttelt den Kopf. »Ihn habe ich noch gar nicht gesehen. Als ich das Kommando übernommen habe, wurde mir gesagt, dass einer der Aberdeens sich um die Koordinierung der Wasserwesen kümmert.«

»Irving ist nicht hier?«, frage ich und runzele die Stirn.

»Sehr verdächtig«, murmelt Felix.

Pierce und ich nicken.

»Und Mister Aberdeen?«, frage ich Lord Blight.

»Er ist da drin. Soll ich ihn zu Ihnen schicken?«

Ich nicke. »Ja, besser wir klären das draußen. Je weniger davon mitbekommen ...«

»Es ist doch hoffentlich nichts Ernstes?«, fragt Lord Blight und mustert uns misstrauisch.

Schnell schüttle ich den Kopf. »Ich wollte Mister Irving nur noch ein paar Fragen stellen, weil er doch Isas Spur im Wald verfolgt hat.«

»Ah, natürlich«, sagt Lord Blight und eilt auf den Thronsaal zu.

»Ihm nur ein paar Fragen stellen?« Zweifelnd schaut mit Felix an. »So, wie ich dich kenne ...«

»Lass gut sein, okay?«, brumme ich und warte in der hintersten Ecke der Eingangshalle auf Irvings Abgesandten.

»Lord Waterhouse? Was kann ich für Sie tun?«, begrüßt mich Conway Aberdeen, der Hüter von Loch Codwyll, als er kurz darauf aus dem Saal tritt. Er ist nicht so groß wie Irving und auch nicht so muskelbepackt, eher schmal und feingliedrig, wie es sich für einen Ceasg, einer Unterart der Meermenschen, gehört.

»Ich muss dringend mit Irving sprechen, Sir. Sie wissen nicht zufällig, wo ich ihn finden kann?«, frage ich und bete, dass Irving sich noch nicht aus dem Staub gemacht hat.

Wenn er gehört hat, dass sie magische Spuren im Wald entdeckt haben, wahrscheinlich schon, denke ich.

Als Mister Aberdeen den Kopf schüttelt, sehe ich meinen Verdacht bestätigt.

»Er hat mir die Verantwortung übertragen und Codwyll vor einigen Stunden verlassen«, sagt er und zuckt entschuldigend mit den Schultern. »Nun, da der Mörder gefasst ist, musste Glen sich anderen Aufgaben widmen.«

»Ach, ja? Und was für welchen denn?«, mischt sich Felix ein und baut sich vor dem Ceasg auf.

»Soweit ich weiß, wurde er gebeten, einem alten Bekannten bei einem Disput auszuhelfen«, sagt er schulterzuckend. »Nachgefragt habe ich nicht. Glen kommt und geht, wie es ihm beliebt ...«

»Leider«, murmele ich und seufze frustriert.

»Soll ich ihm eine Nachricht übermitteln, Lord Waterhouse?«, fragt Mister Aberdeen.

Ich zucke die Schultern. »Was anderes bleibt mir ja nicht übrig, was?«

»Sieht ganz danach aus«, entgegnet Irvings Gesandter mit einem Schmunzeln und schaut mich erwartungsvoll an.

»Sagen Sie ihm, dass ich ihn dringend sprechen muss und er sofort zu mir kommen soll, sobald er nach Codwyll zurückkehrt.«

»Ehrlich gesagt, weiß ich nicht, ob Glen in der nächsten Zeit zurückkehren wird«, gesteht Mister Aberdeen und streicht sich durch das graue, schulterlange Haar. »Aber ich werde es ihm ausrichten.«

»Danke«, presse ich hervor, obwohl ich mir wünsche, dieses Gespräch wäre anders verlaufen. Mit

Irving in Handschellen, vorzugsweise, nachdem er ein Geständnis abgelegt hat.

Aber so leicht wird er es mir nicht machen, wenn er dahintersteckt, denke ich und verabschiede mich dann von Mister Aberdeen.

»Das war ja wohl 'n Reinfall«, brummt Felix, als sich die Tür zum Thronsaal hinter ihm schließt.

»Und was jetzt?«, fragt Pierce.

»Nicht hier.« Ich deute auf die Treppe, als eine Gruppe Agenten aus dem Saal kommt, um sich in der Eingangshalle etwas ungestörter besprechen zu können.

Schweigend drängen wir uns an ihnen vorbei und steigen hinauf in den privaten Teil des königlichen Flügels. Erst als wir mein Zimmer erreicht und ich die Tür geschlossen habe, ergreife ich das Wort. »Er ist also nicht hier ...«

»Ziemlich verdächtig, wenn ihr mich fragt«, sagt Felix und fläzt sich in einen der Samtsessel vor dem Fenster zum Hof.

»Seid ihr euch wirklich sicher, dass er es war?«, fragt Pierce, der als Einziger von uns noch Zweifel zu haben scheint.

»Er war in der Nähe von Isas letztem Aufenthaltsort. Und er kann zwar Magie wirken, aber eben anders als wir, genau wie Lucas es beschrieben hat«, fasse ich die Fakten zusammen. So langsam merke ich jedoch selbst, dass das noch lange nicht ausreichen wird, um Irving dingfest zu machen.

»Ja, aber hast du nicht auch gesagt, dass ihr ihn gefunden habt, als ihr nach Isa und Joana gesucht habt?«, wendet Pierce ein und da muss ich ihm leider zustimmen.

»Da kann er nicht viel Zeit gehabt haben, um sie wegzubringen ...«, murmele ich und lasse mich ebenfalls auf einen der Sessel fallen. Nach diesem langen Tag tut mir alles weh, vor allem mein Kopf, aber gerade den brauche ich, um aus den vielen Fragen und Hinweisen schlau zu werden.

»Wer sagt denn, dass er sie sofort weggebracht haben muss?«, wendet Felix ein und richtet sich auf seinem Platz auf. »Der könnte sie betäubt und irgendwo versteckt haben. Gebüsch gibt's da draußen genug. Und dann hat er euch weggeführt, damit ihr ihm nicht auf die Schliche kommt.«

»Möglich«, murmele ich und raufe mir frustriert die Haare.

»Aber wir wissen doch gar nicht, ob diese Restmagie, die Lucas gefunden hat, auch von Irving ist«, hält Pierce dagegen. »Es könnte auch ein anderes magisches Wesen sein. Vampire haben doch auch zum Teil besondere Gaben, oder nicht?«

»Warum bist du so gegen die Theorie, dass es Irving war?«, grummelt Felix und mustert unseren Mitschüler zweifelnd.

Pierce zuckt die Schultern. »Was will er denn mit ihr? Bei 'nem hungrigen Vampir könnte ich es ja noch verstehen, aber ein Wasserpferd?«

»Vielleicht hat er ja die Falsche erwischt oder es irgendwie auf die Kleine abgesehen«, sagt Felix mit einem Schulterzucken. »Hübsch is' sie ja.«

»Felix«, knurre ich und werfe ihm einen mahnenden Blick zu.

»Sorry, sorry. Ich weiß ja, dass sie zu dir gehört«, murmelt er und hebt beschwichtigend die Hände.

»Was würdest du vorschlagen, Pierce?«, frage ich, weil ich nicht weiß, wie wir fortfahren sollen.

Beide haben mit ihren Theorien und Argumenten irgendwie recht, nur bringt uns das bei der Suche nicht voran.

»Lass uns bis morgen warten und nochmal mit Lucas sprechen«, sagt Pierce voller Entschlossenheit. »Bis dahin hat er sich ausgeruht und kann uns erklären, wie seine Gabe funktioniert.«

»Das weiß der doch nicht mal selbst«, grummelt Felix und schüttelt genervt den Kopf.

»Mag sein, aber möglicherweise können wir ihm helfen«, entgegnet Pierce schulterzuckend. »Was ich bisher verstanden habe, hat Restmagie für ihn eine unterschiedliche Farbe, je nachdem welchem Wesen sie entsprungen ist.«

»Was bist denn du für ein Streber geworden?«, sagt Felix überrascht und auch ich bin erstaunt, wie genau Pierce vorhin aufgepasst hat.

»Gehört alles zur Grundausbildung als Rekrut: Ständig Informationen über den Feind zu sammeln und ja nichts zu übersehen«, erklärt er mit lässiger Miene und zupft die silberne Armbinde auf seiner Uniform zurecht.

»Lucas ist aber nicht unser Feind«, erinnere ich ihn.

Pierce zuckt mit den Schultern. »Manchmal wird aus Freund Feind, oder sogar aus der eigenen Familie erbitterte Gegner. Uns bringen sie hier bei, auf alles gefasst zu sein.«

»Sollten sie bei uns auch mal einführen, statt uns blöde Jahreszahlen auswendig lernen zu lassen«, brummt Felix und ich nicke. Einige der Fächer, die man uns lehrt, sind tatsächlich irrelevant.

»Aber um zum Thema zurückzukommen«, sagt Pierce und stützt sich auf die Lehne meines Sessels.

»Wenn wir wissen wollen, von welchem magischen Wesen diese Spur stammt, müssen wir Lucas etwas auf die Sprünge helfen.«

»Du meinst, zu kämpfen, damit er ihre Magie sieht?«, fragt Felix und seine Augen leuchten auf.

»Hier wird nicht gekämpft, Felix«, rufe ich, doch schaltet mein Cousin nur allzu schnell auf Durchzug, wenn auch nur die leiseste Chance besteht, sein Können als Hexe zu demonstrieren.

»Beobachten reicht. Lucas sagte ja schon, dass Fae-Magie grün ist und die von Hexen violett«, entgegnet Pierce und reibt sich nachdenklich das Kinn. »Also bleiben uns noch Wasserwesen, Begabte und Verfluchte.«

»Hoffen wir, dass du recht hast«, murmele ich und lasse mich tiefer in den Sessel sinken.

»Bestimmt«, entgegnet Pierce und klopft mir auf die Schulter. »Aber du solltest dich jetzt ausruhen, Graham. Nicht, dass dich deine Mutter an dein Bett ketten lässt oder so.«

»Fang mir nicht damit an«, brumme ich und reibe mir die schmerzenden Schläfen.

»Soll ich dir was zum Schlafen geben?«, fragt Felix, als er sich von seinem Sessel hochstemmt und in den verborgenen Taschen seines langen Mantels herumkramt. »Ich hab' hier bestimmt was …«

»Felix, lass es«, sage ich mahnend, weil er ganz genau weiß, dass ich all dem abgeschworen habe.

Wieder muss ich daran denken, was Jasper im Wald zu mir gesagt hat. Dass ich Vaters Position schwächen könnte, wenn ich das wieder vermassele so wie damals.

»Relax. Das ist ein ganz harmloser Schlaftrunk, damit du mal zur Ruhe kommst«, entgegnet Felix,

als er eine Phiole mit bläulicher Flüssigkeit hervorzieht. »Glaube ich zumindest.«

»Nein, danke«, entgegne ich und schiebe ihn auf
die Tür zu. »Und keine Widerrede.«

»Aber beschwer dich dann nicht bei mir, dass du
nicht schlafen konntest«, grummelt Felix, als er zu
Pierce auf den Gang tritt.

»So wie der aussieht, fallen ihm wahrscheinlich
gleich im Stehen die Augen zu«, kommentiert dieser
und klopft mir zum Abschied auf den Rücken. »Ruh
dich aus. Morgen finden wir sie.«

Dass du dir da so sicher bist, denke ich, als ich
die Tür mit einem Seufzen schließe und es gerade
noch so zum Bett schaffe. Felix' Schlaftrank klingt
zwar verlockend, ganz besonders wenn mich die
Albträume wieder heimsuchen sollten, die mich seit
der Samhain-Nacht plagen, aber ich darf nicht noch
einmal den gleichen Fehler machen wie damals.

Nie mehr wieder.

KAPITEL 21

Evan

Ich schwebe. In den dunklen, eiskalten Tiefen von Loch Codwyll. Immer weiter sinke ich hinab und doch scheint der Grund des Sees noch so fern. Ab und an dringen Stimmen zu mir hindurch, doch verstehe ich nicht, was sie sagen. Schon lange habe ich es aufgegeben, mich aus der Dunkelheit befreien zu wollen. Sämtliche meiner Versuche, wieder an die Oberfläche zu gelangen, das warme Sonnenlicht auf meinem Gesicht zu spüren, haben damit geendet, dass ich das Bewusstsein verloren und dann einfach weiter gesunken bin.

Obwohl ich den Kampf gegen die Schwerkraft verloren habe und ganz still bin, tut mir alles weh. Vor allem mein Bein und mein Kopf. Als würde sich darauf immer mehr Druck aufbauen.

Ist wahrscheinlich das Wasser, denke ich und wundere mich, dass ich trotzdem noch atmen kann, nicht gut zwar, auch nicht ohne Schmerzen, aber ich tue es. Es klingt rasselnd und angestrengt, fühlt sich an, als laste eine Tonne Gewicht auf meinem Brustkorb.

Was auch immer mit mir passiert ist, es kann nichts Gutes gewesen sein. Erinnern kann ich mich nicht. Ich habe keine Ahnung, wo ich mich befinde oder wie ich dorthin gekommen bin. Wann immer ich versuche, daran zu denken, verliert sich alles im Nebel, der meinen Kopf gefangen hält. Ab und an tauchen Details in der Dunkelheit auf. Ein Gesicht, das Bild eines Messers mit dunkler Klinge, nichts davon kann jedoch wirklich geschehen sein.

Nie im Leben könnte ich Dad überwältigen, oder gar töten. Trotzdem sehe ich es deutlich vor mir. Sein Blut, das von einer dunklen Klinge tropft. Einer Klinge in meiner Hand. Sein überraschter, ja fast schon angstvoller Gesichtsausdruck, als das letzte bisschen Leben aus seinen Augen weicht. Ja, ich habe meinen Vater gehasst, aber deswegen würde ich ihn nicht einfach so töten.

Und die Haushälterin der White Oak erst recht nicht, denke ich, als ich das Gesicht einer alten Frau vor mir sehe. Ihre faltige Hand steckt zwischen den Seiten eines in Leder gebundenen Buchs. Ein roter Blutfleck breitet sich innerhalb von Sekunden auf ihrer Bluse aus, während ihre Haut gräulich anläuft.

Zwischen diesen seltsamen Albtraumszenarien erstreckt sich Dunkelheit, so endlos und dicht, dass mir vielleicht deshalb das Atmen so schwerfällt. Hin und wieder höre ich das Heulen von Wind oder das Plätschern von Wasser, spüre Dornen, die mir die Haut aufritzen, oder kalten Regen auf meinem Gesicht.

Aber das alles ist nicht echt, denke ich. Das kann es einfach nicht sein, vor allem als ich sehe, wie Isa mich plötzlich mit ihrer Magie attackiert. Sie trägt ein flammendes Kleid oder vielleicht ist es das Feuer um uns herum. Ich weiß es nicht. Alles ist so verschwommen und verwischt. *Aber sie würde mich nie angreifen. Das kann nicht Isa gewesen sein.*

Das andere Gesicht neben ihr erkenne ich erst nach einer Weile. Es ist Graham, dieser arrogante Schnösel, der schon einmal auf mich losgegangen ist. Auch daran kann ich mich nicht erinnern. Damals stand ich unter dem Einfluss dieses Zaubers, der mich fast in den Wahnsinn getrieben hat.

Damals? So lange ist das doch gar nicht her, oder?, frage ich mich und kann mich doch nicht auf diese Erinnerungen konzentrieren.

Was ist, wenn es daran liegt? An dem Zauber ..., schallt es durch meinen Kopf. *Was ist, wenn Isa ihn nicht ganz lösen konnte? Bin ich deswegen in dieser Dunkelheit gefangen?*

Diese Vorstellung gefällt mir kein bisschen. Wer weiß, was ich unter dessen Einfluss tue, während mein Verstand in der Finsternis eingeschlossen ist. *Nicht, dass ich wieder jemanden verletze!*

Ich versuche, mich zu bewegen, will mich aus der Dunkelheit lösen. Der Gedanke daran, erneut die Kontrolle über mich und mein Bewusstsein verloren zu haben, gibt mir die Kraft, um die Schmerzen auszustehen. So sehr ich mich auch quäle, komme ich doch nicht gegen die Schwärze an.

Stimmen werden um mich herum laut, klingen fast schon panisch. Mein Herzschlag beschleunigt sich stetig, während ich kaum noch Luft bekomme.

Unsichtbare Hände tasten über meinen Körper, dann fühle ich mich plötzlich ganz schwer. Schwer wie ein Felsbrocken, der hinabsinkt auf den Grund des Sees. Mein Bewusstsein entgleitet mir und verliert sich in der endlosen Weite dieses namenlosen Niemandslands.

Als ich später wieder zu mir finde und die Schwere auf meinen Gliedern nachlässt, höre ich erneut Stimmen. Sie waren es, die mich aus der Dunkelheit hervorgelockt haben. Je mehr ich mich darauf konzentriere, umso heller wird es um mich herum, wie wenn man mit geschlossenen Lidern das Gesicht zur Sonne hindreht. Ich müsste die Augen nur öffnen, um endlich herauszufinden, was los ist. Meine Lider sind jedoch viel zu schwer, mein Körper zu kraftlos und kaputt.

Immerhin höre ich die Stimmen nun deutlicher, aber auch erst, als jemand meinen Namen sagt.

»Evan Lark.«

Das bin ich, denke ich, aber es fühlt sich fremd an. Als hätte ich diesen Namen, diese Identität vor langer Zeit abgelegt.

»Wie geht es Mister Lark?«, erkundigt sich eine Frauenstimme. Weder sie noch die Männerstimme, die ihr antwortet, kommen mir bekannt vor. Beide klingen sie besorgt.

»Sein Zustand ist weiterhin kritisch, Ma'am«, erklärt der Mann. Hände tasten meinen Körper ab, aber ich kann sie in all der Dunkelheit nicht sehen.

»Mister Lark war stark unterkühlt und hat sich zudem eine Lungenentzündung zugezogen«, fährt die Männerstimme fort. »Außerdem eine Fraktur im Bein sowie zahlreiche Kratzer, Schnittwunden und auch einige Verbrennungen.«

»Verbrennungen?«, fragt die Frau überrascht.

Auch mich wundert das. *Reden die wirklich über mich? Was ist nur passiert, dass ich so verletzt bin?*

»Mister Waterhouse hat es bei der Festnahme sehr übertrieben«, brummt der Mann.

»Lassen Sie mich raten ... Er hat den Jungen mit seiner Blitzmagie angegriffen?«, fragt die Frau verärgert, was mich aufhorchen lässt.

Magie! Sie reden von Magie!

Sofort sehe ich wieder Isa vor mir, wie sie ihre Kräfte einsetzt. Erinnere mich an die Geschichten, die mir Großvater, aber auch andere Dorfbewohner über die sonderbaren Schüler der Akademien außerhalb Codwylls erzählt haben.

Über die Hexen, die dort leben sollen.

»Ja, danach sieht es leider aus«, bestätigt die Männerstimme.

»Sie sagten, sein Zustand ist weiterhin kritisch, Doktor. Konnten die Heiler nicht helfen?«, fragt die Frau.

Ein tiefes Seufzen ist zu hören, dann kurze Stille, ehe der Mann antwortet: »Ich fürchte nicht, Ma'am. In meiner Zeit habe ich schon Vieles gesehen, aber ein Mensch, der nicht durch Magie geheilt werden kann ...«

»Was soll das heißen, er kann dadurch nicht geheilt werden?«, verlangt die Frau zu wissen.

Der Mann räuspert sich, bevor er weiterspricht: »Die Zauber sind einfach nicht wirksam. Es ist, als würde sein Körper die Magie abstoßen.«

»Sie abstoßen?« Die Frau klingt verwirrt.

»Ich kann es mir auch nicht erklären, Direktorin. Vielleicht liegt es am Messer, aber Fakt ist, dass es nicht wirkt«, sagt der Mann und wieder ist ein frustriertes Seufzen zu hören. »Wir könnten es zwar mit mehr Magie versuchen, aber dann sind die Zauber schwerer zu kontrollieren und gerade bei so vielen Verletzungen ...«

»Ja, schon klar. Magie kann nicht jedes Leiden heilen«, grummelt die Frau. »Also müssen wir uns auf sterbliche Medizin und Praktiken verlassen?«

»Leider«, bestätigt der Mann. »Es tut mir leid, dass ich ihnen keine besseren Nachrichten überbringen kann, aber es wird wohl einige Tage dauern, bis er bei vollem Bewusstsein ist, und noch länger, bis eine Vernehmung möglich ist.«

»Das hatte ich fast schon befürchtet«, sagt die Frau und klingt nicht gerade erfreut. »Aber all das ist erst einmal nebensächlich. Die Gesundheit von Mister Lark hat nun oberste Priorität. Das und seine Sicherheit.«

»Ihm wird nichts passieren, Ma'am«, versichert der Mann und kurz spüre ich eine Hand auf meinem Arm. »Wir passen auf ihn auf.«

»Gut, denn da draußen gibt es eine ganze Horde, die seinen Kopf rollen sehen will«, knurrt die Frau voller Zorn. »Allen voran Jasper Waterhouse.«

»Ohne spezielle Berechtigung kommt niemand in diesen Teil des Stützpunkts«, sagt der Mann. »Hier ist er sicher, egal wie viel Zeit Mister Lark benötigt, um wieder zu genesen.«

Egal, wie viel Zeit ich dazu brauche?, denke ich und will am liebsten schreien. Ich will nicht schon wieder ans Bett gefesselt sein.

Was soll das ganze Gerede von Sicherheit und Berechtigungen? Von welchem Stützpunkt reden die? Bin ich beim Militär gelandet, oder was? Aber was haben die mit den Hexen der White Oak am Hut?

Je mehr Fragen in mir aufkommen, umso unruhiger werde ich. Mein Puls rast und mein ganzer Körper verkrampft sich. Vor lauter Schmerz schreie ich laut auf und höre zum ersten Mal, seit ich in der Dunkelheit erwacht bin, meine eigene Stimme. Sie klingt gequält, gebrochen und schwach. Genau wie ich mich gerade fühle.

»Treten Sie bitte zurück, Direktorin«, ruft der Mann, während um mich herum weitere Stimmen laut werden. Ich verstehe nicht, was sie sagen, dafür sind es zu viele. Irgendetwas piept laut und rapide in der Nähe meines Kopfes. Jeder einzelne Ton fühlt sich wie ein Nagel an, den mir jemand in meinen Schädel treibt.

Macht, dass es aufhört!, denke ich und winde mich unter Schmerzen.

Hände packen mich an Schultern und Armen, drücken mich tiefer in die Dunkelheit. Ein ums andere Mal macht sich die Schwere in mir breit, so dass die Schmerzen und alles andere um mich herum, die Stimmen und der aufgeregte Trubel, verblassen.

Einzig die kratzige Frauenstimme, die sich vorhin nach mir erkundigt hat, höre ich noch klar und deutlich: »Keine Sorge, Mister Lark. Ich werde alles tun, damit es Ihnen schnell bessergeht. Ein solches Schicksal haben Sie nun wirklich nicht verdient.«

KAPITEL 22

Sage

»Müssen wir wirklich zum Frühstücken gehen?«, fragt Lucy, als wir uns am nächsten Morgen endlich dazu aufgerafft haben, aufzustehen und uns anzuziehen. »Eigentlich hab' ich gar keinen Hunger.«

»Ja, klar, das sieht dein Magen aber anders«, entgegne ich lachend. Von uns allen hat ihrer in der letzten halben Stunde am lautesten geknurrt. Trotzdem hat es uns einiges an Überwindung gekostet, überhaupt aus dem Bett zu kommen. Seit uns Paoli gestern Nacht auf unser Zimmer geschickt hat, war es in den Kissen und warmen Decken einfach zu gemütlich.

»Und du hast doch gehört, was Professor Paoli gestern gesagt hat«, schaltet sich Tamsin ein und öffnet die Tür zum Gang. »Milla wird euch heute brauchen.«

»Dann können wir ja gleich zu ihr gehen«, sagt Lucy und drängt sich an Tamsin vorbei.

»War sie schon immer so stur?«, fragt diese mich mit einem Seufzen.

»Leider«, murmele ich und mache mich mit den beiden auf den Weg hinunter in die Akademie.

»Wir sollten uns wenigstens ein belegtes Brötchen holen, bevor wir zu Milla gehen«, sage ich zu Lucy. Sie rollt zwar mit den Augen, gibt sich aber endlich geschlagen, bestimmt weil ihr Magen schon wieder so laut knurrt. »Ansonsten macht sich Miss Martha nur noch mehr Sorgen.«

»Ja, ja, ihr habt ja recht«, grummelt Lucy und verstummt kurz, als wir ins Treppenhaus treten. Den Blick hat sie auf die untersten Stufen gerichtet, wo sich gestern Lucas' Kollege verplappert hat.

Trotz Callys Anhänger spüre ich Lucys Enttäuschung und einen Hauch von Wut und Eifersucht. So früh am Morgen ist das keine gute Kombination bei ihr, vor allem auf leeren Magen. »Komm, Miss Martha wartet sicher schon auf uns. Wir sind spät dran.«

Ich packe Lucy an der Hand und zerre sie schnell die Stufen runter. Hätte ich sie darauf angesprochen oder auch nur versucht, ihr gut zuzureden, was ihre Gefühle für Lucas angeht, wäre sie vermutlich an die Decke gegangen.

Aber irgendwann werde ich mit ihr reden müssen, denke ich und hoffe, dass dieses Gerücht über Lucas und seine Kollegin nichts weiter ist als das: leere Worte, die kein bisschen der Wahrheit entsprechen.

Mit ihm sollte ich auch sprechen und nach ihm sehen. Er muss Isa schrecklich vermissen.

Gestern Nacht hat ihr Bruder ziemlich fertig ausgesehen. Seine Gefühle waren sehr durcheinander, als hätte man sie einmal kräftig durchgerührt. Es müssen die Nebenwirkungen seiner Gabe gewesen sein, die sich nach der magischen Spurensuche bemerkbar gemacht haben.

Hoffentlich konnten sie etwas finden …

»Da seid ihr Mädchen ja!«, ruft Miss Martha, als wir zu dritt den Speisesaal betreten. Da es recht spät am Morgen ist, ist sie damit beschäftigt das Buffet vom Frühstück abzuräumen. »Ich dachte schon, euch hätte es jetzt auch erwischt.«

Sie klingt vorwurfsvoll, aber auch besorgt.

»Wissen Sie, wie es Milla geht?«, frage ich sie, doch schüttelt unsere Schulköchin den Kopf. »Nein, mit dem Frühstück und dem ganzen schmutzigen Geschirr bin ich noch nicht dazu gekommen, nach ihr zu sehen.«

Eine Welle des schlechten Gewissens schlägt mir von ihr entgegen, sodass ich lieber ein Stück zurückweiche. Noch schirmt mich Callys Anhänger gut ab, aber wer weiß, wie lange das anhält. Es ist eben nur der Prototyp.

»Aber Professor Paoli war die ganze Nacht bei der kleinen Maus. Hat auch noch nichts gegessen. Wenn das so weitergeht, fallt ihr mir alle noch vor Erschöpfung um«, schiebt Miss Martha hinterher und hält uns dann mit einem auffordernden Blick einen riesigen Teller voller Brötchen hin.

»So schnell geht das nicht«, grummelt Lucy und nimmt eines der belegten Brötchen entgegen.

»Bei Basil und deiner Mutter war es gestern aber fast so weit«, sagt Tamsin leise, als wir uns an die lange Tafel hocken. Wir sind neben Miss Martha die Einzigen hier. Die meisten anderen Gäste kommen schon recht bald zum Frühstück und mittlerweile geht es eher auf das Mittagessen zu.

»So, noch etwas extra starker Kaffee, damit ihr mir wieder wach werdet«, sagt Miss Martha, als sie mit einer großen Thermokanne zu uns kommt und unsere Tassen randvoll macht. »Wärt ihr so lieb und bringt Professor Paoli auch etwas Essen mit?«

»Natürlich«, sagt Tamsin sofort und nimmt die große Papiertüte entgegen, die unsere Schulköchin bis zum Rand mit Brötchen, Cookies und Kuchen gefüllt hat.

»Da können ja gleich zwei oder drei von essen«, murmelt Lucy und knabbert lustlos an ihrem Brötchen herum.

»Meint ihr, Paoli lässt uns wirklich zu Milla?«, fragt Tamsin, nachdem Miss Martha das Buffet abgeräumt und in die Küche im Keller zurückgekehrt ist. »Gestern war sie auch nicht gerade happy, als sie uns gesehen hat.«

»Sie muss einfach«, sagt Lucy und trinkt einen Schluck Kaffee. »Ich mach' mir mehr Sorgen, dass es Milla nicht besser geht ...«

»Ich weiß nicht ...«, murmele ich und reibe mir die Schläfen. Seit gestern Nacht schnappe ich vom Mitternachtssaal sehr merkwürdige Gefühlslagen auf, war aber bisher zu erschöpft, um mich darauf einzulassen.

»Was weißt du nicht?«, fragt Lucy. Auch Tamsin blickt mich fragend an.

Während ich noch nach einer Erklärung suche, geht die Tür auf. Lana und Maria schlurfen müde auf das Buffet zu, doch als sie uns entdecken, lassen sie Kaffee und Tee links liegen und eilen auf uns zu.

»Was macht ihr denn hier? Solltet ihr nicht in der Bibliothek sein und nach Infos suchen? Und wo zum Teufel ist Cally schon wieder?«, fährt Lucy die beiden älteren Schülerinnen an, noch bevor sie die Tafel erreicht haben.

Sie ist wirklich kein Morgenmensch, denke ich seufzend und lächle die beiden entschuldigend an.

»Dir auch einen guten Morgen, Sonnenschein«, kontert Lana und verschränkt trotzig die Arme vor der Brust. »Cally ist weg, wahrscheinlich wieder in ihrer Kammer, um ...«

»Was? Mann, gestern war sie doch auch so entschlossen und jetzt seilt sie sich schon wieder ab?«, murrt Lucy und stellt ihre Tasse ein bisschen zu fest auf den Tisch.

Ich werfe ihr einen mahnenden Blick zu. »Tief durchatmen, Luce.«

»Ähm ... Hat Paoli euch noch nicht informiert?«, fragt Lana und mustert uns mit gerunzelter Stirn.

»Informiert? Über was denn?«, fragt Lucy alarmiert und springt von ihrem Stuhl auf. »Ist sie ...? Ist Milla ...?«

»Keine Sorge, ihr geht es gut und die Rune ist auch verschwunden«, platzt es so schnell aus Maria hervor, dass wir mit unseren erschöpften Hirnen einen Moment brauchen, bis wir begreifen, was sie gesagt hat.

»Es geht ihr ...« Lucy sackt mit einem Keuchen auf ihrem Stuhl zusammen.

»Gut?«, fragen Tamsin und ich.

Lana und Maria nicken eilig. »Sie hat wohl kein Fieber mehr und auch keine Krämpfe. Und ihre Magie hat sich auch beruhigt. Also, ja ... Gut.«

»Deswegen hat uns Paoli nachts auch ins Bett geschickt. War die ganze Recherche wohl umsonst«, murmelt Maria und reibt sich über ihre geröteten Augen.

»Es geht ihr wirklich gut?«, wispere ich, weil ich es nicht glauben kann. Nach allem, was ich gestern bei Milla gespürt habe, von Basils und Paolis Sorge ganz zu schweigen ...

»Das muss ich sehen«, ruft Lucy und rappelt sich auf. »Wenn das ein schlechter Scherz ist, dann ...«

Ihre Magie schlägt Funken, als sie sich vor Lana aufbaut.

»Ist es nicht, versprochen«, entgegnet diese und hebt beschwichtigend die Hände. »Ihr geht es echt gut.«

»Ja, worauf warten wir dann noch?«, murrt Lucy und eilt dann davon.

»Sorry, dass sie so ...«, sage ich zu Lana, als ich Lucy folge. »Sie ist noch etwas durch den Wind.«

»Schon okay«, entgegnet die ältere Schülerin und lächelt. »Ihr habt in den letzten Tagen ja einiges durchgemacht.«

»Haben wir alle«, sagt Maria seufzend und greift nach Lanas Hand. Kurz werden beide rot, aber sie verstecken ihre Gefühle nicht mehr vor uns.

»Ich freu mich für euch«, flüstere ich den beiden auf den Weg hinaus zu und muss lächeln, als sich ein Glücksgefühl in ihnen breitmacht.

»Ist es okay, wenn ich mitkomme, oder soll ich doch lieber ...?«, fragt Tamsin uns unsicher draußen in der Eingangshalle.

Eine Welle der Einsamkeit schlägt mir von ihr entgegen. Seit Joana verschwunden ist, fühlt sich Tamsin verloren.

»Natürlich«, sage ich und drücke sie kurz. »Du hast dich in den letzten Tagen doch auch um sie ge-kümmert.«

»Okay«, sagt Tamsin und schnieft leise, als wir Lucy durch die Tür des Mitternachtssaals folgen.

»Das glaub' ich jetzt nicht«, höre ich sie sagen und eile um die Ecke, um endlich selbst einen Blick auf Milla werfen zu können.

»Was zum ...?«, wispere ich und blinzele heftig. Das Bild, das ich vor mir sehe, entspricht rein gar nicht meinen Erwartungen. Nachdem es in den letzten Stunden so schlimm um Milla gestanden hat, dachte ich, sie schlafend vorzufinden. Stattdessen hockt sie auf ihrem Krankenbett und lässt sich eine Schüssel mit Haferbrei und Nutella schmecken.

»Guten Morgen, Mädchen«, begrüßt uns Paoli, die sich zusammen mit Professor Basil in einer Ecke des Saals unterhalten hat. Erschöpfung und endlose Erleichterung schlägt mir von ihnen entgegen und auch eine große Portion Unglauben. Genau das, was auch in mir, Lucy und Tamsin vor sich geht, seit wir Milla so munter vorgefunden haben.

»Das ist doch ... ein Wunder«, wispert Tamsin hinter mir und ich kann nur nicken.

Trotz Paolis angeblichem guten Gefühl gestern Nacht, hatte ich meine Zweifel, ob es Milla wieder besser gehen würde. Dass sie schon wieder wach ist und ganz in ihrem Element Süßigkeiten nascht ... »Das hätte ich echt nicht erwartet.«

»Mhm«, macht Lucy und starrt unsere Freundin an, als wäre sie ein Geist. Sie kann es genauso wenig glauben wie ich. Oder alle anderen hier im Saal.

Was ist, wenn der Schein nur trügt? Wenn es schlimmer wird?, denke ich und eile auf Milla zu.

»Morgen, Abigail Sage«, nuschelt sie, während sie weiter ihren Haferbrei futtert. Milla weicht nicht einmal zurück, als ich nach ihrer Hand greife, um mich besser auf ihre Gefühle fokussieren zu können.

»Sicher, dass das eine so gute Idee ...«, setzt Lucy hinter mir an. Sie hat bestimmt nicht vergessen, wie es beim letzten Mal ausgegangen ist, als ich meine Gabe bei Milla angewendet habe.

»Schschsch«, mache ich, um mich ganz auf sie konzentrieren zu können. Ich muss mich einfach vergewissern, dass nichts von diesen furchtbaren Gefühlen in ihr zurückgeblieben ist. Dass Milla sich wirklich erholt hat.

»Was machst du denn da, Abigail Sage?«, fragt Milla schmatzend, kaum dass ich meine Augen geschlossen und mich auf ihre Gefühle fixiert habe.

Da ist Erschöpfung, aber auch Freude, sicher über ihren Schokohaferbrei, und viel Verwirrung. Wahrscheinlich kann sie sich nicht erinnern, was in den letzten Tagen passiert ist.

Aber kein Schmerz. Keine Angst mehr, denke ich und lasse erleichtert von Milla ab. »Es geht ihr gut.«

»Natürlich geht's mir gut, Abigail Sage. Schau, ich hab' Schokolade!«, sagt Milla grinsend und hält mir ihre große Schüssel hin. »Ähm ... Ich *hatte* Schokolade.«

Mittlerweile hat sie ihren Haferbrei aufgegessen und wirkt nun glücklich und zufrieden. Wie ein ganz anderer Mensch.

»Ich hab' meine Eltern gesehen«, sagt Milla, nachdem ich die Schüssel für sie weggestellt und mich auf ihrem Bett niedergelassen habe. Lucy und Tamsin hocken sich auf die Schemel neben uns und starren sprachlos zu unserer Mitschülerin auf.

»Deine Eltern? Wann?«, frage ich überrascht.

Hinter mir werden Schritte laut, als auch Paoli und Basil zu uns kommen. Von ihnen schlägt mir dasselbe Erstaunen entgegen, das auch ich nach dieser Aussage verspüre.

»Na, in dem falschen Haus«, sagt Milla, als wäre das offensichtlich. »Sie waren zwar weit weg, aber ich hab' sie ganz deutlich gespürt. Sie waren bei mir und sind noch immer ein Teil von mir.«

»Natürlich sind sie das, Milla«, sage ich und drücke sie an mich, weil ihre Stimme weinerlich geworden ist. Schon seit ich mehr über Millas Familie und ihre zurückgezogene Kindheit erfahren habe, konnte ich mir denken, wie sehr sie die Abwesenheit ihrer Eltern schmerzt. Aber erst jetzt nach dem Erwachen meiner Gabe, spüre ich deutlich, wie einsam und ängstlich sie sich dadurch gefühlt hat. Etwas, das sich aber langsam zu ändern scheint.

»Aber wie ...? Wie ist das möglich?«, höre ich Lucy hinter mir flüstern. Als ich mich zu ihr umdrehe, wirft sie Professor Paoli einen fragenden Blick zu. »Konnten Sie die Rune doch lösen, oder was?«

Langsam schüttelt diese den Kopf. »Nein, ich ... Sie ist einfach verschwunden. Ich ... Ich weiß nicht.«

»Ganz ruhig, jetzt ist ja alles gut, Morgaine«, schaltet sich Professor Basil ein und legt ihr einen Arm um die Schultern. Paoli wirkt durcheinander und sehr erschöpft. Kein Wunder. Sie ist schließlich schon so lange auf den Beinen.

Aber trotzdem ..., denke ich und wende mich wieder Milla zu. Lucy hat sie gepackt und inspiziert trotz Millas Proteste deren Nacken, um sich selbst davon zu überzeugen.

»Wirklich weg«, wispert Lucy und weicht dann vor Milla zurück.

Irgendwas ist hier faul, denke ich und schaue mich suchend im Saal um. Gestern Nacht, als ich mir ein Glas Wasser geholt habe, habe ich hier etwas gespürt, das nicht zu den anderen Bewohnern der Akademie passt. Auch nicht zu den Gästen, die seit Samhain immer weniger geworden sind.

Da war viel Trauer, aber auch Zorn. Und auch so etwas wie neue Hoffnung, erinnere ich mich, behalte das aber vorerst für mich. Ich habe ja selbst keine Ahnung, was das zu bedeuten hat.

Und ich könnte mich irren, denke ich, schließlich ist meine Gabe erst vor Kurzem erwacht und bisher kann ich sie nur dank Callys Amulett einigermaßen kontrollieren.

»Sage? Ist alles in Ordnung bei dir?«, fragt Tamsin, während Milla bei Lucy allerhand Forderungen über ihre nächste Mahlzeit stellt.

»Ja, alles okay«, murmele ich und schiebe dieses neu erwachte Misstrauen in mir fürs Erste beiseite. Jetzt sollte ich mich lieber darüber freuen, dass es Milla wieder gut geht.

»Du solltest dich jetzt hinlegen, Morgaine, sonst klappst du uns noch zusammen«, höre ich Professor Basil sagen und erinnere mich wieder an die Papiertüte voller Essen, die uns Miss Martha mitgegeben hat.

»Hier, für Sie«, sage ich und reiche sie ihr. »Und ruhen Sie sich gut aus, ja?«

»Danke, Sage«, sagt Professor Paoli mit einem matten Lächeln und schiebt mir eine verirrte Haarlocke hinters Ohr. »Lass uns später über deine Gabe reden, ja?«

»Das wäre … schön«, sage ich und schlucke. Ich muss an die ersten Stunden nach Samhain denken. An all das Chaos in mir.

»Keine Sorge, wir bekommen das schon hin«, verspricht Professor Paoli und streicht mir über die Wange, ehe sie sich verabschiedet und schwankend den Saal verlässt.

»Ich gebe euch ein bisschen Privatsphäre«, sagt Professor Basil hinter mir, als nun auch Cally, Lana und Maria eintreffen, um nach Milla zu sehen. Sie sind nicht minder überrascht über ihre plötzliche Genesung und zumindest bei Cally spüre ich auch so etwas wie Misstrauen. Als zweifle sie ebenfalls daran, dass die Rune einfach von selbst verschwunden ist.

Was mich in diesem Moment jedoch fast noch mehr wundert: Milla bleibt lächelnd und quasselnd auf ihrem Bett sitzen, statt sich zu verstecken, wie sonst wenn neue Leute hereinkommen. Früher war sie immer so schüchtern, ja fast schon ängstlich, aber nun ist sie wirklich wie ausgewechselt.

»Wo sind denn Eloisa Finchley und Jo…«, fragt Milla, als ich mich wieder ihr und den anderen zuwende. »Joana Waterhouse?«

Wir anderen tauschen verwirrte Blicke. Einerseits, weil sie bisher noch nie Joanas Namen laut ausgesprochen, ihn höchstens geflüstert hat, andererseits, weil Milla sich offenbar nicht erinnern kann, dass die beiden verschwunden sind.

»Weißt du nicht mehr, was nach Samhain alles passiert ist?«, fragt Lucy.

Milla verzieht das blasse Gesicht und sieht einen Moment so aus, als wolle sie sich doch verstecken.

»Du meinst das falsche Haus und die Flammen und …?«, fragt sie ganz leise.

Das falsche Haus? Das ist nun schon das zweite Mal, dass sie das erwähnt. *Hat das irgendetwas mit der Rune zu tun?*

»Nein, ich meinte …«, setzt Lucy an, gerät dann aber ins Stocken und wirft mir einen kurzen Blick zu. Sie ist unsicher, wie viel sie Milla erzählen soll.

»Isa und Joana sind verschwunden, Milla«, sage ich mit sanfter Stimme und greife nach ihrer Hand. »Schon seit einer Weile.«

Milla runzelt die Stirn und strafft dann entschlossen die Schultern: »Na, dann müssen wir sie einfach finden.«

Sie sagt es mit solcher Überzeugung, dass wir lachen müssen. Dass das schon andere versucht haben und bisher daran gescheitert sind, erzählen wir ihr nicht. Milla wird früh genug merken, dass die Suche nach den beiden nicht so einfach werden wird, wie sie sich das vorstellt. Trotzdem spüre ich in allen Anwesenden die Entschlossenheit, genau das zu versuchen.

Und wenn sich die Schülerinnen der White Oak Akademie etwas in den Kopf gesetzt haben, schaffen sie das auch.

KAPITEL 23

Lucas

Ein lautes Poltern reißt mich aus dem traumlosen Schlaf. Blinzelnd richte ich mich auf und muss die Hand vor die Augen halten, weil es im Gästezimmer so hell ist. Ich habe gestern Nacht wohl vergessen, die Vorhänge zuzuziehen.

Gestern Nacht? Dunkel erinnere ich mich, dass irgendetwas Wichtiges passiert ist. Dass wir etwas über Isas Verschwinden herausgefunden haben.

»Graham war da und …«, murmele ich, komme aber nicht dazu, in meinen wirren Erinnerungen zu kramen. Es poltert erneut und jetzt erkenne ich, woher es kommt: Jemand klopft hart gegen meine Zimmertür.

»Mach auf, Finchley, ich weiß, dass du da bist«, sagt eine Stimme, die mir allzu vertraut ist. Ich hatte nur nicht erwartet, sie so früh am Morgen zu hören.

Mit einem Stöhnen quäle ich mich aus meinem warmen Bett und stelle fest, dass ich noch meinen Anzug trage. Auf dem Weg zur Tür stolpere ich über meine Schuhe und den Mantel, die ich mitten im Zimmer liegengelassen habe, und erreiche die Tür.

»Elin?«, frage ich, als ich meine beste Freundin tatsächlich davorstehen sehe. »Was machst du denn schon hier?«

»Arbeiten. Was denn sonst?«, entgegnet meine beste Freundin und Kollegin und drängt sich dann an mir vorbei in mein kleines Gästezimmer.

»O Luke!« Tadelnd schüttelt sie den Kopf, als sie das Durcheinander sieht.

Verlegen kratze ich mich am Kopf. Sie weiß zwar, dass ich nicht der ordentlichste Mensch bin, vor allem wenn ich an einem komplizierten Fall arbeite, aber irgendwie ist mir das Chaos hier doch peinlich. Besonders, als ich eine meiner Boxershorts auf einer Kiste mit Ausrüstung liegen sehe. Schnell schnappe ich sie mir und stopfe sie in den Wäschesack. Er quillt allmählich über.

»Nichts, was ich nicht schon mal gesehen habe, Finchley«, sagt Elin grinsend und stellt dann die Bäckertüte und die beiden großen Kaffeebecher auf eine der Kisten, um das Fenster öffnen zu können. Tief atmet Elin die kalte Luft ein, die ins Zimmer strömt. »So ist's schon viel besser.«

»Wenn du meinst ...«, murmele ich und reibe mir verschlafen die Augen. »Aber Arbeiten würde ich das nicht nennen.«

Ich nicke in Richtung ihrer Mitbringsel und lasse mich wieder auf mein Bett sinken.

Elin zuckt mit den Schultern. »Irgendwann muss man auch mal was essen. Ich dachte, etwas Süßes könnte dir guttun nach gestern.«

»Nach gestern?«, frage ich, weil in meinem Kopf weiterhin Chaos herrscht. Alles ist durcheinander. Da ist dunkler Wald, helle Strahler und die bunten

Farben von Magie in der Luft. Aber ganz wollen sich diese Bilder noch nicht zusammenfügen.

»Hast dich wohl wirklich zu sehr angestrengt, was?«, fragt Elin und räumt den einzigen Stuhl im Zimmer frei, um sich mir gegenüberzusetzen. »Du hast Smitty damit einen ganz schönen Schrecken eingejagt.«

»Smitty?« Verwundert runzele ich die Stirn. Ich erinnere mich noch daran, ihn unten in der Eingangshalle gesehen zu haben. Er ist gekommen, um mir etwas mitzuteilen. Nur was?

»Die Spuren!«, rufe ich aus, als es mir endlich einfällt und sich die Erinnerungen zusammenfügen wie ein kompliziertes Puzzle.

»Also hast du im Wald wirklich was gefunden?«, fragt Elin und reicht mir einen der Kaffeebecher. Er ist warm und schimmert leicht violett. Sie muss ihre Magie genutzt haben, um die Temperatur zu halten. Eine Bäckerei mit gutem Kaffee gibt es in Codwyll nicht mehr, seit das Café Lark geschlossen hat.

»Hat dir Smitty das nicht erzählt?«, frage ich. Unser Kollege ist sonst nicht gerade jemand, der mit solchen Informationen hinterm Berg halten kann.

»Nope. Der war viel zu sehr damit beschäftigt, sich Sorgen um dich zu machen«, sagt Elin kichernd und schüttelt den Kopf. »Ich weiß nicht, wie oft ich ihm gestern versichern musste, dass eine Nacht Schlaf reichen wird, damit es dir wieder gut geht.«

»Einigermaßen gut«, grummele ich und reibe mir den Kopf. Meine Schläfen drücken etwas, aber es ist kein Vergleich zu den Kopfschmerzen, die ich gestern auf dem Rückweg zu unserem Wagen hatte. Diese neue Spur zu entschlüsseln hat mich mehr Kraft gekostet, als ich für möglich gehalten habe.

Und leider merke ich das immer erst hinterher, denke ich verdrossen.

»Iss erstmal was und dann erzählst du mir davon«, sagt Elin und reicht mir die Papiertüte, die an einer Stelle schon rote Flecken bekommen hat.

Zögerlich nehme ich sie entgegen. »Wenn Miss Martha davon wüsste, würde sie uns wahrscheinlich umbringen.«

»Miss Martha?«, fragt Elin und legt den Kopf schief. »Du meinst die Schulköchin? Warum würde sie uns deswegen umbringen?«

»Du hast dich also schon vorbereitet?«, frage ich Elin und ziehe eine Kirschplunder aus der Bäckertüte hervor. »Sie mag es nicht, wenn man ihr Essen verschmäht. Und es ist wirklich gut.«

»Merke ich mir für morgen«, sagt Elin mit einem Grinsen und nimmt dann die Tüte entgegen, um sich ebenfalls ein süßes Teilchen zu gönnen. »Und natürlich habe ich mich vorbereitet, Luke. Das hier ist vermutlich der wichtigste Fall meiner Karriere. Da gehe ich nicht einfach blind rein. Nicht, dass ich das sonst tun würde.«

»Stimmt auch wieder«, nuschele ich zwischen zwei Bissen. »Nochmal was von Miss Ellis gehört?«

Elin schüttelt den Kopf und stöhnt frustriert auf. »Sie schweigt und antwortet nicht mal mehr Doktor Payne oder den Kollegen, wenn sie sie was fragen.«

»Mist. Das hat ihr sicher ihre Tante eingeredet«, murre ich und nehme einen Schluck von meinem Kaffee. Kaum habe ich ihn geschluckt, verziehe ich das Gesicht. »Ist da Alkohol drin?«

»Ich dachte, du brauchst das nach gestern«, sagt Elin grinsend und prostet mir mit ihrem Becher zu. »Viel ist es aber nicht.«

»Wie war das gerade mit dem wichtigsten Fall deiner Karriere?«, frage ich sie mit hochgezogenen Brauen.

»In meinem ist keiner drin. Leider«, entgegnet sie mit einem Schulterzucken und lehnt sich dann auf ihrem Stuhl zurück. »Und jetzt iss, Lucas. Du siehst furchtbar aus.«

Ich rolle mit den Augen, folge aber ihren Anweisungen. Schweigend widmen Elin und ich uns dem Frühstück. Meinen Kaffee rühre ich allerdings nicht mehr an. Der Alkohol verträgt sich nicht so gut mit meiner Gabe, aber ich bin Elin trotzdem dankbar, dass sie versucht hat, mich aufzuheitern.

»Wenn Smitty dich so sehen könnte, würde er wahrscheinlich einen Trupp Heiler auf den Plan rufen«, lacht Elin, als sie die leere Papiertüte zusammenknüllt und ich mir die Brösel von der zerknitterten Anzughose streiche.

»Smitty ist ein Angsthase, aber ohne ihn hätte ich nie von den Spuren im Wald erfahren«, sage ich mit einem Schulterzucken und rücke auf dem Bett zurück, bis ich die Wand im Rücken habe.

»Und? Hat dir das etwas gebracht?«, fragt Elin und beugt sich neugierig zu mir vor.

Ich zucke mit den Schultern. »Wie man's nimmt. Ich weiß jetzt zumindest, dass Isa nicht allein im Wald war. Da war noch jemand.«

»Noch eine Hexe?«, fragt Elin überrascht. »Oder dieser Evan Lark?«

Schnell schüttle ich den Kopf. »Ich glaube nicht, dass er es war. Und eine Hexe war's auch nicht. Die Spur war nicht violett.«

»Okay, das ist neu«, sagt Elin nachdenklich, nachdem ich ihr erklärt habe, dass die Magie seit Kurzem unterschiedliche Farben angenommen hat. Wie Dad weiß Elin alles über meine Gabe. Sie haben mir dabei geholfen, mich daran zu gewöhnen und sie für die Arbeit einzusetzen. Die Sonnenbrille ist Elins Idee gewesen.

»Nicht ganz neu ...«, sage ich und erzähle ihr von Milla und der Fae-Rune. Elin ist genauso entsetzt darüber wie ich, dass die Fae einer Schülerin der White Oak schaden würden.

»Lucy!«, entfährt es mir, als ich an Millas Mitschülerinnen denken muss. »Ich muss zu ihr und ihr von den Spuren erzählen. Und sie nach Milla fragen. Nicht, dass sie ...«

»Lucy? Du meinst Lucinda Knight?«, fragt Elin und zückt ihr Notizbuch, um darin zu blättern.

»Ja, genau«, sage ich und streiche meinen Anzug glatt. Ich versuche es zumindest. Nach einer unruhigen Nacht und der Spurensuche im Wald ist das einfach nicht mehr möglich. Er muss dringend in die Reinigung.

»Ich weiß nicht, Luke ...«, sagt Elin, nachdem sie etwas in ihren Notizen gelesen hat und das Büchlein wieder in ihr Jackett steckt. »Du solltest vorsichtig sein bei ihr.«

»Vorsichtig? Bei Lucy?«, frage ich verwirrt. »Du glaubst doch nicht etwa, dass sie mit Violet ...«

»Nein, das nicht«, unterbricht mich Elin und schüttelt den Kopf.

»Aber?« Ein ungutes Gefühl macht sich in mir breit, je länger Elin herumdruckst. So froh ich auch bin, sie hier bei mir zu haben, war das doch genau das, wovor ich mich gefürchtet habe: dass unsere ...

besondere Freundschaft in Lucys Nähe zu einem Problem werden könnte.

»Elin, sag mir jetzt bitte nicht, dass du eifersüchtig bist«, sage ich leise und zucke zusammen, als sie in schallendes Gelächter ausbricht.

»Eifersüchtig? Ich bin doch nicht eifersüchtig, Luke«, entgegnet sie und winkt ab. »Benutz deine Gabe, wenn du mir nicht glaubst.«

»Hab ich längst«, murmele ich. Es ist ja nicht so, dass ich sie einfach abschalten kann. Die Brille hilft, aber wenn ich sie nicht trage wie jetzt, sehe ich sofort, wenn jemand lügt. Ihre Magie gerät dann ein bisschen ins Schwanken, aber Elins bleibt standhaft. Sie sagt die Wahrheit.

»Na, siehst du, Luke«, sagt Elin und seufzt. Das Grinsen verschwindet jedoch von ihren Lippen, als sie weiterspricht: »Ich will nur nicht, dass du verletzt wirst.«

»Verletzt? Was soll das denn heißen?«, frage ich verwirrt. Das klingt ja schon fast so, als hielte Elin Lucy für ein herzloses Monster.

»Sie hat dir also noch nicht von ihrem Fluch erzählt?«, fragt Elin misstrauisch. »Interessant ...«

»Mann, Elin. Ich hatte kaum fünf Minuten, um mich allein mit ihr zu unterhalten«, sage ich und wünschte, ich hätte Lucy unter weniger chaotischen Umständen kennengelernt. »Und was soll das mit diesem Fluch?«

»Scheint irgendein altes Gerücht zu sein, das sich um ihre Familie rankt«, erklärt Elin schulterzuckend. »Eine Kollegin hat mir nach dem Briefing in Inverness davon erzählt, als sie gehört hat, dass ich die Schülerinnen hier befragen soll.«

»Na, wenn es nur ein Gerücht ist, ist bestimmt nichts dran«, sage ich und mache eine wegwerfende Geste. »Es ist die Nachtwelt, El, da verbreiten sich Lügen wie ein Lauffeuer.«

»Ja, aber ...«, setzt Elin an, doch schüttle ich den Kopf: »Wenn da was dran wäre, würde sie es mir sicher erzählen.«

Elin seufzt, gibt sich aber geschlagen. »Wie du meinst.«

»Lass es gut sein, Elin«, mahne ich sie. Ich kenne den Blick, den sie drauf hat. So einfach wird Elin nicht aufgeben und wahrscheinlich weitere Nachforschungen anstellen. »Konzentrier dich lieber auf deinen eigentlichen Fall. Violet Ellis darf damit nicht einfach so durchkommen.«

»Wird sie nicht«, versichert mir Elin und verschränkt mit entschlossener Miene die Arme vor der Brust. »Warum gehst du nicht erstmal duschen und stellst mich dann den Schülerinnen vor?«

»Dich ihnen vorstellen?«, frage ich und mein Herz rutscht mir einen Moment in die Hose, weil ich wieder Lucy vor mir sehe.

Elin nickt. »Klar. Ich könnte ein bisschen Hilfe gebrauchen und du hast ja bereits mit den meisten von ihnen geredet, oder nicht?«

»Ja, aber die Direktorin ... Und die Suche nach Isa«, murmele ich. Unsere Chefin hat mich schließlich nicht ohne Grund vom Ellis-Fall abgezogen. Und noch haben wir zu wenige Beweise, um einen Tatverdächtigen in Isas Entführung benennen zu können. Dunkel meine ich mich daran zu erinnern, dass Graham auf dem Rückweg die Theorie aufgestellt hat, Irving könnte etwas damit zu tun haben.

Oder drehe ich jetzt ganz durch?

»Erde an Lucas«, reißt mich Elins Stimme aus meinen Gedanken und lässt mich aufblicken. »Hier, geh duschen und dann schauen wir weiter, okay?«

»Okay«, gebe ich mich geschlagen und nehme die Handtücher entgegen, die sie von der offenstehenden Schranktür genommen hat. Eine Dusche könnte ich wirklich gebrauchen, nicht nur um den Dreck aus dem Wald abzuwaschen, sondern auch um meine Gedanken zu sortieren.

»Jetzt siehst du schon viel besser aus«, sagt Elin, als ich eine halbe Stunde später frisch geduscht und rasiert in meine Kammer zurückkehre. Das Fenster hat sie mittlerweile wieder geschlossen und auch ein bisschen aufgeräumt, wie ich verlegen feststelle.

»Elin, du hättest doch nicht ...«, stammele ich und spüre, wie ich rot werde.

»In so einem Chaos kann ich nicht denken«, entgegnet sie und deutet dann auf die Tür. »Und was deine Gabe angeht ... Wahrscheinlich ist es am hilfreichsten, wenn du zur Darkwood gehst und die anderen Helfer eine Weile lang beobachtest.«

»Glaube ich auch«, sage ich. Ich bin unter der Dusche zu einem ähnlichen Entschluss gekommen. »Da sind so viele unterschiedliche Nachtwesen ... So werde ich schon herausfinden, was Orange bei den Spuren zu bedeuten hat.«

»Bestimmt«, sagt Elin und klopft mir auf die Schulter, ehe sie mich auf den Gang schiebt. »Jetzt stellst du mich aber erstmal den Schülerinnen vor.«

»Ich?«, frage ich und mein Puls jagt in die Höhe.

»Klar. Wenn der charmante, gutaussehende Deputy seine Kollegin vorstellt und in den höchsten Tönen lobt, habe ich gleich einen besseren Draht zu ihnen, als wenn ich da allein auftauche«, entgegnet Elin und steuert auf das Treppenhaus zu.

»Ich habe dich schon in den höchsten Tönen gelobt«, sage ich und denke an unsere Suche gestern in der Bibliothek. Hoffentlich haben die anderen inzwischen etwas gefunden, um Milla zu helfen.

»Dann setze noch einen obendrauf. Wenn ich den Fall gegen die Ellis-Hexen lösen will, brauche ich jegliche Unterstützung, die ich kriegen kann«, sagt Elin und zerrt mich hinter sich her.

»Die wirst du auch ohne meine Hilfe bekommen. Keiner ist besonders gut auf Violet Ellis zu sprechen, auch nicht ihre angeblichen Freundinnen«, erzähle ich ihr und erinnere mich an mein Gespräch mit Joana Waterhouse. Es hat sie eine Weile gekostet, um zu erkennen, dass ihre Freundschaft zu Violet Ellis nichts weiter war als eine Lüge. Am Ende hat sie sich entschlossen, reinen Tisch zu machen, und damit sicher einige Hexen verärgert.

»Vielleicht haben die Ellis-Hexen ja Miss Waterhouse entführen lassen«, murmele ich, als wir die Treppen hinuntersteigen und die Eingangshalle der Akademie erreichen.

Elin schüttelt den Kopf. »So gerissen sind die nicht. Sie wissen, dass wir sie gerade ganz genau beobachten. Und Miss Waterhouse ist immerhin die Tochter des Königs.«

»Stimmt«, sage ich mit einem frustrierten Seufzen und trete durch den steinernen Torbogen in die Eingangshalle. »Lass uns einfach hoffen, dass sie und die Vermissten noch leben und nicht ...«

Gerade, als Elin die Hand nach mir ausstrecken will, wie um mich zu trösten, geht die Eingangstür der Akademie auf.

»Pierce?«, frage ich, als ich den hochgewachsenen Mann in seiner schwarzen Rekrutenuniform erkenne. »Was machst du denn hier?«

»Graham schickt mich«, sagt er und eilt auf uns zu. »Unter anderem, um dich abzuholen. Oder bist du gerade beschäftigt?«

Pierce wirft Elin einen prüfenden Blick zu.

»Special-Agent Elin Rowlands«, stellt diese sich ihm vor und reicht ihm sogar die Hand.

Stirnrunzelnd schüttelt der Rekrut sie. »Pierce Ferryn.«

»Ferryn, hm?«, fragt sie und hat plötzlich wieder diesen misstrauischen Blick drauf wie eben schon mit Lucy.

»Hast du die Namen sämtlicher Schüler beider Akademien auswendig gelernt, bevor du hergekommen bist?«, frage ich sie scherzhaft, wobei es ihr durchaus zuzutrauen ist. Elin mag mich einen Musterschüler nennen, aber der Titel passt besser zu ihr.

»Nein, das wären dann doch zu viele«, entgegnet Elin lachend und schüttelt den Kopf.

Pierce blickt betreten zu Boden.

»Ich dachte nur ... Ach, egal.« Elin mustert erst mich dann Pierce und will noch etwas hinzufügen, als sich die Tür zum Mitternachtssaal öffnet und Professor Paoli mit einer braunen Papiertüte durch die Halle taumelt. Sie wirkt erschöpft, sicher war sie die ganze Nacht über bei Milla.

»Professor Paoli«, rufe ich und eile ihr zur Hilfe. Sie sieht so aus, als würde sie gleich zusammenbrechen. Elin und Pierce folgen mir.

»Deputy Finchley«, sagt die Schulleiterin mit matter Stimme und versucht sich an einem Lächeln. »Entschuldigen Sie, aber ich ...«

Neben mir holt Elin Luft und streckt ihr wie bei Pierce die Hand hin, um sich vorzustellen, doch kommt ihr der Darkwood-Rekrut zuvor: »Sie haben nicht zufällig Glen Irving gesehen?«

Professor Paoli schwankt, sodass ich sie etwas fester am Arm packe und Elin ihr die Tüte aus der Hand nimmt. »Glen? Nein, schon eine Weile nicht mehr.«

»Wie lange?«, fragt Pierce und wirft mir einen bedeutungsvollen Blick zu.

Also hab' ich mir diese verrückte Theorie doch nicht eingebildet? Graham glaubt wirklich, dass Irving was damit zu tun hat.

»Seit gestern Nachmittag, glaube ich«, murmelt die Schulleiterin und kann sich ein Gähnen nicht mehr verkneifen. »Der ist einfach in den See gesprungen und ...«

Wieder ein Gähnen, dann schüttelt sie den Kopf. »Bitte entschuldigt, aber ich muss mich hinlegen.«

»Natürlich«, sagt Elin und tritt an Paolis andere Seite. »Wenn Sie möchten, helfe ich Ihnen.«

»Und Sie sind wer?«, fragt Paoli und mustert sie mit zusammengekniffenen Augen. »Ach, Johns ehemaliger Deputy, richtig?«

»Daran erinnern Sie sich noch?«, fragt Elin mit einem Lächeln und scheint gleich noch ein Stück zu wachsen.

»Mhm«, macht Professor Paoli und blinzelt, als hätte sie Mühe, die Augen offenzuhalten. »Können wir dann ...«

»Eine Frage noch Professor«, sage ich und spüre Elins mahnenden Blick auf mir. »Wie geht es Miss Newton? Wird sie …?«

Professor Paoli stößt langsam die Luft aus. Ein Lächeln breitet sich auf ihren Lippen aus. »Es geht ihr wieder gut. Die Rune ist weg.«

»Wirklich?«, frage ich und kann es kaum fassen.

Paoli nickt und lässt sich von Elin wegführen. Ein Seufzer der Erleichterung entweicht mir, als ich den beiden hinterherblicke.

»Na, wenigstens eine gute Nachricht«, murmelt Pierce neben mir und nickt dann in Richtung Eingangstür. »Wir sollten los, sonst dreht der Prinz noch komplett durch.«

»So schlimm?«, frage ich. Gestern hat Graham einen recht gefassten Eindruck gemacht und sich bei der Suche sehr zurückgehalten, um die Spuren nicht zu verwischen.

»Okay, vielleicht nicht so schlimm, aber uns juckt es trotzdem in den Fingern«, sagt Pierce mit einem verschmitzten Grinsen. »Und dir bestimmt auch, oder nicht?«

Ich nicke und folge ihm zur Tür. »Wird Zeit, herauszufinden, was diese Spuren bedeuten.«

KAPITEL 24

Isa

Mit einem herzhaften Gähnen schlage ich Stunden später, vielleicht auch schon am nächsten Morgen die Augen auf. Das Heulen des Windes jenseits der modrigen Holzbretter hat mich geweckt. Ich bin noch immer in der alten Hütte im Wald, habe mir das Wiedersehen mit Ernest also nicht eingebildet.

Erleichtert atme ich tief durch und richte mich auf dem ungemütlichen Bett auf. Es ist kein Vergleich zu dem in der White Oak Akademie oder bei den Finchleys in London. Damit muss ich allerdings vorliebnehmen. *Bis es sicher für mich ist, Ernests Versteck zu verlassen.*

Mit einem weiteren Gähnen reibe ich mir die Augen und blicke mich in der grob zusammengezimmerten Hütte um. Sie ist leer. Das Feuer ist heruntergebrannt. Und das wohl schon eine Weile, denn Eiseskälte hat sich im zugigen Inneren ausgebreitet. Ich fröstele, kaum dass ich die dünne Decke zurückschlage. Aber zum ersten Mal seit langer Zeit, fühle ich mich lebendig, spüre nicht dieses endlose

Schweigen in mir, das mein Albtraum sonst immer zurückgelassen hat.

Der Albtraum!

Überrascht stelle ich fest, dass ich mich heute Nacht, anders als alle anderen zuvor, nicht durch die Feuersbrünste habe kämpfen müssen. Es ist die erste Nacht, die ich durchgeschlafen habe, ohne auch nur einen einzigen Traum zu haben.

Bin ich deswegen so ausgeruht? Oder liegt das daran, dass ich mich endlich an das Ausmaß meiner Kräfte gewöhnt habe?

Was es auch ist, es muss warten, denn plötzlich höre ich Onkel Ernest laut aufkeuchen. Nicht hier in der Hütte, sondern draußen auf der Lichtung, die ich gestern durch die geöffnete Tür gesehen habe, und doch nicht betreten durfte.

Wieder ein Keuchen, dann ein dumpfer Aufprall.

Scheiße!

Panisch springe ich aus dem Bett und eile zur Tür. Vielleicht hat Ernest sich getäuscht. Vielleicht ist seine Hütte doch nicht so gut vor der Nachtwelt versteckt. Vielleicht haben sie uns längst gefunden und …

Feurige Entschlossenheit fließt durch meine Adern, als ich die Tür aufstoße und aus dem Haus stürme, um Ernest zur Hilfe zu kommen. Die Magie knistert in der Luft, Funken stieben bei jedem meiner Schritte auf, als ich um die Hütte eile und mich bereitmache, diese immensen Kräfte gegen unsere Feinde einzusetzen. Wer auch immer uns gefunden hat, wer auch immer Ernest dieses Ächzen entlockt hat, wird Bekanntschaft mit der neuen Isa schließen. Mit Isobel, der letzten überlebenden Gowdie-Hexe.

»Um Himmels Willen, Isobel, was machst du denn? Willst du, dass sie uns finden?«, ruft Onkel Ernest entsetzt, als er mich erblickt. Er schleudert eine Axt beiseite, sodass sie zielsicher einen Baum am Rand der Lichtung trifft.

»Was zum ...?«, stammele ich, als ich mich auf dem Fleckchen Gras hinter der Hütte umschaue. Nur Onkel Ernest ist zu sehen, keine Feinde und erst recht nicht Jasper Waterhouse. Erst jetzt bemerke ich den Hackblock und die Holzscheite, die sich darum angesammelt haben.

»Damit dir nicht kalt wird«, sagt Onkel Ernest und kratzt sich am Kopf. »Was hast du denn gedacht?«

Als ich mit bedröppelter Miene die Schultern zucke und meine Magie zurückrufe, lacht er laut auf und schüttelt den Kopf.

»Kleine Hexe, so leicht bekommt man mich nicht klein. Ich bin auf einen Kampf vorbereitet«, sagt Ernest und zeigt mir seine scharfen Vampirzähne.

Aus dem Unterricht weiß ich, dass sie meistens im Kiefer versteckt liegen und nur beim Kampf zum Einsatz kommen. Oder, wenn die Vampire ihren Hunger stillen wollen.

»Du bist hier sicher, Isobel. Vertrau mir«, sagt Onkel Ernest, weil ich mich noch immer nicht ganz entspannend kann. Lächelnd schließt er mich in seine Arme. »Ich lasse nicht zu, dass sie dich in ihre dreckigen Finger bekommen.«

Beruhigend streicht er mir über den Rücken und führt mich zurück ins Haus. Ein Korb mit frisch gehacktem Holz steht neben der Tür, gerade genug, um das Feuer wieder in Gang zu bekommen.

»Jetzt isst du erstmal was, Isobel, und ziehst dir was anderes an«, sagt er, nachdem er mich vor dem Kamin auf einen der zwei klapprigen Stühle gesetzt hat. Er legt mir ein Bündel Kleider auf den Schoß und reibt sich über die bärtigen Wangen. »Musste ein bisschen improvisieren, was das angeht ...«

Mit gerunzelter Stirn entfalte ich die Klamotten. Auf den ersten Blick wirken sie ein Stück zu groß für mich, aber es wird schon gehen.

»Immer noch besser als das muffige Kleid«, sage ich und streiche über den zerrissenen Stoff. Wenn ich Lucy richtig verstanden habe, werden die Samhain-Kleider über Generationen weitervererbt.

Von dem hier wird kaum was zu retten sein.

Schade, denke ich und seufze verdrossen.

»Wenn man auf der Flucht ist, sollte man nicht wählerisch sein, Isobel«, mahnt mich Onkel Ernest.

»Ich weiß. War nicht deswegen«, sage ich und lächle ihn dankbar an. »Glaub mir, ich bin echt froh, aus diesem Ding rauszukommen.«

»Na, dann ist's ja gut«, sagt er und klopft mir auf die Schulter.

»Aber nur, solange du sie nicht von deinen Opfern geklaut hast«, füge ich scherzhaft hinzu, um die Stimmung etwas aufzulockern. Dabei tue ich so, als würde ich die Klamotten nach Blutspuren untersuchen, doch hat das eher den gegenteiligen Effekt.

Onkel Ernest stößt ein wütendes Zischen aus und weicht ans andere Ende der Hütte zurück, jedoch nicht, ohne mich mit einem finsteren Blick zu strafen. »Pass auf, was du da sagst! Ich habe seit Jahren von keinem Menschen mehr getrunken!«

Erschrocken zucke ich zusammen und beiße mir auf die Lippe. Dass er so reagieren würde, hätte ich nicht gedacht, aber andererseits ...

»So hab' ich das nicht gemeint, ich ...«, stammele ich und suche nach den richtigen Worten, um mich bei ihm zu entschuldigen. Am liebsten würde ich mich selbst ohrfeigen für meinen dummen Spruch. »Manchmal ist mein Mund schneller als das Hirn ... Es tut mir wirklich leid.«

Ernest saugt tief die Luft ein, dann entspannt sich seine Haltung wieder.

»Wie der Vater, so die Tochter ...«, murmelt er, was mich aufhorchen lässt.

»Kannst du mir mehr über sie erzählen?«, frage ich ihn und kneife die Augen zusammen, weil sich Tränen darin sammeln. Erinnern kann ich mich kaum an meine Eltern. Sogar ihre Gesichter verblassen, sind nur vor Schreck und Todesangst verzerrte Fratzen aus meinem Albtraum.

Meinen Erinnerungen, korrigiere ich mich und schniefe leise.

»Zieh dich erstmal um und iss etwas. Wir reden später darüber«, entgegnet Onkel Ernest, ehe er die Hütte wieder verlässt.

Unschlüssig, ob ich ihm nachlaufen und mich erneut entschuldigen soll, blicke ich ihm hinterher, bis die Tür krachend zufällt. Kurze Zeit später ist sein Ächzen, dicht gefolgt vom dumpfen Aufschlag der Axt zu hören.

Ich schlucke mein schlechtes Gewissen herunter und schäle mich aus dem Kleid, das Tante Morgaine mir für Samhain besorgt hat. Mittlerweile hat es all seinen Glanz verloren. Der Stoff ist verknittert, der magische Effekt, der wie Flammen ausgesehen hat, verraucht. Und es riecht unangenehm, wie ich beim Ausziehen angewidert feststelle.

Wie muss es dann erst für Onkel Ernest stinken?

Die Antwort findet sich auf einem Tisch in der gegenüberliegenden Ecke. Dort steht eine Schüssel voller Wasser, daneben liegt ein kleines Handtuch, Onkel Ernests subtiler Hinweis, dass ein Bad sicher nicht verkehrt wäre.

Vorerst muss ich mich mit kaltem Wasser und einer Katzenwäsche begnügen, aber danach fühle ich mich wach. Ich schlüpfe in die fremde Kleidung und denke lieber nicht darüber nach, woher Ernest sie hat. Wahrscheinlich nur von der Wäscheleine eines Dorfbewohners geklaut, aber sicher bin ich mir nicht ... War er nicht derjenige, der uns White-Oak-Schülerinnen gepredigt hat, wie gefährlich und unkontrollierbar der Durst eines Vampirs ist? Ob er da aus Erfahrung gesprochen und deswegen gerade so wütend reagiert hat?

Ich wünschte, ich wüsste, was ich sagen soll, um mich bei ihm zu entschuldigen, aber mir fällt nichts ein. Onkel Ernest ist mir zwar so vertraut, als hätte er mich mein Leben lang begleitet, und doch so fremd. Als Kind habe ich nur die lustige, liebevolle Seite an ihm kennengelernt. Zumindest meine ich, mich dumpf daran zu erinnern.

Mittlerweile weiß ich aber, dass in jedem von uns auch etwas Dunkles schlummert. In Onkel Ernest, aber auch in mir. Und seit Samhain ist es stärker geworden, nährt die Wut, die ich auf Jasper verspüre. Auf alle, die am grausamen Tod meiner Familie beteiligt waren. Noch kann ich dieses Dunkle in mir kontrollieren, kann es im Zaum halten, aber was geschieht, wenn ich Jasper gegenübertrete? Oder herausfinde, mit wem er unter einer Decke steckt?

Und was wird dann aus Graham und mir? Gibt es überhaupt noch ein uns?

Kopfschüttelnd vertreibe ich all diese Gedanken, die mich nur beunruhigen, und schnappe mir den Brotlaib, von dem ich mir gestern schon ein Stück abgeschnitten habe. Etwas anderes Essbares finde ich nicht. Nur einen Apfel, der schon etwas angeschlagen wirkt, aber wie die Klamotten ist es besser als nichts.

Mit einer dicken Scheibe Brot und dem Apfel trete ich hinaus auf die Lichtung. Nach so vielen Stunden in der dunklen Hütte, will ich endlich die Sonne auf meinem Gesicht spüren. Sie kann die herbstliche Kälte zwar nicht vertreiben, aber dafür habe ich ja den dicken Strickpullover, den Ernest für mich stibitzt hat.

»Ich weiß, es ist nicht viel …«, sagt Onkel Ernest, als ich mich auf eine schmale Bank hinter der Hütte hocke und in den Apfel beiße.

»Es ist eine Weile her, dass ich auf menschliches Essen angewiesen war«, fügt er mit einem Grinsen hinzu und scheint seinen Ärger von vorhin schon wieder vergessen zu haben.

»Schon okay«, sage ich und lächle ihn dankbar an. »Und danke. Für alles. Ich weiß nicht, was ich ohne dich getan hätte, seit ich …«

Wieder kommen mir die Tränen, ich schaffe es aber, sie zurückzuhalten. Unangenehm brennen sie in meinen Augen.

»Du musst mir nicht danken, kleine Hexe. Wir sind eine Familie und da hält man zusammen, egal, was kommt«, entgegnet Ernest, doch fährt auch er sich kurz mit dem Hemdsärmel über die Augen.

»Wenn ich hier fertig bin, kann ich dir auch was anderes fangen. Eine Taube vielleicht? Oder einen Hasen?«

Abwehrend hebe ich die Hände und verziehe das Gesicht.

»Davon habe ich erstmal genug ...«, murmele ich und kämpfe gegen die Erinnerung an die Samhain-Jagd. An den Gestank nach verbranntem Fleisch, nachdem dieser Unbekannte das Wildschwein erwischt hat und danach auch fast uns, wäre meine Magie nicht gewesen.

Wer war das bloß? Was wollte er ausgerechnet von uns?

»Vielleicht kann dein Bekannter mir ja was mitbringen«, schlage ich vor und werfe Ernest einen fragenden Blick zu. »Willst du mir nicht endlich verraten, wen du kontaktiert hast? Oder wann der hier auftaucht?«

»Also, die Neugier hast du definitiv von deiner Mutter. Sie konnte einen mit ihren ganzen Fragen in den Wahnsinn treiben«, grummelt Onkel Ernest kopfschüttelnd und lässt die Axt auf den Block niedersausen, dann kniet er sich auf den Boden und füllt einen Korb mit dünnen Holzscheiten.

»Und?«, bohre ich, weil er immer noch nicht auf meine Fragen geantwortet hat.

»Der wird schon irgendwann kommen«, sagt er bloß und richtet sich mit dem Holzkorb auf. »Bis es soweit ist, sollten wir sämtliche Fakten durchgehen. Gestern war alles ein bisschen ... emotional.«

Onkel Ernest zwinkert mir zu und hockt sich dann neben mich auf die Bank. Sie ächzt leise unter unserem Gewicht. Kein Wunder. So wie sie mit Moos und Flechten bewachsen ist, scheint sie hier schon eine ganze Weile zu stehen.

»Seit wann hast du die Hütte schon?«, frage ich Onkel Ernest und blicke mich auf der Lichtung um.

Er seufzt und kratzt sich nachdenklich am Kopf. »Schwer zu sagen. Ist sicher schon zehn Jahre her, dass ich mich hier eingerichtet habe, aber das Land ist schon länger im Familienbesitz. Weiß nur kaum jemand.«

»Glaubst du deshalb, dass wir hier sicher sind?« Ganz will ich mich nicht darauf verlassen. Nicht seitdem ich weiß, dass mein Albtraum wahr ist. Dass Jasper Waterhouse es in einer einzigen Nacht geschafft hat, eine der bedeutendsten britischen Hexenfamilien auszulöschen.

Fast ...

»Du bist nirgendwo zu hundert Prozent sicher, kleine Hexe, vor allem wenn du nochmal so einen Aufstand probst wie vorhin«, sagt Onkel Ernest und knufft mich spielerisch in die Seite. »Aber es wird eine ganze Weile dauern, bis sie überhaupt auf die Idee kommen, hier zu suchen. Und noch länger, bis sie sich durch die Illusionen gearbeitet haben.«

»Was meinst du damit?« Es ist jetzt das zweite Mal, dass er davon spricht. Von Illusionen. Als er sein Antlitz verändert, von Professor Flint zu Onkel Ernest geworden ist, da dachte ich, ich würde es verstehen. Aber ganz begreife ich dann doch nicht, wie ein Vampir zu so einer Fähigkeit gekommen ist.

»Du weißt, dass ich vor dem Fluch nicht gerade unbegabt im Umgang mit Magie war, oder?«, fragt Onkel Ernest.

Unsicher zucke ich mit den Schultern. Wann immer ich versuche, mich an früher zu erinnern, an die Zeit, als ich noch Isobel Gowdie gewesen bin und nicht Isa Finchley, tappe ich in undurchdringlichem Nebel. Es ist, als hätte jemand meine Erinnerungen damit ersetzt. Oder vielleicht war ich damals noch zu jung, um mich jetzt daran zurückzuerinnern.

»Die Magie ist immer noch in mir. Jedenfalls ein Teil davon«, erklärt Onkel Ernest und fährt sich das Schlüsselbein entlang, bis er die Vertiefung dazwischen erreicht, direkt über dem Brustbein. »Und ich kann darauf zugreifen. Nicht mehr so wie früher als Hexe, aber auch unter Vampiren gibt es besondere magische Talente. Daran solltest du dich aus dem Unterricht erinnern.«

Ich nicke, auch wenn ich den Großteil schon fast vergessen habe. Dazwischen ist so viel passiert. Es erscheint mir unmöglich, dass es erst knapp anderthalb Monate her ist, seitdem ich die White Oak zum ersten Mal betreten habe.

»Statt echte Magie zu wirken, wie du es kannst, bringe ich nur noch Illusionen zustande. Trugbilder, die nicht nur Sterbliche in die Irre führen können. Mittlerweile bin ich gut darin, selbst euch Hexen an der Nase herumzuführen«, sagt Onkel Ernest und lächelt mich stolz an. In seinen Augen schimmert es schelmisch.

»Professor Flint ... Niemand wusste, dass du das bist«, sage ich leise und schüttle den Kopf. »Ich hab' immer gedacht, er wäre nur etwas ... *eigen*.«

»Tja, das kam mir glücklicherweise zugute. Dass viele Hexen recht *eigen* sind«, lacht Ernest, wird dann aber wieder ernst. »Was bin ich froh, dass ich diese Verkleidung jetzt nicht mehr brauche!«

»Kann ich verstehen«, murmele ich und muss an die Samhain-Nacht denken. »Also war das auch 'ne Illusion. Diese Dornenhecke, die mir den Weg versperrt hat?«

»Gut erkannt«, lobt Ernest und grinst mich an. »Vor allem wenn ihr emotional geladen seid, fällt es euch Hexen noch schwerer, meine Trugbilder zu durchschauen.«

»Hm, praktisch«, murmele ich und lächle. »Aber wie ...? Wie hast du mich dann hierhergebracht? Du konntest mich ja nicht bewusstlos zaubern, oder?«

»Magie ist nicht die einzige Waffe im Arsenal eine Hexe«, sagt Onkel Ernest mit hochgezogenen Brauen. »Oder Ex-Hexe in meinem Fall.«

»Und das heißt ...?«, frage ich. Obwohl ich ausnahmsweise gut geschlafen habe, brauche ich heute länger, um zu verstehen, worauf er hinaus will.

»Es war ein spezielles Pulver mit betäubender Wirkung«, erklärt er mit tadelndem Blick. »Hm, wir haben noch 'ne Menge aufzuholen, wie's scheint, was?«

»Leider«, grummele ich und pfeffere das Kerngehäuse des Apfels ins Gebüsch am Rand der Lichtung. Etwas flackert auf und lässt mich überrascht die Augen aufreißen.

»War das ...?«

»Ein Teil der Illusionen, ja, aber keine Sorge, sie bleiben bestehen, solange ich sie ab und an mit Magie versorge«, versichert mir Onkel Ernest und drückt beruhigend meine Schulter. »Sie erstrecken sich in einem Umkreis von zweihundert Metern und lassen es so aussehen, als wäre hier nur unwegsames Gelände. Felswände und dichtes Unterholz.

Ein Ort, den man unmöglich bezwingen kann. Zumindest nicht ohne enorme Kraftanstrengung.«

Mit dieser Erklärung schafft Ernest es, mich ein bisschen zu beruhigen. Mit einem knappen Nicken nehme ich mir die Brotscheibe vor. Sie ist schon etwas trocken, schmeckt aber immer noch gut. Das muss sie auch, schließlich ist sie das einzige Essen hier.

Hoffentlich kommt dieser alte Bekannte bald, denke ich, als ich mit den Zähnen ein Stück abreiße und es eine Weile kauen muss, bis ich es herunterschlucken kann.

Ernest lässt derweil den Blick über die Lichtung schweifen. Er wirkt nicht mehr so angespannt wie gestern, doch schon im nächsten Moment springt er auf und geht in Verteidigungsstellung über.

»Hast du das gerade auch gehört?«, fragt er so leise, dass ich ihn vor Schreck über sein Verhalten fast nicht gehört hätte.

Ich schüttle den Kopf, stehe aber selbst auf. Hören kann ich jedoch nichts. Von uns beiden hat Ernest die besseren Ohren und Instinkte.

»Vielleicht ein Tier?«, flüstere ich und suche den Wald jenseits der Lichtung ab, lausche angestrengt auf das, was auch immer Ernest gehört hat.

Er schüttelt energisch den Kopf und legt sich den Finger auf die Lippen, dann deutet er aufs Haus.

Nun bin ich es, die ihm mit einem Kopfschütteln widerspricht. Ich werde mich ganz sicher nicht in der Hütte verkriechen, während hier draußen wer weiß was passiert. So ängstlich und schwach bin ich nun wirklich nicht, doch scheint Ernest das anders zu sehen. Er fixiert mich mit finsterem Blick und deutet mit Nachdruck auf die Hütte.

Ich schlucke hart und füge mich seiner stummen Anweisung. Weit komme ich nicht, nur bis zur Türschwelle, als auch ich es rascheln höre. Dann ein Schnauben und ...

»Alter Scheißkerl!«, knurrt Onkel Ernest, als er genau wie ich den weißen Schimmel entdeckt, der durch das Dickicht auf die Lichtung springt. Er wiehert laut und schüttelt seine lange Mähne, in der sich hier und da ein paar grüne Ranken verheddert haben, wie Seegras oder die Pflanzen, die am Grund von Loch Codwyll wachsen.

Es ist derselbe Schimmel, den ich während der Samhain-Jagd gesehen habe, oder zuvor an der Quelle. Der mit den türkisfarbenen Augen.

Mittlerweile weiß ich, dass es kein gewöhnliches Pferd ist. Es ist ein Wasserpferd, ein Nachtwesen, das sich vor meinen Augen in einen Menschen verwandelt.

»Begrüßt man so einen alten Freund, Ernie?«, fragt Glen Irving nun und schließt Onkel Ernest im nächsten Moment lachend in eine Umarmung.

Das ist also sein alter Bekannter?

Ende von Band 6

NACHRICHT DER AUTORIN

Liebe Leserinnen, liebe Leser,
vielen Dank, dass ihr Isa und Co. auch im 6. Band treugeblieben seid. Uns erwarten noch viele spannende Abenteuer in der Nachtwelt und ich kann mir keine bessere Crew dafür vorstellen als ihr und die White-Oak-Gang.

Hinterlasst gerne auch eine Rezension oder Bewertung, wenn euch *Trapped Witches* gefallen hat. Der nächste Band ist schon in Arbeit. Auf Social Media, aber besonders in meinem Newsletter halte ich euch über die Fortschritte auf dem Laufenden.

Eure Kate
Oktober 2024

ÜBER DIE AUTORIN

Kate S. Stark hatte schon immer ein Faible für alles Übersinnliche und Magische. Als Kind war sie fest überzeugt, eines Tages auf einem Besen durch die Weltgeschichte fliegen und mit Tieren sprechen zu können. Weil sie mittlerweile eingesehen hat, dass ihr das wohl nicht vergönnt sein wird, hat sie zunächst eine Ausbildung bei einem Buchverlag abgeschlossen, im Online-Marketing gearbeitet und konzentriert sich nun aufs Schreiben. Wenn man schon nicht hexen kann, erschafft man eben Charaktere, die diese Fähigkeiten besitzen und einen ganzen Haufen gefährlicher magischer Wesen.

Website: www.katesstark.com

BÜCHER DER AUTORIN

Deine Seele Trilogie

Seelenführer, gefährliche Geheimnisse und ein
alter Konflikt, der über das Schicksal aller Seelen
entscheiden könnte.

www.katesstark.com/deineseeletrilogie

Grey's Halfway House Serie

Ein altes Gasthaus für magische Wesen in Not,
schrullige Charaktere und eine zauberhaft kitschige
Liebesgeschichte mit Happy End in jedem Buch.

www.katesstark.com/greyshalfwayhouse